HEYNE
BÜCHER

SCIENCE FICTION

Herausgegeben
von Wolfgang Jeschke

Ein Verzeichnis der STAR-TREK®-Serie
finden Sie am Schluß des Bandes

MICHAEL JAN FRIEDMAN
KEVIN RYAN

STAR TREK
THE NEXT GENERATION
REQUIEM

Roman

STAR TREK®
THE NEXT GENERATION™
Band 42

Deutsche Erstausgabe

WILHELM HEYNE VERLAG
MÜNCHEN

HEYNE SCIENCE FICTION & FANTASY
Band 06/5442

Titel der Originalausgabe
STAR TREK: THE NEXT GENERATION
REQUIEM
Aus dem Amerikanischen übersetzt
von UWE ANTON

Umwelthinweis:
Dieses Buch wurde auf
chlor- und säurefreiem Papier gedruckt.

Redaktion: Rainer Michael Rahn

Erstausgabe bei Pocket Books/Simon & Schuster, Inc., New York

Printed in Germany 1997
Umschlagbild: Pocket Books/Simon & Schuster, New York
Umschlaggestaltung: Atelier Ingrid Schütz, München
Technische Betreuung: M. Spinola
Satz: Schaber Satz- und Datentechnik, Wels
Druck und Bindung: Ebner Ulm

ISBN 3-453-12653-X

Für Isaac und Jack
– M. J. F.

Für Paullina, Natasha und Misha
– K. R.

PROLOG

Sternzeit: 16175.4
Erddatum: 2345

Die Türen des Lifts öffneten sich, und Captain Picard betrat die Brücke. Wie er feststellte, war Crusher bereits auf seinem Posten.

»Guten Morgen, Captain«, sagte Crusher fröhlich.

»Guten Morgen, Jack«, erwiderte Picard und sah zu, wie der diensthabende Lieutenant Commander sich schnell vom Sitz in der Mitte erhob.

Picard nahm im Sessel des Captains Platz. Vigo kam als nächster auf die Brücke, plazierte seine große, blauhäutige Gestalt hinter die Waffenkonsole. Picards Erster Offizier, Gilaad Ben Zoma, kam einen Augenblick später, und die anderen folgten schnell darauf.

Crusher hatte bereits den morgendlichen Bericht vorbereitet.

»Sehr geringe Aktivität, Sir«, sagte er ruhig. »Eine kleine Kurskorrektur um sechs Uhr, um einem Asteroiden auszuweichen – seine Position wurde in die Sternenkarten eingetragen. Wir haben den Zeitverlust ausgeglichen und werden pünktlich auf Alpha Pensura eintreffen.«

»Ausgezeichnet«, erwiderte Picard. »Führen Sie bei den Sensoren einen Diagnosecheck der Stufe eins durch. Wir brauchen ihre maximale Leistung …«

»Captain«, unterbrach ihn sein Kommunikationsoffizier. »Eine vorrangige Nachricht von einem Schiff im Beta-Quadranten. Kein Identitätskode, nur der Prioritätskanal.«

»Beantworten Sie den Funkspruch«, sagte Picard. »Legen Sie ihn auf den Schirm.« Picard erhob sich und richtete seine Aufmerksamkeit auf den vorderen Bildschirm. »Ich bin Captain Jean-Luc Picard von der *USS Stargazer*. Wie können wir Ihnen helfen?«

Picard hatte noch nie persönlich mit einem Gorn gesprochen; daher war er etwas überrascht, als das fremde Gesicht auf dem Bildschirm erschien. Während der Gorn ihn betrachtete, blieb Picard nur ein kurzer Augenblick, um die Gesichtszüge des Reptilienwesens zu erfassen: die grobe, grüne Haut, die fast insektoiden Augen mit ihren zahlreichen Facetten und die vorstehenden Zähne.

»Captain«, sagte der Gorn. Der Computer übersetzte die Stimme, während im Hintergrund Zischlaute und gutturale Atemgeräusche zu vernehmen waren. »Wir möchten persönlich mit Ihnen sprechen. Bringen Sie Ihr Schiff zu den Koordinaten, die wir Ihnen nun senden.«

Picard hielt seinen Tonfall und Gesichtsausdruck ruhig. »Natürlich werden wir gern ...«

Doch das Bild verschwand abrupt vom Schirm.

Jack Crusher ergriff als erster das Wort. »Captain, was hat das zu bedeuten?«

Picard drehte sich zu seinem wissenschaftlichen Offizier um. »Ich vermute, das war ein Anfang, Mr. Crusher ... ein Anfang.«

Picard sah aufmerksam zu, während das Band sich seinem Ende näherte. Der Raumschiffkommandant – der Protagonist des Bandes – war offensichtlich erschöpft und behandelte sein linkes Bein. Der Captain erkannte sofort die Zeichen – und wußte, daß der Kommandant am Ende seiner Widerstandskraft angelangt war.

Die Geschichte verlor für Jean-Luc niemals ihren Reiz, und vielleicht zum hundertsten Mal in seinem Leben als Erwachsener beobachtete er, wie dem Raumschiffkommandanten eine Erleuchtung kam. Beobachtete er, wie der fast schon Besiegte seine Materialien zusammentrug:

einfache Chemikalien, Steine und ein Bambusrohr. Beobachtete er, wie der Kommandant dem Feind entgegentrat, mit seiner primitiven, selbstgebastelten Schußwaffe zielte und sich dann anschickte, seine kaum vorhandene Chance wahrzunehmen.

Gefesselt wie immer sah Picard zu, wie der Kommandant die Zündschnur in Brand setzte ... und dann nichts. Das Band endete, wo es immer endete, einen Sekundenbruchteil, bevor der Kampf gewonnen oder verloren wurde, einen Sekundenbruchteil, bevor endgültig über Tod oder Überleben des Raumschiffkommandanten und seiner Besatzung entschieden wurde.

Die Urheber dieses Konflikts einer längst vergangenen Zeit, die geheimnisvollen und mächtigen Metronen, hatten die beiden Kommandanten gegeneinander antreten lassen und den Einsatz und die Regeln bestimmt. Sie hatten diesen Augenblick ausgewählt, um ihre Übertragung zu beenden. Starfleet hatte die Aufzeichnung des Zwischenfalls daraufhin für die Öffentlichkeit gesperrt, und die Lösung des Kommandanten war ein Geheimnis geblieben.

Picard hatte sich mehr als einmal mit dieser Situation konfrontiert. Captain James T. Kirks Begegnung mit dem Captain des Gornschiffs auf einer öden und trostlosen Welt war zu einer Legende geworden ... und Simulationen dieser Begegnung waren ein Standardtest für Kadetten an der Starfleet-Akademie.

Wenn Picard sich recht erinnerte, war er sechs Mal von dem Gorn ›getötet‹ worden. Beim ersten Mal hatte er sich überraschen lassen und war nach einem kurzen Nahkampf mit dem unglaublich starken reptilischen Humanoiden gestorben. Bei einer anderen Gelegenheit hatte er versucht, Kirks Trick mit der Schußwaffe nachzuahmen, und hatte sich schmerzhafte Verbrennungen an den Händen und vier Wochen mit einer Augenklappe zugezogen.

Bei Picards letzten vier Begegnungen mit dem Gorn

war er gestorben, während er versuchte, mit dem fremden Captain zu verhandeln.

Picard wußte, daß Kirks Lösung irgendwo dazwischen lag. Irgendwie hatte der Captain dieser frühen *Enterprise* das Spiel verändert. Die Regeln, die die Metronen aufgestellt hatten, waren ganz einfach: Die beiden Captains traten in einem Kampf Mann gegen Mann an, der über ihr Leben und das Überleben ihrer Schiffe entschied. Das Spiel hatte im Prinzip nur eine Regel ... überleben. Und so viel war klar: Kirk hatte es geschafft.

Doch anscheinend war auch das Schiff der Gorn verschont worden. Kirk hatte eine Möglichkeit gefunden, mehr zu gewinnen als sein eigenes Leben und das seiner Crew. *Irgendwie.* Es war ein faszinierendes Problem.

Picards Gedanken wurden von der Ankunft seiner Offiziere unterbrochen, die von seinem Stellvertreter, Ben Zoma, angeführt wurden. Der Blick der dunklen Augen des Ersten Offiziers ruhte bereits auf dem Captain und brachte seine Besorgnis über die Situation zum Ausdruck.

Ben Zoma wurde von dem sehr großen, imposanten Dr. Greyhorse und dem ebenso imposanten, blauhäutigen Lieutenant Vigos gefolgt.

Der wissenschaftliche Offizier Jack Crusher kam als letzter und sprach als erster. »Wir haben eine Reihe von Computerchecks durchgeführt, Sir, und die Nachricht stammt tatsächlich von den Gorn. Sie kam genau aus dem Zentrum des Territoriums der Gorn, und der Rendezvouspunkt, dessen Koordinaten uns übermittelt wurden, liegt nicht weit von der mutmaßlichen Heimatwelt der Gorn entfernt.«

Picard spürte, wie die Erregung sein Gesicht rötete. *Die Möglichkeiten ...*

»Anscheinend«, sagte er, »meinen die Gorn es mit ihrem Angebot sehr ernst – und das heißt, wir könnten die ersten Föderationsbürger sein, die ihre Welt zu sehen bekommen.«

Feuerleitoffizier Vigo runzelte die Stirn. »Sie meinen es bestimmt ernst, aber nicht unbedingt freundlich. Schließlich wissen wir nicht, was sie wollen.«

Die meisten anderen, auch Picard, nickten zustimmend. »Das stimmt, Mr. Vigo, aber wir können Vermutungen anstellen. Mr. Crusher?«

Jack Crusher erhob sich und ging zum Bildschirm des Konferenzraums, auf dessen Standbild Captain Kirk dem Gorn ins Auge sah. »Captain James T. Kirks Begegnung mit dem Gorn vor fast fünfundsiebzig Jahren«, begann Crusher mit dem für ihn so charakteristischen ansatzweisen Lächeln, »ist bis zu einer gewissen Stelle gut dokumentiert. Die Gorn griffen einen harmlosen Vorposten der Föderation an. Dieser Zwischenfall wurde allgemein als das Massaker von Cestus Drei und offiziell als der Zwischenfall von Cestus Drei bekannt.

Daraufhin fing die *USS Enterprise NCC-1701* das Schiff der Gorn ab, doch der Kampf wurde von einer mächtigen außerirdischen Rasse, den Metronen, unterbrochen, die Captain Kirk im Nahkampf gegen den Captain der Gorn antreten ließen. Natürlich wissen wir nicht, welche Lösung Kirk fand, aber wir wissen, daß er sein Schiff gerettet hat. Des weiteren ist uns bekannt, daß er eine Vereinbarung erzielen konnte, die auch das Schiff der Gorn verschonte.

Damals entsprachen die Technologie und Waffen der Gorn in etwa denen von Starfleet – Phaser, vergleichbare Warptriebwerke und so weiter –, und das Schiff der Gorn war der *Enterprise* jener Zeit durchaus gleichwertig. Aber ich sage Ihnen damit nichts, das Sie nicht schon auf der Akademie gelernt haben.«

Crusher runzelte die Stirn, was ihm gar nicht ähnlich sah. »Und ein dreiviertel Jahrhundert später beruht das meiste von dem, was wir über die Gorn wissen oder vermuten, noch immer auf diesen Aufzeichnungen der *Enterprise*. Nach dieser Begegnung erkannte die Föderation an, daß Cestus Drei sich im Territorium der Gorn befand, und überließ die Welt dieser Spezies. Danach handelten die Föderation und die Gorn über Subraumkommunikation den Grenzverlauf aus. Seitdem haben die Gorn wiederholt Versuche zurückgewiesen, formelle diplomatische Beziehungen aufzunehmen oder Handelsabkommen zu schließen. Die wenigen Kontakte, die wir hatten, kamen durch neutrale Freihändler zustande, die am Rand des Föderationsgebiets operieren.«

Der Erste Offizier Ben Zoma bedachte den Gorn auf dem Bildschirm mit einem kühlen Blick. »Sie haben ein Treffen angeboten, und ich will die historische Bedeutung nicht ignorieren, aber ich rate zur Vorsicht. Sie könnten irgend etwas verbergen.«

Vigo nickte zustimmend. »Sie könnten sich auf einen weiteren Zusammenstoß vorbereiten, der ihnen dann einen Vorteil über uns verleiht.«

Dr. Greyhorse verlagerte seinen großen Körper im Sessel und ergriff mit seiner tiefen, volltönenden Stimme das Wort. »Könnten sie Angst haben?«

Crusher zuckte mit den Achseln. »Vielleicht bleiben sie nur lieber unter sich. Wir haben einfach nicht genug Informationen, um zu einer begründeten Vermutung zu gelangen.« Crusher erwiderte Picards ruhigen Blick. »Tut mir leid, Sir.«

Picard tat die Entschuldigung mit einer Handbewegung ab. »Was wissen wir über die Gorn selbst, Jack?«

Crusher ließ sich einen Moment lang Zeit, um seine Gedanken zu sammeln. »Offensichtlich handelt es sich um Reptilien, die irdischen Krokodilen und Eidechsen sehr ähnlich sind. Solche Wesen bezeichnen wir als Kaltblütler. Da sie weder über den inneren Thermostat der Säugetiere verfügen noch eine konstante Temperatur bewahren müssen, benötigt ihr Körper weniger Brennstoff, und sie sind wahrscheinlich imstande, mit wenig verfügbarer Nahrung und Wasser in einem rauhen Klima zu überleben. Und sie sind natürlich hochintelligent.«

»Und sehr aggressiv«, warf Vigo ein. »Schließlich bestand ihr erster Kontakt mit der Föderation aus dem Angriff auf Cestus Drei.«

»In der Tat«, gestand Crusher ein. Er drückte auf einen Schalter am Schirm, und das Bild eines Gorn erschien. »Wenn wir von dem Reptilienmodell ausgehen, besteht kein Zweifel daran, daß die Gorn sehr territorialbezogen sind. Sie scheinen sich für eine intelligente Spezies auch langsam zu bewegen, und langsamere Reptilien neigen dazu, sofort Kampfbereitschaft zu zeigen. Sie behaupten, der Angriff auf Cestus Drei sei eine Defensivmaßnahme gewesen, und aus diesem Grund wurde die Welt letztlich den Gorn überlassen.«

Picard bedeutete Crusher, er möge sich setzen. »Wichtige Faktoren, an die wir denken müssen.«

»Leider wissen wir nicht mehr«, sagte Ben Zoma seufzend.

»Sicher«, erwiderte Picard. »Aber ich bezweifle, daß wir jemals alle Informationen bekommen werden, die wir brauchen oder gern hätten. Für den Moment müssen wir bezüglich der Initiative der Gorn das Beste annehmen und hoffen, daß sie uns nicht enttäuschen werden.« Picard nahm Vigos Einwand vorweg. »Allerdings werden wir die gebotene Vorsicht walten lassen und jede nur mögliche Sicherheitsmaßnahme ergreifen – damit wir Starfleet melden können, was wir herausgefunden haben.«

Picard richtete den Blick auf Ben Zoma. »Stellen Sie ein Außenteam zusammen, dem Angehörige aller wissenschaftlichen Abteilungen und eine volle Sicherheitsmannschaft angehören. Vielleicht werden wir Zeuge eines historischen Ereignisses, meine Herren. Die bevorstehenden Tage werden uns alles abverlangen. Einstweilen können wir lediglich weiterhin unser Bestes tun, wenn wir unseren Gastgebern begegnen.«

Picard befand sich auf der Brücke, als die *Stargazer* siebzehn Stunden später die von den Gorn übermittelten Koordinaten erreichte.

»Wir kommen in Sichtweite, Sir«, meldete der Fähnrich an der Kommunikationskonsole.

Der Captain erhob sich, bevor er den Befehl erteilte. »Auf den Schirm, volle Vergrößerung.« Die rechteckige Form des Gornschiffs erschien auf dem Hauptbildschirm.

Picards nächster Kommentar galt der Brückenbesatzung allgemein. »Wir haben die Ehre, als erste Starfleet-Crew ein Raumschiff der Gorn zu sehen. Kein anderes Schiff ist so nah herangekommen.«

»Voller Sensorenscan, Sir?« fragte Crusher, ohne den Blick vom Bildschirm zu nehmen.

»Auf keinen Fall, Mr. Crusher. Sie könnten einen vollständigen Scan als aufdringlich empfinden. Nur passive Sensoren.«

Während der nächsten Minuten beherrschte Stille die Brücke. Die Mannschaft beobachtete das größer werdende Bild des Gornschiffes. Es verfügte über zwei Antriebsgondeln, was Picard als typisch für die meisten Spezies erkannte, die zum überlichtschnellen Raumflug fähig waren. Die Gondeln der Gorn ragten auf der Unterseite des Raumers nach vorn – der anmutigste Aspekt eines Schiffes, das ziemlich scharf umrissen war und harte Winkel aufwies.

Wir sind die ersten, dachte Picard mit jener Mischung aus Stolz und Dankbarkeit, die so charakteristisch für einen Großteil seiner Laufbahn bei Starfleet war. Die ersten, die dieses Schiff sehen. Und wir werden die ersten sein, die diese Wesen kennenlernen.

Ben Zoma war der erste, der das Schweigen brach. »Einen Schönheitspreis wird sie nicht gewinnen.«

»Wir aber auch nicht«, warf Jack Crusher ein.

Picard lächelte und verzichtete darauf, den Einwand zu kommentieren.

»Die Gorn aktivieren die Schilde, Sir«, sagte Crusher, und seine Stimme vermittelte eine Besorgnis, die auch Picard verspürte.

»Schilde, Captain?« fragte Vigo am Feuerleitstand.

»Nein«, sagte Picard ohne das geringste Zögern. »Wir werden keine Maßnahme ergreifen, die man als Provokation auslegen könnte.«

»Ihre Phaserbänke wurden aktiviert, Sir«, fügte Crusher hinzu. Und dann, bevor Picard etwas erwidern konnte: »Sie feuern einen Schuß ab.«

Zwei grünliche Strahlen schossen aus der Unterseite des Gornschiffes hervor. Anhand des Winkels der Strahlen erkannte Picard, daß sie den Hauptschiffskörper treffen würden. Einen Augenblick später spürte er im Boden seines Schiffes eine sanfte Schwingung. Seltsam, dachte er. Ein Schuß mit voller Energie hätte sie viel stärker durchschütteln müssen, selbst wenn die Gorn in den fünfundsiebzig Jahren seit ihrem letzten Zusammenstoß mit der Föderation ihre Waffen nicht verbessert hatten.

»Mr. Vigo, Schilde hoch. Mr. Crusher, berechnen Sie die Energie dieses Schusses, verdoppeln Sie sie und geben Sie die Daten in den Waffenleitstand ein. Mr. Vigo, Feuer frei.«

Die Phaserstrahlen schossen aus der *Stargazer* hervor und trafen das Gornschiff achtern, streiften die Schilde des Gefährts und schufen eine strahlende Farbenpracht.

»Wird das Feuer erwidert?« fragte Picard.

»Nein, Sir«, meldete Vigo.

»Schäden?«

»Keine, Sir«, erwiderte Jack Crusher. »Ihr Schuß war sehr energieschwach, und unserer wurde problemlos von ihren Schilden abgewehrt.«

»Wir werden gerufen, Sir«, meldete der Kommunikationsoffizier.

»Auf den Schirm«, befahl Picard.

Soweit der Captain es feststellen konnte, erschien auf dem Bildschirm derselbe Gorn wie zuvor.

»Captain Picard«, ergriff das Echsenwesen das Wort, »Ihrer Herausforderung wurde gut begegnet. Nun möchten wir *Ihnen* begegnen.«

Der Gorn schien auf eine Antwort zu warten. Der Translator übertrug keinerlei Anspannung in seiner Stimme; nichts wies darauf hin, daß es zwischen den beiden Schiffen soeben zu einem Schußwechsel gekommen war.

Picard trat einen Schritt näher an den Bildschirm. »Sie erweisen uns mit dieser Gelegenheit Ehre, Ihr Volk kennenzulernen. Ich würde gern ein Team zusammenstellen und mich so schnell wie möglich mit Ihnen treffen.«

Das Gesicht des Gorn war fast undeutbar. »Nein, wir möchten uns mit Ihnen allein treffen.«

Picard spürte, wie die Anspannung auf der Brücke abrupt anstieg. Er hielt seinen Tonfall ruhig. »Wir pflegen den Brauch, unbekannte Spezies mit einer kleinen Gruppe von Personen zu begrüßen, die in unterschiedlichen Disziplinen ausgebildet sind. Das hilft uns, unsere Vielfalt besser darzustellen und ein neues Volk besser zu verstehen.«

Das Gesicht des Gorn blieb ausdruckslos, doch seine Stimme wurde eine Stufe lauter. »Um den Zweck dieser Begegnung zu erfüllen, sind andere überflüssig. Sie dürfen sich in genau einer Ihrer Stunden auf unser Schiff transferieren. Wir werden Sie zu dem Ort bringen, an dem das Treffen stattfindet. Halten Sie sich bereit, die Koordinaten zu empfangen.«

»Bestätigt«, sagte Picard, als der Bildschirm dunkel wurde.

Ben Zoma stand unmittelbar darauf neben seinem Captain. Seine Stimme war ein eindringliches Flüstern, und seine dunklen Brauen schienen sich über seinem Nasenrücken zu berühren. »Captain, ich hoffe, Sie ziehen nicht in Erwägung, allein dort hinüber zu gehen.«

Picard seufzte innerlich, während er zum Turbolift ging. Ben Zoma folgte ihm.

»Nummer Eins, ich verstehe Ihre Besorgnis, aber es hat den Anschein, daß die Gorn uns kaum eine andere Wahl lassen.«

Ben Zoma trat ebenfalls in den Lift. »Sir«, fuhr er nahtlos fort, »ich kann dieses Vorgehen nicht billigen. Abgesehen davon, daß Sie sich natürlich selbst in Gefahr bringen, stellt es für die gesamte Föderation ein Risiko dar, wenn Sie sich in die Hände der Gorn begeben. Wir wissen nicht, ob sie wirklich friedliche Absichten haben ...«

Picard tat die Besorgnis mit einer Handbewegung ab.

»Sir«, fuhr Ben Zoma fort, »es handelt sich um einen Präzedenzfall. Bei unserem ersten Kontakt mit den Gorn haben sie einen hinterhältigen Angriff auf einen unserer Vorposten unternommen.«

»Starfleet Command ist zum Schluß gekommen, daß sie aus Notwehr gehandelt haben«, entgegnete der Captain.

Ben Zomas Wangen röteten sich, und Picard konnte die Argumente hören, die sich im Kopf seines Ersten Offiziers bildeten, noch bevor dieser sie aussprach. »Vielleicht haben sie das tatsächlich getan, Sir, und vielleicht hegen sie hier hehre Motive. Ich sage ja nur, daß wir sicher sein müssen, bevor wir einer so wichtigen Person wie einem Raumschiffkommandanten erlauben können, sie allein zu treffen.«

Picard hatte bereits alles in Betracht gezogen, was Ben Zoma gesagt hatte. Es bestand ein gewisses Risiko, doch die möglichen Vorteile waren beträchtlich. Wäre Feindseligkeit die einzige Absicht der Gorn gewesen, hätten sie die *Stargazer* vernichten können, als sie ihre Schilde gesenkt hatte. Nein, er würde diese Gelegenheit nicht von der Besorgnis um seine persönliche Sicherheit zerstören lassen. Als er sprach, klang seine Stimme fest.

»Commander, ich beabsichtige, die Forderung der Gorn zu erfüllen. Ich bin der Ansicht, daß wir diese Gelegenheit nutzen müssen. Ich möchte nicht dafür verantwortlich sein, daß weitere fünfundsiebzig Jahre verstreichen, bis wir mit dieser Spezies erneut in Kontakt treten können.«

Picard sah, daß Ben Zoma auf sein letztes Argument zurückgreifen wollte. »Captain ...«

»Gilaad«, unterbrach Picard ihn, »ich werde jede nur erdenkliche Vorsichtsmaßnahme ergreifen, um meine Sicherheit zu gewährleisten. Das muß genügen.«

Die Türen des Turbolifts öffneten sich auf dem Deck, auf dem sich seine Kabine befand. »Bis auf weiteres«, fuhr er fort, »werde ich mich in meinem Quartier vorbereiten. Sie haben das Kommando.«

Als Picard auf den Gang trat, schwor er sich stumm, seinem nächsten Ersten Offizier nicht zu erlauben, ihn so zu verhätscheln, wie Gilaad Ben Zoma es tat.

Jack Crusher wartete einen Augenblick, bis er die Aufforderung des Captains hörte. »Herein«, sagte Picard, und Crusher betrat das sparsam eingerichtete Quartier seines vorgesetzten Offiziers. Eines der wenigen Schmuckstücke war ein Gemälde der *Stargazer* mit ihren schwerfälligen vier Antriebsgondeln. *Nein, sie wird nie einen Schönheitspreis gewinnen,* dachte Jack. Der einzige andere bemerkenswerte Schmuck war ein Band aus Shakespeares gesammelten Werken, der auf dem Schreibtisch des Captains lag.

»Status?« fragte Picard, der hinter demselben Schreibtisch saß.

»Wir sind auf Impulsgeschwindigkeit gegangen und folgen dem Begleitschiff der Gorn zum vierten Planeten des Systems Vontalimar, Sir.«

»Ist das die Heimatwelt der Gorn?«

Crusher schüttelte den Kopf. »Das glaube ich nicht. Wir haben nur ein paar Millionen Lebensformen in lediglich zwei Bevölkerungszentren gescannt. Ich vermute, daß wir unterwegs zu einer ihrer Kolonien sind.«

»Weitere Nachrichten?«

»Nicht, seit wir dem Begleitschiff begegnet sind und sie ihre ... Bitte geäußert haben.« Jack dachte noch einmal über die Rede nach, die er hatte halten wollen, und verzichtete dann auf die vorbereitete Erklärung. »Mir gefällt das nicht, Sir.«

Der Captain runzelte interessiert die Stirn.

»Die Gorn sind eine unbekannte Größe«, erklärte Crusher. »Für das Protokoll: Ich heiße es nicht gut, daß Sie sich allein mit ihnen treffen. Sie haben uns keine Tagesordnung für das Gespräch übermittelt, nicht mal eine Liste von Forderungen – nur den Wunsch, Sie allein und persönlich sprechen zu wollen. Ich schlage vor, daß wir dieses Treffen wie einen Erstkontakt behandeln, was ja auch so ziemlich der Wahrheit entspricht, und ein volles Sicherheits- und Kulturkontaktteam ausschicken.«

Mit einer einzigen sparsamen Bewegung erhob sich Picard aus seinem Sitz. »Der Repräsentant der Gorn hat gebeten, mit mir allein zu sprechen, Jack. Sie haben diesen Wunsch unmißverständlich zum Ausdruck gebracht. Ich vermute: Sollten wir die einzige Bitte, die sie an uns gerichtet haben, nicht erfüllen, riskieren wir sämtliche möglichen Vorteile, die diese Begegnung mit sich bringen könnte.«

Der Tonfall des Captains war resolut, doch seine Blicke brachten Besorgnis über Jacks Bedenken zum Ausdruck. Crusher sah sich gezwungen, seine letzte Karte auszuspielen, obwohl er zu wissen befürchtete, wie das Ergebnis aussehen würde. »Sir, wir wissen nicht, ob es überhaupt irgendwelche Vorteile geben wird.«

Picard bedachte seinen Offizier mit einem breiten Grinsen, das er nur selten zeigte. »O doch, Jack. Wir haben bereits etwas gesehen, das kein anderes Schiff von Starfleet seit über fünfundsiebzig Jahren gesehen hat – einen Raumer der Gorn. Und diesmal haben wir nicht versucht, uns gegenseitig zu vernichten. Ich würde sagen, daß wir schon Bemerkenswertes erreicht haben. Darüber hinaus haben wir keine Ahnung, welche Möglichkeiten ein persönliches Gespräch bringen wird. Buchstäblich alles könnte geschehen.«

»Das macht mir ja gerade solche Angst«, sagte Crusher, konnte dabei aber ebenfalls ein Grinsen nicht unterdrücken. Der Enthusiasmus des Captains war ansteckend. Dennoch versuchte Jack, seine Miene neutral zu halten. »Ich möchte Sie bitten, dort draußen so wenig Risiken wie möglich einzugehen, Sir. Und zögern Sie nicht, uns um Hilfe zu rufen. Wir werden so schnell wie möglich kommen.«

Picard gab dem jüngeren Mann einen Klaps auf die Schulter, als er ihn zur Tür begleitete. »Ich werde daran denken.«

Als Jack das Quartier des Captains verließ, war er nicht weniger um Picards Sicherheit besorgt, doch zum erstenmal über die Aussichten der Begegnung begeistert. Zwei Gedanken gingen ihm im Kopf umher, als er den Turbolift betrat. Zum einen war er gerade von seinem Captain ›geführt‹ worden – und zwar gut. Zum anderen hatte er nicht die geringste Chance gehabt, Jean-Luc Picards Meinung zu ändern.

Als die Kabinentüren sich öffneten, sah Captain Picard erfreut, daß seine Führungsoffiziere sich versammelt hatten, um ihn zu verabschieden. Besonders Ben Zoma wirkte bemerkenswert entspannt. Zweifellos hatte er die Logik von Picards Entschluß akzeptiert.

»Captain, wir möchten Ihnen Glück wünschen«, sagte der Erste Offizier. »In Gedanken sind wir bei Ihnen.«

Er wirkt fast heiter, dachte Picard. Vielleicht hat Jack mit ihm gesprochen. Der Captain achtete darauf, daß man seiner Stimme die Überraschung nicht anmerken konnte. »Danke, Nummer Eins.« Dann ließ er einen dankbaren Blick über den Rest seiner Crew gleiten. »Und Ihnen allen ebenso.«

Picard trat auf die Transporterfläche, drehte sich zu seinen Offizieren um und nickte dem Transporterchief fast unmerklich zu. »Energie.«

Crusher setzte sich in Bewegung, bevor der Befehl über die Lippen des Captains kam. Als Picard das erste Summen des Transporterzyklus hörte, stürmte sein Freund zu ihm, blieb direkt vor der Transporterfläche stehen und befestigte einen Phaser an der Hüfte des Captains.

Das letzte, was Picard sah, bevor der Transporter aktiv wurde, war Crushers Lächeln.

Sobald ich zurück auf dem Schiff bin, werde ich ihm einen Verweis erteilen müssen, dachte Picard. Und Ben Zoma zweifellos ebenfalls.

Dann nahm das Gornschiff um ihn herum Gestalt an. Im Gegensatz zu den harten Linien der Hülle bestand das Schiff innen fast vollständig aus abgerundeten Kanten und glatten, polierten Metalloberflächen, von denen einige silbern, andere mattgolden schimmerten. Abwandlungen von Aluminium und Kupfer, dachte Picard.

Die Gorn selbst wirkten aus der Nähe sehr beeindruckend. Sie waren zu dritt. Der größte überragte den Captain um volle zwei Köpfe, und Picard erkannte ihn als den, der mit der *Stargazer* kommuniziert hatte. Seine reptilienhaften Gesichtszüge waren stumpfer und grobschlächtiger als die seiner kleineren Gefährten. Er hatte eine ähnliche grüne Hautfarbe wie der Gorn, der gegen Kirk gekämpft hatte, während die ›Haut‹ der anderen von großen roten und braunen Streifen durchzogen war.

Sie waren identisch gekleidet, trugen unauffällige einteilige Anzüge, die metallisch schimmerten.

Als Picard den Gorn betrachtete, verspürte er nichts von dem Ekel, den er erwartet hatte. Statt dessen empfand er lediglich freudige Erwartung. Ein weiterer Vorzug der Simulationen an der Akademie, vermutete er.

Der Anführer zischte und fauchte einem seiner Gefährten etwas in seiner Muttersprache zu. Einer der kleineren Gorn griff nach seinem Gürtel, an dem etwas befestigt war, das wie eine Handfeuerwaffe aussah. Picard wurde sich plötzlich des Phasers an seiner Seite sehr bewußt und bekräftigte seine Entschlossenheit, mit Jack Crusher ein ernstes Gespräch zu führen.

Das kleinere Echsenwesen hob nun einen Zylinder hoch, der vielleicht den Durchmesser von Picards Daumen hatte und etwa fünfzehn Zentimeter lang war. Der Gorn trat zu Picard und gab ihm das Gerät.

Picard nahm den Zylinder entgegen, erleichtert, daß es sich nicht um eine Waffe handelte. Das Gerät übersetzte sofort die nächsten Worte des Gorn.

»Captain«, sagte das Reptilienwesen, »willkommen auf unserem Schiff.«

Ben Zoma hörte endlich damit auf, ständig umherzugehen, und zwang sich, auf dem Sessel des Captains Platz zu nehmen. »Mr. Crusher ... Status?«

Jack Crusher schaute von seinem Bildschirm an der wissenschaftlichen Station auf. »Die Schilde des Gornschiffs haben weiterhin volle Energie. Ich habe den Captain mit den Sensoren erfaßt.«

»Hat er noch den Phaser?« Ben Zoma wußte, daß Picard ihnen nach seiner Rückkehr wegen ihres kleinen ›Geschenks‹ einen Anpfiff verpassen würde, doch den würde der Erste Offizier schon überstehen – wenn der Captain überhaupt nur zurückkehrte.

»Ja, Sir«, erwiderte Crusher. »Ich habe die Iridium-Bestandteile der Waffe klar erfaßt. Solange der Captain den Phaser hat, können wir ihn überall in diesem Sektor aufspüren.«

Ben Zoma verstummte, doch im nächsten Augenblick ergriff der Lieutenant hinter der Kommunikationskonsole das Wort. »Wir werden gerufen, Sir. Es ist der Captain. Ich habe visuellen Kontakt.«

»Auf den Schirm, Lieutenant.«

Picard erschien auf dem Bildschirm, und Ben Zoma spürte augenblicklich, daß die Stimmung auf der Brücke besser wurde. Ihr Captain war unverletzt.

»Captain«, sagte der Erste Offizier.

»Nummer Eins. Meine Gastgeber haben mich gebeten, sie auf eine kleine Reise zu begleiten, und ich habe zugestimmt.«

»Darf ich die *Stargazer* als Eskorte vorschlagen, Sir?«

Picard lächelte tatsächlich. »Diesmal nicht, Gilaad.«

Ben Zoma betrachtete seinen Captain nachdenklich. Der Mann schien nicht unter Zwang zu stehen, doch sein Erster Offizier mußte sich vergewissern. *»Die Luft geht scharf; es ist entsetzlich kalt«*, sagte Ben Zoma und machte aus der Aussage eine Frage.

Picard antwortete ohne das geringste Zögern. *»'s ist eine schneidende und strenge Luft.«* Das war die zutreffende verschlüsselte Antwort, die sie vereinbart hatten, und der Captain unterstrich seine Zeile aus *Hamlet* sogar mit einem leichten Grinsen. In der Tat, es ging ihm gut.

»Wann können wir Sie zurückerwarten, Sir?« fragte der Erste Offizier.

»Meine Gastgeber haben mir mitgeteilt, daß ich in spätestens sechsunddreißig Stunden wieder zurück sein werde.«

Ben Zoma nickte. »Wir werden hier warten, Sir.«

»Ausgezeichnet, Nummer Eins. Picard Ende.«

»Ich habe den Phaser weiterhin mit den Sensoren erfaßt, Sir«, meldete Crusher. »Der Captain trägt ihn noch. Wir können ihn überall aufspüren.«

»Na ja, immerhin etwas«, murmelte Ben Zoma. *Picard scheint überzeugt zu sein, daß alles in Ordnung ist. Ich sollte mir keine Sorgen machen.*

Dennoch rutschte er unbehaglich auf dem Sessel hin und her. Gilaad Ben Zoma wußte nicht genau, warum, aber irgend etwas an dieser Mission machte ihn noch immer verdammt nervös.

Mehrere Stunden später starrte Picard die Wände des kleinen Quartiers an, das der größte Gorn ihm zugewiesen hatte – nach menschlicher Einschätzung der Captain des Schiffes.

Von Anfang an war Picard etwas aufgefallen, das ihm zuerst wie eine extreme Formalität in der Sprache und den Bewegungen der Echsenwesen vorgekommen war.

Es hatte den Anschein, daß die Gorn sich angestrengt

bemühten, das menschliche Protokoll nachzuahmen. Picard räusperte sich. Eigentlich hätte dieses Verhalten ihn beruhigen sollen; offensichtlich versuchten seine Gastgeber, es ihm so bequem wie möglich zu machen. Aber aus Gründen, die er nicht erklären konnte, bereiteten die Versuche der Gorn, alles ›richtig‹ zu machen, ihm lediglich Unbehagen.

Seine Gedanken wurden von einem tiefen Summen unterbrochen, das allmählich den Raum ausfüllte. Er schwang sich gerade von der Pritsche, als der Captain und zwei andere Offiziere der Gorn, die er erkannte, ohne Umschweife sein Quartier betraten.

Sein Gastgeber bedachte den Menschen mit einem übertriebenen Nicken. »Captain Picard«, sagte er, »wir haben unser Ziel erreicht. Bitte begleiten Sie uns.«

Picard war einen Augenblick später auf den Füßen und folgte dem Gorn durch das Schiff. Ziemlich schnell hatten sie den Transporterraum erreicht. Picard fiel auf, daß die Vorrichtung nicht über einzelne Flächen, sondern über aneinander grenzende Bodenplatten verfügte. Er folgte dem Beispiel der anderen und bezog eine willkürliche Position.

Sein Instinkt forderte ihn auf, sich zum Transportertechniker umzudrehen – oder vielmehr den Technikern, denn drei Personen schienen zur Bedienung des Geräts erforderlich zu sein. Aber Picard sah schnell, daß der Captain der Gorn und die anderen sich auch nicht umdrehten. Statt dessen sahen sie lediglich zur anderen Seite des Raums.

Der kleine Unterschied im Transporter-Protokoll erinnerte den Menschen daran, daß er es mit einer fremden Rasse zu tun hatte, über die er praktisch nichts wußte. Bislang hatten sie versucht, in mehr oder weniger menschlichen Begriffen mit ihm zu kommunizieren. Doch schon bald, vermutete Picard, würde er sich mit den ihren auseinanderzusetzen haben.

Der Transporter erfaßte sie – und einen Augenblick

später nahm eine große Kammer um sie herum Gestalt an. Eine hohe Steinwand, durchzogen von Metallbalken aus dem Material, das er schon an Bord des Schiffes gesehen hatte.

Als seine Gefährten sich umdrehten, folgte Picard schnell ihrem Beispiel. Sie alle standen nun einem Kontingent von einem halben Dutzend Gorn gegenüber. Der größte von ihnen, der kleiner, aber stämmiger als der Captain der Gorn war, trug ebenfalls einen Translator.

»Captain Picard, willkommen auf unserer Welt. Ich bin hier der Anführer. Sie können mich Anführer Keeyah nennen.« Das stämmige Echsenwesen bedachte Picard mit etwas, das einer menschlichen Verbeugung entsprechen sollte, bei ihm aber so natürlich wirkte wie ein Tutu an einem Sumoringer.

»Anführer Keeyah«, erwiderte der Mensch, »es ist für mich persönlich – und als Repräsentant der Föderation – eine große Ehre, auf Ihre Welt eingeladen zu werden. Ich hege die Hoffnung, daß unser Treffen das erste von vielen und der Beginn eines Austausches sein wird, der unsere beiden Völker bereichern wird.«

Anführer Keeyah betrachtete Picard einen Augenblick lang stumm. »Bitte begleiten Sie mich«, sagte er dann.

Die gesamte Gruppe trat aus der großen, offenen Kammer in einen langen Gang mit Türen auf beiden Seiten und schritt ihn ab, bis sie das Ende erreicht hatten. Dort gingen sie durch einen Torbogen.

Der Mensch fand sich in einem kleinen Raum mit einem Tisch in einer Ecke wieder. Anführer Keeyah und der Captain der Gorn berieten sich einen Augenblick lang. Dann sah Keeyah Picard fest an.

Der Anführer der Gorn hob eine Hand und hielt Picard ein kleines elektronisches Gerät hin, das der Mensch schnell ergriff. Dann sprach Keeyah – bedächtig, nachdrücklich und ohne Raum für Mißverständnisse.

»Captain Picard«, sagte er, »die erste Begegnung zwischen unseren beiden Spezies war ein Fehler, der aus der Verwirrung beider Seiten entstand. Ich habe eine Nachricht für Sie, die Sie Ihren Artgenossen übermitteln können, damit unsere zukünftige Kommunikation genau und richtig erfolgen kann.«

Picard nickte. »Natürlich. Wir haben festgestellt, daß eine exakte Kommunikation der Eckpfeiler guter Beziehungen mit anderen Wesen ist.«

Der Gorn musterte ihn. »In diesem Fall, Captain, ist die Kommunikation ganz einfach. Ihre Expansion in der Galaxis stellt die größte Bedrohung dar, der mein Volk je ausgesetzt gewesen ist. Wir erklären hiermit formell den Kriegszustand zwischen unseren Völkern. Wir werden Sie auf Ihr Schiff zurückbringen; Sie werden diese Nachricht ohne Verzögerung weitergeben. Es kann kein Mißverständnis geben, und Sie werden uns auch nicht vorwerfen können, unsere Kriegserklärung nicht offen ausgesprochen zu haben.«

Der Gorn blieb völlig ruhig und bewahrte den ausgeglichenen Tonfall, mit dem er zuvor bei der höflichen Begrüßung gesprochen hatte, und einen Moment lang fragte Picard sich, ob er ihn richtig verstanden hatte. Doch dieser Augenblick war schrecklich kurz – und dann war jeder Zweifel ausgeräumt.

Krieg, dachte er benommen. Als Picard alle Implikationen des Wortes klar wurden, spürte er, wie sich ihm der Magen umdrehte.

Er würde der Bote eines blutigen Konflikts, sein Schiff und die Crew würden die Vorboten der Zerstörung sein. Sein Gesicht rötete sich vor beißender Furcht vor diesem Schicksal.

»Sie dürfen gehen«, sagte Keeyah. Ein Gorn ergriff Picard am Arm und führte ihn zur Tür.

Der Mensch schüttelte den Gorn wütend ab. Er würde … er würde …

Nein!

Picard machte auf dem Absatz kehrt und sah Anführer

Keeyah an. Einen Moment lang hatte er nicht die geringste Ahnung, was er sagen würde. Dann fiel es ihm ein.

»Nein.«

»Das ist keine Bitte, Captain.« Das gesamte Verhalten des Gorn veränderte sich. Die unnatürliche Höflichkeit war verschwunden. Er richtete sich zu voller Größe auf und hob dann den Kopf, entblößte die Kehle.

Picard wußte nichts über die Körpersprache der Gorn, war aber ziemlich sicher, daß es sich nicht um eine höfliche Geste handelte.

Er spürte, daß die anderen Gorn im Raum sich verkrampften, gespannt warteten. Worauf? Daß er ging? Oder ...

Dann bewegte er sich plötzlich, weder von einem Plan noch einem Gedanken, sondern von einem Gefühl getrieben.

»Ich ...«

Der Captain machte drei schnelle Schritte.

»... habe gesagt ...«

Als er vor Keeyah stand, ballte Picard die Hände zu Fäusten und legte den Kopf zurück, schrie das Wort dem einen halben Meter von ihm entfernt befindlichen Gorn ins Gesicht hinauf.

»*NEIN!*«

Und er trieb auch die rechte Faust hinauf, zielte weder auf das Gesicht noch auf den Kopf, sondern auf die noch immer entblößte Kehle.

Der Gorn riß abwehrend den Kopf hinab und dämpfte den Schlag auf diese Weise. In einer Geste, die Picard für Überraschung hielt, zog er die Schuppen um den Mund herunter. Noch immer von dem Gefühl getrieben, nur diese eine Chance zu haben, nutzte der Captain die kurze Verwirrung Keeyahs aus. Er schob das linke Bein hinter das des Gorn und stieß das größere Wesen zurück – hart, mit beiden Händen. Keeyah knallte zu Boden, fiel flach auf den Rücken.

Überrascht stellte Picard fest, daß er in der Faust, mit

der er den Gorn geschlagen hatte, noch immer das elektronische Nachrichtengerät hielt, das dem Schlag zusätzliche Wucht verliehen hatte. Der Mensch spürte den ständigen Adrenalinfluß und das warme Erröten auf seinem Gesicht. Wenn seine Instinkte recht behielten und das Glück ihm beistand, würden die Gorn sein Leben verschonen. Doch wenn er sich irrte und Anführer Keeyah kämpfen wollte, konnte der Außerirdische ihn mit einem einzigen Schlag töten.

Der Gorn erhob sich und musterte Picard direkt, diesmal mit gesenktem Kopf. Damit wollte er entweder seine Kehle vor einem weiteren Angriff schützen, oder es handelte sich – wie der Captain hoffte – um eine Geste des Respekts.

Der Schlag kam einen Augenblick später. Der Umstand, daß Picard darauf vorbereitet war, tat nichts hinzu, um die Wirkung zu dämpfen. Keeyah gab dem Menschen einfach mit einer Hand einen Klaps auf die Schulter, warf ihn damit zurück und schickte ihn zu Boden. Picard landete hart auf der anderen Schulter, rollte sich ab, ließ das Gerät der Gorn fallen und zog seinen Phaser, während er sich wieder aufrappelte. Er nahm sich einen Sekundenbruchteil Zeit, um die Einstellung zu überprüfen, bevor er schoß.

Der blaue Schein des starken Betäubungsstrahls des Phasers erhellte den Raum und traf Keeyah direkt in die Brust. Einen Moment lang stand das Echsenwesen völlig erstarrt da, dann fiel es ohne Umschweife auf den Rücken.

Während Keeyah reglos dalag, stellte Picard fest, daß die Blicke aller Gorn im Raum auf ihm ruhten. *Werde ich gegen sie alle kämpfen müssen?* fragte der Mensch sich, obwohl sie sich nicht bewegten. Dann rührte der auf dem Boden sich wieder. Schnell und sicher erhob er sich und schüttelte die Wirkung des Betäubungsstrahls anscheinend mühelos ab.

Keeyah musterte Picard und trat dichter an ihn heran,

bis sie sich unmittelbar gegenüber standen. In Erwartung eines weiteren Angriffs fragte der Captain sich, ob ihm die Zeit bleiben würde, einen Schuß abzufeuern, bevor der nächste Schlag kam. *Hat man mir nicht erklärt, sie könnten sich nur langsam bewegen?* dachte er.

Als der Schlag des Echsenwesens ausblieb, hoffte Picard einen Moment lang, daß es noch eine Möglichkeit gab, die Situation zu retten.

»Sie fordern mich heraus«, sagte der Gorn durch den Translator, »Sie fordern alle heraus.« Er zeigte auf die anderen in dem Raum – doch der Captain ging davon aus, daß der Fremde sich auf eine noch größere Gruppe bezog.

»Sie haben die Herausforderung gestellt«, erwiderte Picard. Hatte er die früheren Gesten des Gorn instinktiv richtig interpretiert? Es hatte den Anschein. »Ich habe sie angenommen und Sie besiegt.«

»Ja«, antwortete Anführer Keeyah ohne das geringste Zögern.

»Jetzt stelle ich ebenfalls eine Herausforderung«, fuhr der Captain fort. »Ich fordere Sie zu Verhandlungen heraus.«

»Zu *Verhandlungen,* Mensch?« Das Fremdwesen gab eine Reihe von Zischlauten und gutturalen Tönen von sich, die der Translator nicht übersetzen konnte. Der Gorn betrachtete ihn einen Augenblick lang aufmerksam.

Und in diesem Augenblick wußte Picard, daß nichts entschieden, nichts unabwendbar war.

Nachdem der Moment verstrichen war, schien Keeyah einen Beschluß gefaßt zu haben. »*Sprechen* wir darüber«, sagte er.

Der Gorn bedeutete Picard und den anderen, am Tisch an der anderen Seite des Raums Platz zu nehmen. Der Captain bemühte sich, langsam und ruhig zu atmen. Er spürte, daß er sich langsam entspannte, und nahm sich vor, daran zu denken, Jack Crusher für den Phaser zu danken.

1

Sternzeit: 47821.2
Erddatum: 2370

Captain Picard blieb vor der Tür stehen und berührte seinen Kommunikator. »Nummer Eins, ich stehe draußen, darf ich mich zu Ihnen gesellen?«

»Natürlich, Sir«, kam die Antwort.

Picard machte noch einen Schritt und wartete, daß die Tür des Holodecks sich öffnete. Einen Augenblick später schaute er auf einen Felsvorsprung hinaus. Sein Erster Offizier saß ganz am Rand und blickte auf das knochentrockene Tal unter ihm hinab. Es war heiß, die Luft war dünn. Und irgendwie kam der Ort Picard bekannt vor.

Aber sicher, dachte der Captain, als ihm klar wurde, wieso die Gegend ihm vertraut war. Ich bin nicht der *einzige,* der sich mit Geschichte beschäftigt.

»Nachforschungen, Nummer Eins?«

»Eher ein Überblick, Captain«, erwiderte Riker. Als der Captain das Szenario betrat, richtete der jüngere Mann seine Aufmerksamkeit auf das, was ganz am Rand der Klippe vor sich ging. Rikers ernster Gesichtsausdruck machte deutlich, daß er sich stark konzentriert hatte. Dann schüttelte er abrupt den Kopf.

»Programm anhalten«, sagte er und erhob sich, um sich die Beine zu vertreten. Als Picard zu ihm trat, sah er, was sein Erster Offizier betrachtet hatte.

Ein Starfleet-Offizier mit nacktem Oberkörper beugte sich über die Klippe. Mit seinem Uniformhemd winkte der Mann jemandem unter ihm zu.

Der Captain spähte über die Seite des Abhangs. Mindestens hundertfünfzig Meter tiefer stand ein Gorn und schaute zu dem Offizier mit nacktem Oberkörper hinauf.

Abrupt wurde Picard klar, daß mit dieser Szene irgend etwas nicht stimmte: Captain Kirk hatte den Gorn nie auf diese Weise gelockt, zumindest nicht in den offiziellen Starfleet-Unterlagen. Dann fiel ihm auf, daß das Uniformhemd, das der erstarrte Offizier schwenkte, nicht die goldene Farbe eines Kommandanten aus Kirks Zeit, sondern das Kastanienbraun der Starfleet-Akademie hatte. Und bei näherem Hinsehen erkannte Picard, daß der geheimnisvolle Offizier zweifellos William Riker in seinem ersten Jahr als Kadett war.

Er räusperte sich. »Diese erste Begegnung mit den Gorn war zu Ihrer Zeit an der Akademie noch immer eine Standardsimulation, Nummer Eins?«

»Und ist es auch heute noch, soweit ich weiß, Sir.« Riker schüttelte den Kopf. »Das war keine meiner glanzvolleren Leistungen. Ich habe versucht, den Gorn in eine primitive Stolperfalle zu führen.«

»Und hat die Falle funktioniert?«

Der Erste Offizier grinste. »Perfekt. Natürlich hat sie ihn keine Sekunde lang aufgehalten.«

Picard erwiderte das Lächeln. »Ich hatte auch meine Probleme mit dieser Simulation.« Er schaute sich kurz in der Holodeckszene um. Der Captain hatte sich die offizielle Aufzeichnung auf dem Bildschirm in seinem Quartier angesehen, kam nun aber zum Schluß, daß es sich vielleicht doch lohnen könnte, die Sequenz auf dem Holodeck abzuspielen. Er hatte mit Sicherheit noch genügend Zeit dafür, bevor sie das Territorium der Gorn erreichten.

»Nummer Eins«, sagte er, »würden Sie mich in meinen Bereitschaftsraum begleiten? Ich möchte mit den Vorbereitungen für das Gipfeltreffen beginnen, solange wir noch genug Zeit haben. Ich ziehe es vor, nichts dem Zufall zu überlassen.«

»Natürlich, Sir.« Riker drehte sich kurz wieder zu der Szene um. »Computer, Programm beenden.«

Geräuschlos verschwand die Planetenlandschaft um sie herum, und die beiden Männer standen auf dem leeren Holodeck.

Picard ging zum Korridor voran. »Ich habe selbst einige Nachforschungen betrieben, Will. Captain Kirks Begegnung hat mich schon immer fasziniert.«

Riker seufzte. »Ich hatte stets Schwierigkeiten mit der Bearbeitung durch die Metronen. Hätten sie uns nur noch ein paar Minuten länger zusehen lassen, hätten wir alle uns an der Akademie eine Menge Ärger sparen können.«

Der Captain zuckte mit den Achseln. »Vielleicht ... wenngleich wir eine Menge gesehen haben. Kirks Lage lief auf eine Entscheidung und eine Reihe von Konsequenzen hinaus. Alles konnte geschehen – er konnte überleben oder sterben. Er konnte sein Schiff und die Crew retten oder verlieren. Der Augenblick, den wir sehen, ist unsicher und doch voller Möglichkeiten – einschließlich der einen Möglichkeit, die Captain Kirk gesehen hat, wir aber nicht sehen.«

Riker musterte seinen vorgesetzten Offizier. »Und wir werden niemals wissen, wie diese Möglichkeit aussah. Die Metronen senden das Signal nicht mehr, und Starfleet hat die Aufzeichnungen gesperrt. Wir wissen nicht, was er getan hat.«

»Das stimmt«, gestand Picard ein. »Doch wir haben das Privileg, den Augenblick zu sehen, in dem die Wahlmöglichkeiten ersichtlich wurden. Ich vermute, Captain Kirk hat lediglich die Gunst des Augenblicks genutzt und getan, was er tun mußte. Oder vielleicht auch, was er einzig und allein tun *konnte.*«

Der Erste Offizier schaute reumütig drein. »Diese Denkweise hat mir in der Gorn-Simulation an der Akademie nicht geholfen. Mein Gegner hat mich zweimal getötet, bevor ich ihn erwischt habe.«

Picard blieb abrupt stehen. »Sie haben den Gorn bei Ihrem dritten Versuch *besiegt?*«

Riker nickte. »Ich war gerade dabei, die primitive Schußwaffe zu rekonstruieren, die Captain Kirk vorbereitet hatte, als mir klar wurde, was für ein sinnloses Unterfangen das war. Außerdem war die Chance, daß diese Kanone irgend etwas traf – ganz zu schweigen von einem beweglichen Ziel –, astronomisch gering. Statt dessen versuchte ich es mit Schießpulver, aber ohne Projektile. Als der Gorn nah genug heran war, feuerte ich die Kanone als Ablenkung ab. Bei all dem Rauch und Dunst konnte ich ihn mit einem Stein niederschlagen.«

»Sie ... haben gewonnen?« Als die beiden Männer den Turbolift erreicht hatten und die Kabine betraten, schüttelte Picard ungläubig den Kopf. »Brücke«, sagte er.

»*Gewonnen* ist ein starker Ausdruck«, schwächte Riker ab. »Ja, ich habe den Captain der Gorn besiegt. Aber die Folge war, daß die Gorn einen simulierten Krieg gegen die Föderation entfesselten. Als ich damit fertig war, die Opfer zu zählen, hatte ich meine Lektion gelernt.«

Der Captain drehte sich zu ihm um. »Und woraus bestand die, Nummer Eins?«

»Ich bin mir noch immer nicht sicher, Sir. Ich würde sagen, es handelt sich um ein weiteres Beispiel für eine Situation, bei der es einfach keinen Ausweg gibt, aber wir wissen, daß es zumindest eine Lösung gab, die nicht die Vernichtung eines Starfleet-Schiffs oder den Anfang eines Kriegs zur Folge hatte. Das war Captain Kirks Lösung.«

Picard verschränkte die Arme vor der Brust. »Kommen wir zur Sache, Will. Ich möchte, daß Sie sich mit den Gorn genauso vertraut machen, wie ich es bin. Ich habe nicht die Absicht, der einzige zu sein, der diesen Auftrag ausführen kann.«

Der Captain stellte fest, daß Riker unbehaglich das Gewicht verlagerte. »Stimmt etwas nicht, Will?«

»Darf ich offen sprechen, Sir?« fragte Riker.

»Natürlich«, sagte Picard und nickte.

»Dieses Gipfeltreffen kommt lediglich aufgrund Ihrer Begegnung mit den Gorn vor fünfundzwanzig Jahren zustande. Damals hat einzig und allein die Qualität Ihrer Arbeit und Persönlichkeit verhindert, daß wir in den Krieg ziehen mußten.«

Nun war es am Captain, sich unbehaglich zu fühlen. »Das ist nicht ganz richtig, Nummer Eins. Ein großer Teil der Anerkennung gebührt den Gorn. Sie haben den Großteil der Arbeit erledigt, indem sie die Übereinkunft ausarbeiteten. Ich bin lediglich über eine Methode gestolpert, mit ihnen zu kommunizieren.«

Die Türen des Turbolifts öffneten sich, und die beiden Männer betraten die Brücke. Picard ging zu seinem Sessel, nahm aber nicht Platz.

»Mr. Data, Ihr Bericht.«

Commander Data schaute von seinem Kontrollpult an der Funktionsstation auf und drehte sich zum Captain um. »Sir, wir haben den Umweg um das Territorium der Metronen eingeschlagen. Bei Warp vier werden wir die von den Gorn übermittelten Koordinaten in sechs Komma vier Tagen erreichen.«

»Genug Spielraum«, warf Riker ein.

Der Androide nickte routiniert. »Ja, Sir.« Er sah dem Captain in die Augen. »Wir haben sogar so viel Zeit, daß ich vorschlagen möchte, eine sehr große Masse zu untersuchen – eine, die nicht kartographisch erfaßt wurde, als die *Stargazer* diesen Raumsektor unter Ihrem Kommando erkundete.«

Nun setzte sich Picard doch. »Haben wir etwas übersehen, Data?«

»Durchaus möglich, Sir. Doch die Masse strahlt nur eine sehr geringe Energie aus. Aller Wahrscheinlichkeit nach waren die Sensoren der *Stargazer* nicht empfindlich genug, um sie aus größerer Ferne zu entdecken.«

Der Captain stellte fest, daß Riker neben ihm Platz genommen hatte.

»Geringe Energie«, sagte der Erste Offizier, doch die Feststellung klang wie eine Frage. »Das bedeutet wohl, daß es sich nicht um einen Asteroiden handeln kann. Sonst noch etwas, Data?«

»Das Objekt ist symmetrisch und scheint künstlichen Ursprungs zu sein«, meldete der Androide. »Für eine genauere Analyse müssen wir uns ihm nähern.«

Picard wog die Konsequenzen ab. Einerseits hatten sie vor dem Gipfeltreffen noch genug Zeit. Andererseits wollte er kein unnötiges Risiko eingehen, sich vielleicht doch zu verspäten. Die Konferenz mit den Gorn war zu wichtig.

Schließlich war es Datas Interesse, das ihn überzeugte. *Das ist das höchste Stadium der Erregung, das er erreichen kann,* stellte der Captain fest. Er entschloß sich, seinem Dritten Offizier nachzugeben.

»Na schön, Mr. Data, ich werde einen kurzen Umweg erlauben. Scannen Sie das Objekt genau auf alle möglichen Bedrohungen. Beim geringsten Anzeichen von Gefahr werden wir es uns auf dem Rückweg näher ansehen.«

Datas sachlicher Bericht hatte Geordi LaForge nicht einmal annähernd auf den Anblick vorbereiten können, der sich ihm auf dem Hauptbildschirm bot. Er stand vor der offenen Tür des Turbolifts, aus dessen Kabine er gerade getreten war.

»Mann.« Etwas anderes fiel ihm nicht ein.

Geordi ging schnell zur technischen Station. »Sagen Sie mir, daß die Vergrößerungsschaltkreise kaputt sind.«

»Dem ist nicht so«, erwiderte Data. »Das Bildsystem des Computers funktioniert normal. Das Objekt ist tatsächlich so groß, wie es aussieht.«

Der Chefingenieur setzte sich und überspielte die Scans des Androiden auf seine Konsole. »Und wie groß ist das Ding?«

»Es hat einen Durchmesser von fünf Kilometern«, erwiderte Data in seinem beiläufig-gefühllosen Tonfall.

»Mann«, wiederholte Geordi, »das ist vielleicht ein Brocken.«

Er stellte fest, daß Captain Picard, Commander Riker und Counselor Troi gespannt auf den Bildschirm starrten.

»Eine passende Bezeichnung, Mr. LaForge«, warf der Captain ein. »Haben Sie eine Erklärung für die Form?«

Geordi betrachtete die riesige Kugel der fremden Station. Sie wies mehr oder weniger regelmäßige Öffnungen auf, die an Fenster erinnerten, des weiteren kleine, herausragende Gebilde, deren Bedeutung er nicht mal erahnen konnte, und Aufbauten, die wie Luftschleusen oder Andockbuchten aussahen.

Ein schneller Blick zu den Informationen auf seinem Bildschirm verriet Geordi, was er wissen mußte. »Nun ja, die Technik ist ziemlich fortgeschritten. Die Energie, die sie erzeugen, dürfte noch nicht einmal annähernd ausreichen, um ein Gravitationsfeld für ein Objekt dieser Größe aufzubauen – und doch wird dieses Feld irgendwie erzeugt.«

Commander Riker war zu Geordi getreten und betrachtete über dessen Schulter hinweg die erscheinenden Daten. »Es ist zu symmetrisch für einen willkürlichen Entwurf.«

Data wandte sich von der Konsole ab und schaute sie an. »Das Gebilde scheint ganz und gar nicht willkürlich zu sein, Sir. Ganz im Gegenteil, es scheint als gewaltige Spule konstruiert worden zu sein, die noch unbekannten Zwecken dient.«

Geordi studierte weiterhin die Daten auf der Konsole vor ihm. Natürlich, dachte er. *Sieh dir doch nur an, wie viel Verterium diese Station enthält.* Das deutete auf eine Subraumfeldspule hin – nicht unähnlich denjenigen, die die *Enterprise* durch den Warpraum trieben.

»Aber warum braucht jemand eine so große Spule auf einer stationären Plattform?« fragte Riker.

»Man könnte damit eine Menge Energie erzeugen«, erwiderte der Ingenieur. »Aber das wirft wiederum die Frage auf, was man damit anfangen will.« Er beobachtete die Daten, die über seinen Bildschirm rollten. »Augenblick mal, sie haben eine Menge Schaltkreise für den Materietransport. Ja, das ist logisch; theoretisch könnte eine Subraumspule bei genügender Größe einen interstellaren Transport ermöglichen ... oder sogar eine Zeitreise.«

Die anderen auf der Brücke fuhren bei dieser Bemerkung zusammen, doch der Captain blieb ruhig sitzen und betrachtete die Station mit gewohnt gefaßtem Gesicht. Dennoch ist er genauso aufgeregt wie wir alle, dachte Geordi.

Picard wandte sich an Data. »Commander, gibt es Anzeichen dafür, was mit den Wesen geschehen ist, die dieses Objekt erschaffen haben?«

»Nein, Sir«, erwiderte der Androide. »Obwohl der Rauminhalt der Station ausreicht, um dreihunderttausend humanoide Bewohner zu beherbergen, gibt es keine signifikanten Konzentrationen von organischer Materie, keine Überreste der Bewohner, keine Nahrungsmittelvorräte.«

»Sie sind einfach gegangen«, sagte Geordi verwundert.

»Counselor?« fragte Picard.

Troi schüttelte den Kopf. »Ich spüre niemanden. Die Station fühlt sich so verlassen an, wie sie aussieht.«

»Anscheinend«, erwiderte Data. »Der Computer datiert das Alter der Station auf zwölftausend Jahre. Und sie scheint seit mehreren Jahrtausenden verlassen zu sein.«

»Ein Artefakt der Metronen?« zog Picard in Erwägung.

Der Androide runzelte ganz leicht die Stirn. »Wir wissen praktisch nichts über die Technik der Metronen, können also auch keine Vergleiche ziehen, Sir. Doch die Scans lassen darauf schließen, daß ein Teil der Technik uns bekannten iconianischen Entwürfen ähnelt.«

Geordi bemerkte, daß das Interesse des Captains sprunghaft anstieg. Captain Picard war ein erfahrener Amateurarchäologe, und die untergegangene iconianische Kultur war eines seiner liebsten Studienfelder.

»Sehr viele interessante Fragen«, sagte Picard schlicht.

Commander Riker schaute von Geordis Konsole hoch und ging die wenigen Schritte, die nötig waren, um zu seinem Platz an der Seite des Captains zu gelangen.

»Wir haben Zeit für eine schnelle vorläufige Untersuchung«, sagte der Erste Offizier, »bevor wir zu dem Gipfeltreffen mit den Gorn weiterfliegen müssen.«

Einen Augenblick lang spielte Geordi mit dem Gedanken, seinen eigenen Kommentar abzugeben, doch ein Blick auf das Gesicht des Captains verriet ihm, daß das nicht nötig war.

Zwanzig Minuten später stand Geordi mit Commander Riker und den Technikern Barclay, O'Connor und Varley auf einer Transporterplattform.

Geordi war überzeugt, daß der Captain sie gern begleitet hätte. Wenn die Station keine Gefahr darstellte, würde er sie vielleicht später aufsuchen können, nach der Gipfelkonferenz mit den Gorn.

Was ist mit Data? fragte er sich. Er hätte schwören können, in der Stimme des Androiden Aufregung gehört zu haben. Aber Enttäuschung, weil er zurückbleiben mußte? Geordi verwarf die Vorstellung.

Data gehörte auf das Schiff, auf dem er die gewaltigen Mengen an Informationen schnell sichten konnte, die die Sensoren übermittelten. Das würde den Teil der Programmierung zufriedenstellen, der bei ihm als Neugier durchging.

»Energie«, befahl Riker dem Transporterchief. Und Geordis Überlegungen wurden von dem Transport unterbrochen.

Die *Enterprise* verschwand um ihn herum.

Und wurde durch nichts ersetzt.

Vollständige und unergründliche Dunkelheit. Mit ein paar kleinen Ausnahmen gab es keine Infrarotsignaturen, nichts im visuellen Spektrum, keine Funkwellen – praktisch überhaupt keine Energiestrahlen. Nur sehr selten war Geordi auf ein künstliches Gebilde gestoßen, das energetisch so tot war. In jedem Schiff oder jeder Station, die auch nur rudimentär funktionsfähig war, wimmelte es normalerweise vor allen möglichen Strahlungsarten. Doch hier waren Commander Riker, die beiden Sicherheitswächter, Barclay und die beiden anderen Techniker die einzigen Strahlungsquellen.

Fast gleichzeitig aktivierten Riker und die Sicherheitswächter die Handlampen. Geordi folgte ihrem Beispiel, Barclay und O'Connor schalteten die beiden tragbaren Lichtquellen ein.

Während diese Lampen sanft auf ihren Antigrav-Plattformen schaukelten, enthüllte ihre diffuse Helligkeit einen kleinen, leeren Raum.

Geordi sah, daß die Kammer, in der sie sich befanden, nun ja ... angenehm war. Sie war zwar leer, doch die Wände waren mit zarten Zierleisten und einigen wenigen verschlungenen Mustern versehen, die – den Meßergebnissen seines Tricorders zufolge – offensichtlich keinem anderen Zweck dienten als der Ästhetik. Selbst ohne normales Augenlicht, nur mit den Eindrücken, die sein VISOR übermittelte, war der Chefingenieur überzeugt, sie würden ...

»Das ist *wunderschön*«, sagte Riker zu dem Außenteam und zeigte hinter die Männer.

Geordi drehte sich in diese Richtung um und sah an der anderen Wand ein großes Fenster. Draußen im All schwebte die *Enterprise*.

Ein Gespür für Details und obendrein noch Fenster, dachte LaForge. Wer auch immer diese Station gebaut hatte, ihnen war die Umgebung wichtig, in der sie lebten.

Plötzlich, nur einen Sekundenbruchteil lang, glaubte

er, in der Nähe des Bodens ein schnelles Energieecho durch die Wand verlaufen zu sehen. Nur ein Huschen am Rand seines Blickfelds, dann war es verschwunden. Es war ein Schattenbild, wie sein VISOR es gelegentlich auch auf der *Enterprise* wahrnahm – ein Streusignal von irgendeinem Gerät. In einer so großen Station war so etwas ganz normal.

Riker atmete tief ein. »Die Luft ist ein wenig abgestanden, aber nicht schlecht. Und hier sieht es sauber aus. Ich hatte mit dem Staub einiger Jahrtausende gerechnet.«

»Vielleicht funktioniert die Luftfiltrierung noch«, warf Barclay sofort ein, »nachdem die Bewohner die Station verlassen haben.«

Der Erste Offizier musterte Barclay, und der Lieutenant schien zu schrumpfen. »Glauben Sie, Mr. Barclay?« fragte Riker.

»Äh ... ja, Sir, das wäre eine Möglichkeit«, erwiderte Barclay.

Geordi sah, wie Wärme in das Gesicht des Lieutenants strömte. Barclay errötete; wahrscheinlich bedauerte er, überhaupt den Mund aufgemacht zu haben. Ob Riker es nun bemerkt hatte oder nicht – er strebte gnädigerweise dem Eingang zu, einer grazil geschwungenen Tür.

»Ich würde sagen, es ist eine sehr wahrscheinliche Möglichkeit, Lieutenant«, warf der Erste Offizier zurück, als er das Team in den Gang führte. Barclay bildete mit seiner Lichtquelle die Nachhut.

Der Korridor ähnelte dem Raum, aus dem sie gekommen waren. Er war ziemlich schmal und wirkte behaglich. Die Decke war nur ein paar Zentimeter höher als Rikers Kopf und gerade so breit, daß zwei Personen nebeneinander gehen konnten. Die Wände waren ebenfalls mit Zierleisten geschmückt und in der Ferne sanft geschwungen. Dem Grad der Krümmung nach zu urteilen, vermutete Geordi, daß der Korridor durch den gesamten Außenrand der Station verlief.

Er nahm mit dem Tricorder einige Messungen vor.

»An der gesamten Außenwand der Station befinden sich Räume, Fenster, Luken und Luftschleusen«, sagte er. »Sie ist sehr effizient konstruiert.«

»Nichts, was man einfach wegwerfen würde«, stellte Riker fest. »Wo sind die Besitzer?«

»Commander«, sagte Geordi, »wenn die Station wirklich eine große Subraumfeldspule ist, könnte sie durchaus ihre eigene Masse bewegen. Eine schwere Funktionsstörung könnte sie über Lichtjahre hinweg transportiert haben.«

Der Erste Offizier zeigte sich interessiert. »Wollen Sie damit sagen, daß die Station ihre Herren einfach zurückgelassen hat?«

Der Ingenieur zuckte mit den Achseln. »Solange wir keine weiteren Informationen haben, ist alles möglich.«

Erneut setzte Riker sich an die Spitze und ging den Korridor entlang. »Mal sehen, ob wir ihr einige dieser Geheimnisse entlocken können.«

Geordi sah, daß Barclay etwas betrachtete, wobei es sich um einen kleinen Wartungstunnel zu handeln schien, der vielleicht eine Höhe von anderthalb Metern hatte und gerade breit genug für eine Person war. »Haben Sie was Interessantes gefunden, Reg?«

»Hier befinden sich jede Menge Schaltkreise«, erwiderte der Lieutenant.

LaForge nickte. »Ich helfe Ihnen.«

Riker war bereits unterwegs zum nächsten Bodengang, der in der Ferne gerade eben noch sichtbar war. »Ich sehe mich mal da hinten um«, sagte er.

Als Geordi Barclay erreicht hatte, kauerte der Lieutenant bereit vor dem Tunnel und leuchtete mit seiner Handlampe hinein.

»Ein Stück weiter ist noch ein Raum«, sagte Barclay und kroch in die Öffnung.

Geordi nahm schnell eine Messung mit dem Tricorder vor, die bestätigte, daß der Tunnel so harmlos war, wie es den Anschein hatte. Nach einem Augenblick kroch er hinter dem Lieutenant her. »Ich bin direkt hinter Ihnen, Reg.«

Barclay wurde gut mit der kurzen Kriechpartie im Dunkeln fertig. »Keine Angst vor engen, dunklen Räumen?« rief Geordi ihm zu.

»Nein, Sir«, antwortete der Lieutenant. »Meine Vettern und ich haben früher in der Nähe des Hauses unseres Großvaters Höhlen erforscht.« Seine Stimme hallte durch den Tunnel.

»Ich hätte Sie nicht für einen Höhlenforscher gehalten, Reg.« Geordi lächelte, als er sich vorstellte, wie ein furchtloser Barclay sich durch gefährliche Felsgrotten kämpfte.

Der Lieutenant zuckte mit den Achseln. »Die Dunkelheit hat mich nie gestört, Sir. Und ich leide nicht unter Klaustrophobie. Das kam mir damals ziemlich aufregend, neu und geheimnisvoll vor. Mein Großvater war der Ansicht, die Höhlen seien eine gute Charakterprobe.« Barclay schien einen Moment lang angestrengt nachzudenken, bevor er fortfuhr. »Er hat immer behauptet, es gäbe zwei Arten von Menschen.«

»Nur zwei?« fragte Geordi.

»Ja, Sir«, erwiderte Barclay. »Er war der Ansicht, einige Leute seien aus Stahl und andere aus Ton gemacht, einige würden sich beugen und einige auseinanderfallen. Früher oder später findet man heraus, was man ist. Und er dachte, Höhlen wären ein guter Ort, um herauszufinden, woraus man besteht.«

Geordi war kurz verblüfft. Das war nicht der schüchterne und unsichere Reginald Barclay, den er kannte. Der Lieutenant sprach zum ersten Mal während ihrer Bekanntschaft über sein persönliches Leben.

»Hat er Ihnen je gesagt, was *Sie* sind, Reg?«

Barclay blieb kurz stehen, drehte sich in dem Tunnel um und sah Geordi direkt an. Er schien über die Frage nachzudenken. »Ja, Sir. Er hat gesagt, ich sei ein ungesättigtes Kohlenwasserstoff-Polymerharz.«

»Aber das ist … Gummi?« erwiderte Geordi verblüfft.

Der andere nickte. »Genau.«

»Ihr Großvater hatte einen seltsamen Sinn für Humor«, versetzte LaForge.

»Ja«, sagte Barclay. Sein Gesicht war eine Maske. »Komisch, aber ich vermisse ihn gar nicht«, fügte er mit einem nervösen Grinsen hinzu.

Sieh an, dachte Geordi. Der alte Barclay hat auch einen Sinn für Humor. Ich hätte nicht gedacht, daß er mich noch überraschen kann.

Plötzlich hatte der Lieutenant den Tunnel verlassen. Geordi folgte ihm auf dem Fuße, froh, seine Knie entlasten zu können. Während Barclay mit seiner Handlampe durch den Raum leuchtete, untersuchte Geordi ihn mit dem VISOR und nahm eine schnelle Messung mit dem Tricorder vor.

Sie befanden sich eindeutig in irgendeinem Kontrollzentrum. Der Raum hatte keine Fenster, aber jede Menge Kabel führten in die Vertäfelung und den Monitor an der anderen Wand. Und wenn man das Alter dieser Kabel bedachte, schienen sie noch in bemerkenswert intaktem Zustand zu sein.

Geordis Beobachtungen wurden unterbrochen, als er links ein Geräusch hörte. Er sah eine Bewegung, machte einen Satz – und schimpfte sich einen Narren, als er erkannte, daß Commander Rikers vertraute Gestalt vor einem anderen Wartungstunnel stand.

Der Erste Offizier nickte grüßend, während er seine Uniform von Staub befreite. »Schön, Sie hier zu treffen.«

LaForge lächelte. »Einen Augenblick lang dachte ich, Sie wären der Hausherr.«

Riker grinste. »Nein. Aber hoffen wir, daß sie gut gelaunt sind, *falls* sie nach Hause kommen und uns hier finden.«

Geordi machte die paar Schritte zum Eingang. »Sir«, sagte er zum Ersten Offizier, »hier scheint es ungefährlich zu sein, und wir haben lediglich Zeit, um uns mal schnell umzuschauen. Vielleicht würde der Captain die Station gern mit eigenen Augen sehen. Und falls sie iconianischer Herkunft ist …«

Riker dachte kurz über den Vorschlag nach. »Fragen wir ihn.«

Keine zwei oder drei Sekunden, nachdem der Captain auf der fremden Station materialisiert war, piepte sein Kommunikator.

»Hier Picard«, antwortete er.

Wie erwartet war es Riker. Der Captain und sein Erster Offizier waren gleichzeitig transferiert worden – der eine vom Schiff zur Station, der andere in umgekehrter Richtung.

»Ich wollte mich nur vergewissern, daß Sie heil angekommen sind, Sir. Ich bin auf der Brücke, falls Sie mich brauchen.«

»Danke, Nummer Eins. Picard Ende.«

»Was halten Sie davon, Captain?«

Picard drehte sich um und sah, daß Geordi die Frage gestellt hatte.

Eine beträchtliche Weile studierte der Captain lediglich seine Umgebung. Die fremde Station war überraschend … behaglich. Die Wände waren in beruhigenden Erdtönen gehalten, wenngleich er nicht bezweifelte, daß sie aus modernen Legierungen und Polymeren bestanden.

Alle Wände waren mit rechteckigen Paneelen bedeckt, deren Kanten in einem schlichten, aber eleganten Design geformt waren. Die Decken waren bequeme zweieinhalb Meter hoch, und der kleine Raum, in dem sie sich befanden, war so angenehm, daß er fast malerisch wirkte.

Raumstationen waren nur allzu oft kalt und funktionell, einschüchternd oder, wie bei der cardassianischen Bauweise, dunkel und unwirtlich. Aber solch eine Wirkung wie hier hatte er noch auf keiner anderen Station erlebt, die er je besucht hatte. Er kam sich fast wie in einer altmodischen guten Stube vor.

»Gemütlich, was?« fragte Geordi.

»Ja, recht angenehm«, erwiderte Picard. »Die Erbauer scheinen zumindest teilweise von der Ästhetik geleitet worden zu sein.«

»Warten Sie, bis Sie das Kontrollzentrum gesehen haben«, sagte der Ingenieur. »Ich führe Sie hin, Sir.«

Der Captain folgte LaForge auf den Gang und dann zu einem vermeintlichen Wartungstunnel. Geordi bückte sich und kroch hinein, und Picard tat es dem jüngeren Mann erneut gleich.

In dem Raum am anderen Ende herrschte rege Aktivität. Barclay, O'Connor und Varley hatten alle möglichen Diagnosegeräte aufgebaut, um mit deren Hilfe die Funktionsweise der Station besser verstehen zu lernen. Sie alle nickten respektvoll, als der Captain hereinkam.

Picard drehte sich zu einer Wand voller unterschiedlich geformter Bildschirme und anderer Gebilde um, bei denen es sich um Computerkonsolen zu handeln schien.

»Wer auch immer diese Station gebaut hat, er verfügte über eine ziemlich hochentwickelte Technik«, sagte Geordi. »Sie haben nicht nur anspruchsvolle Instrumente gebaut – bei einigen kann ich nicht einmal vermuten, worum es sich handelt –, sondern auch überaus haltbare.«

Der Captain bemerkte den einzigen eingeschalteten Monitor, der ein Sternenfeld zeigte. »Wie ich gehört habe, funktioniert ein Teil der Geräte noch?«

Geordi fuhr mit den Händen über die Kontrollen; die Geste kam Picard ehrfurchtsvoll vor. »Ja, obwohl es eigentlich nicht der Fall sein sollte. Dieser Monitor wurde kurz nach unserer Ankunft aktiviert.«

Der Captain kniff die Augen zusammen und sah, daß die Szene auf dem Bildschirm sich abrupt änderte. »Was bewirkt die Veränderungen?« fragte er.

Der Ingenieur schüttelte den Kopf. »Soweit ich es

sagen kann, erfolgen sie völlig zufällig. Ich kann mir keinen Reim auf die Kontrollen machen und keinen Zusammenhang zwischen ihnen und dem Monitor finden.«

»Unglaublich«, stellte Picard fest und beobachtete, wie die Szene erneut wechselte.

»Wenn wir mehr Zeit hätten«, sagte Geordi, »würde ich einige dieser Geräte liebend gern an einen tragbaren Generator anschließen.«

Der Captain nickte. »Mit etwas Glück werden wir diese Zeit nach dem Gipfeltreffen haben.«

»Das hoffe ich, Sir. Im Augenblick kann ich lediglich die kleine Besichtigungsrunde fortsetzen.« Mit einer Handbewegung bedeutete LaForge seinem befehlshabenden Offizier, er möge ihm folgen, ging auf die Knie und kroch durch den Wartungstunnel zurück. Als sie sich wieder draußen auf dem Gang befanden, erhob er sich und klopfte Staub von den Beinen seiner Uniform. »Das kommt mir nämlich fast zu gut vor, um wahr zu sein«, sagte er. »Eine voll funktionsfähige Station, völlig leer, die nur darauf wartet, daß wir darin herumstöbern.«

Während sie weitergingen, lauschte Picard auf das leise Echo ihrer Schritte. Das Geräusch schien ihnen in dem leicht gebogenen Korridor, der von einer Reihe tragbarer Lichtquellen erhellt wurde, vorauszueilen.

»Wir bekommen ein paar interessante Energiemessungen aus dem Bereich neben dem Kern«, stellte Geordi fest, »doch im Augenblick studieren wir lediglich, was wir in diesem Abschnitt des Außenrands gefunden haben.«

Picard räusperte sich. »Es wäre wahrscheinlich sehr interessant, unsere Gastgeber kennenzulernen.«

Der Ingenieur wollte etwas sagen, überlegte es sich dann aber anders. Er drehte sich schnell um, weil er hinter dem Captain eine flüchtige Bewegung erhascht hatte.

»Commander?« fragte Picard.

LaForge runzelte die Stirn. »Ich dachte, ich hätte kurz etwas gesehen, Sir. Ein leichtes elektromagnetisches Echo.

Und es war nicht das erste Mal.« Er berührte seinen Kommunikator. »Reg, haben Sie gerade Scans vorgenommen?«

»Ja, Sir«, kam Barclays Antwort.

»Lassen Sie Ihre Aufzeichnungen der beiden letzten Minuten noch einmal abspielen. Suchen Sie nach einem Energieanstieg im Mikrobereich.«

Einen Augenblick lang herrschte Stille, dann sagte Barclay: »Nichts. Tut mir leid, Sir. Ich ... äh ... halte die Augen offen.«

»Danke, Reg. LaForge Ende.«

Picard sah zu, wie sein Offizier den Korridor mit dem VISOR absuchte. »Haben Sie etwas gefunden, Commander?«

»Nichts, Sir. Aber ich war sicher, *irgend etwas* gesehen zu haben.«

»Die Station verfügt noch über aktive Energiereserven?« fragte der Captain.

»Ja, obwohl das nach dieser Zeit eigentlich nicht möglich sein sollte. Zumindest nicht bei einer Technik, die *ich* verstehe ...« Geordi beendete den Satz nicht.

Diesmal sah sogar Picard es. Ein schnelles Aufblitzen von Energie zwischen den Paneelen der Außenwand. Er stellte fest, daß der Ingenieur auf dieselbe Stelle schaute.

»Volltreffer«, sagte LaForge.

»Sir«, erklang Barclays Stimme aus dem Kommunikator des Commanders. »Ich habe gerade einen Energieanstieg angemessen.«

Abrupt erklang auch Rikers Stimme – diesmal aus Picards Kommunikator. »Captain, führt da drüben jemand Experimente durch? Wir haben ein paar kleine Energiespitzen bemerkt.«

»Das waren nicht wir«, erwiderte Picard. »Die Station scheint über aktive Energievorräte zu verfügen.«

»Geordi«, fragte der Erste Offizier, »haben Sie irgend etwas bemerkt, das wie ein funktionsfähiges Sicherheitssystem aussieht?«

Der Ingenieur warf wieder einen Blick auf seinen Tricorder und sah sich um. »Ich glaube nicht«, erwiderte er. »Aber das läßt sich nur schwer sagen.«

Rikers Stimme war ruhig und ausgeglichen, doch Picard nahm trotzdem eine gewisse Besorgnis darin wahr. »Captain, ich empfehle, daß das Außenteam zur *Enterprise* zurückkehrt. Wir haben nach dem Gipfeltreffen noch genug Zeit, um das zu klären.«

»Einverstanden, Nummer Eins. Commander LaForge und ich werden so schnell wie möglich die anderen und die Geräte einsammeln.«

»Wir werden Sie mittlerweile mit den Transportern erfassen – nur für alle Fälle. Riker Ende.«

Picard zeigte in die Richtung der Kammer, in der er ursprünglich materialisiert war; dort lag auch das Kontrollzentrum. Geordi ging voran. Schon nach wenigen Schritten aktivierte der Ingenieur seinen Kommunikator.

»Alle Mitglieder des Außenteams melden sich am Ankunftsort. Bringen Sie Ihre Geräte mit. Wir kehren zum Schiff zurück.«

Während der Captain schnell durch den Korridor ging, spürte und sah er ein weiteres Knistern von Energie. Diesmal schien sie sowohl durch den Boden als auch durch die Decke zu fließen. Ohne LaForge fragen zu müssen, wußte Picard, daß es sich um einen beträchtlichen Anstieg handelte. In der Luft lag der Geruch von verbranntem … *Staub*.

Seine Schritte beschleunigend, stellte der Captain fest, daß die zuvor angenehme Umgebung ihm plötzlich ziemlich fremd vorkam. Sein Instinkt riet ihm eindringlich, seine Leute auf die *Enterprise* zurückzubringen.

Als Picard an dem Tunnel vorbeikam, der zum Kontrollzentrum führte, bückte er sich, um festzustellen, wie die Techniker vorankamen. LaForge blieb ebenfalls stehen.

»Brauchen Sie Hilfe?« rief der jüngere Mann.

Im Tunnel krochen Varley und O'Connor aus dem

Kontrollzentrum. Sie zogen ihre Geräte hinter sich her. Barclay war nicht weit entfernt.

»Nein, Sir«, meldete Varley. »Alles in Ordnung. Es wird nur noch eine Minute dauern, Commander.«

Plötzlich brandete ein weiterer Energieanstieg durch die Station. Er wurde begleitet von einem laut hallenden Krachen, und Picard sah hilflos zu, wie zwischen ihm und den drei Technikern eine schwere Tür herabfiel.

»Verdammt!« rief LaForge.

Als die Tür den Boden berührte, griff Picard nach seinem Kommunikator. »Commander Riker«, sagte er.

»Hier Riker, Captain. Wir haben gerade einen weiteren Energieanstieg gemessen. Er war so stark, daß die Geräte kurz ausfielen. Sind Sie in Gefahr?«

Picard wechselte einen Blick mit seinem Chefingenieur. »Bislang sind wir unverletzt, doch Geordi und ich wurden vom Rest des Technikerteams getrennt. Transportieren Sie uns alle sofort hinüber.«

»Jawohl, Sir«, kam Rikers scharfe Antwort. »Wir haben Sie erfaßt ... einen Augenblick, Sir.« Der Captain hörte, wie sein Erster Offizier mit dem im Hintergrund befindlichen Data sprach. »Sir«, fuhr Riker dann fort, »wir haben Probleme, Sie weiterhin erfaßt zu halten ...«

Eine weitere Energiewelle floß durch die Station. Die Innenbeleuchtung flammte kurz auf. Picard und Geordi wurden in ein hartes, weißes Licht getaucht, als der sichtbare Energieausbruch durch die Wände raste.

Zwei oder drei Sekunden lang ging Rikers Stimme in Rauschen unter, dann kehrte sie zurück. »... läßt vermuten, daß das Gebiet, in dem Sie sich befinden, abgeschirmt ist. Können Sie sich in einen der äußeren Räume mit einem Fenster begeben?«

»Ich melde mich, wenn wir dort sind. Picard Ende.« Der Captain sah, daß Geordi seinen Tricorder in der Hand hielt und sich bereits an der Tür zu schaffen machte.

Kurz darauf schüttelte der Ingenieur den Kopf. »Der

Mechanismus ist ganz einfach«, sagte er und betrachtete die kleine Kontrollfläche neben der Tür. »Aber er hat keine Energie. Wenn wir hier auf einen weiteren Anstieg warten, könnten wir ...«

Picard tat den Vorschlag mit einer Handbewegung ab. »Das dauert zu lange. Wir wissen nicht, ob und wann es zu einem weiteren Energieanstieg kommt und ob wir dann genug Energie haben. Was ist mit den Phasern?«

Geordi zog seine Waffe im gleichen Augenblick wie der Captain. »Ich würde vorschlagen, daß wir zurücktreten, Sir.«

Sie wichen ein paar Schritte zurück.

»Für den Anfang Stufe fünf«, befahl Picard, während er seine Waffe einstellte. Geordi tat es ihm gleich. Dann berührte der Captain seinen Kommunikator. »Mr. Barclay, führen Sie Ihr Team so weit wie möglich von der Tür fort. Wir werden versuchen, Sie mit den Phasern herauszuholen.«

»Verstanden, Sir«, kam die Antwort. »Wir sind bereit.«

Der Captain nickte, und die beiden Männer schossen gleichzeitig. Picard beobachtete, wie die beiden roten Strahlen aus den Phasern schossen, auf die Tür trafen ... und *verschwanden*.

Geordi nahm sofort den Tricorder in die andere Hand und warf einen schnellen Blick darauf. »Die Wand hat die Strahlen einfach absorbiert und zerstreut. Wir können es mit der Stufe zehn versuchen, aber höher würde ich hier nicht gehen.«

Einen Augenblick später versuchten sie es mit der höheren Einstellung erneut. Zwei hellere Strahlen trafen die Tür und verschwanden ebenfalls in ihrer Oberfläche. Diesmal behielten er und Geordi das Feuer mehrere Sekunden lang bei. Schließlich stellten sie es auf Picards Zeichen ein. Abgesehen von einem schwachen, roten Leuchten, das fast sofort wieder verschwand, war die Tür unbeschädigt.

Der Ingenieur runzelte die Stirn. »Irgendwie leitet die

Struktur die Energie durch die Wand ab – genauer gesagt durch die gesamte Umgebung.«

»Gibt es in diesem Raum noch weitere Ausgänge?« fragte Picard.

»Es gibt einen weiteren Wartungstunnel«, erwiderte LaForge, »auf der anderen Seite des Kontrollraums. Er führt vielleicht hundert Meter weiter auf den Gang – aber auch dort könnte eine Tür den Weg versperren.«

Der Captain runzelte die Stirn. »Könnte man das nicht von innen feststellen?«

Der Ingenieur tippte auf seinen Kommunikator. »Reg«, sagte er, »ist der Wartungstunnel am anderen Ende des Raums noch offen?«

Eine Pause. »Ja, Sir«, kam dann die Antwort. »Es scheint jedenfalls so.«

Geordi nickte. »Gut. Dann verlassen Sie den Raum durch diesen Tunnel. Wir treffen uns dann auf dem Gang.«

In diesem Augenblick hörte Picard das schwache Summen, das er nun mit dem Beginn eines Energieanstiegs gleichsetzte. Kurz darauf kam der Anstieg, und mit ihm flammte die Innenbeleuchtung auf. Der Captain beobachtete, wie mehrere Lampen auf dem langen Korridor aufleuchteten und wieder erloschen.

»Weiter«, sagte er zu seinem Begleiter.

Gemeinsam legten er und LaForge die etwa hundert Meter in knapp einer Minute zurück. Als sie die Öffnung des zweiten Wartungstunnels erreichten, schaute Picard hinein und stellte fest, daß die Luft rein war. Er konnte die schattenhaften Umrisse der drei Techniker ausmachen, die die Röhre gerade vom Kontrollraum aus betraten.

Doch dieser Tunnel war wesentlich länger als der andere und auch dunkler. Barclay und die anderen würden noch ein paar Minuten brauchen, bis sie zu ihnen aufgeschlossen hatten.

Geordi warf einen Blick über die Schulter des Captains

und murmelte einen Fluch. »Das wird länger dauern, als ich gehofft habe«, stellte er fest.

Doch kurz darauf rutschten die Techniker schon durch den Tunnel. Ihre Handlampen blitzten synchron zu ihren Bewegungen auf. Dann konnte Picard das angespannte, verängstigte Gesicht von Technikerin Martina O'Connor ausmachen, die in seine Richtung schaute. Als sie den Captain erblickte, gelang es ihr, sich etwas schneller zu bewegen.

Da sie zahlreiche Geräte hinter sich her schleppte, hätte Picard ihr gern geholfen. Doch der Tunnel bot nicht genug Platz für sie beide. Und ein paar Sekunden später hatte sie dann den Korridor erreicht.

Fähnrich Varley war der nächste. Er schob die technische Ausrüstung hinaus, die er trug, und zwängte sich dann auf den Gang hinaus. Der Captain konnte nur einen kurzen Blick auf seine jungen, ernsten Gesichtszüge werfen, dann erfolgte ein weiterer Energieanstieg, diesmal ohne das vorbereitende Summen.

Varley hatte seinen Oberkörper gerade aus der Öffnung geschoben, als die Luke über ihm sich senkte. La-Forge bemerkte die Bewegung und reagierte schnell, griff, in der Hoffnung, das verhindern zu können, was an der anderen Öffnung geschehen war, nach der kleinen Kontrollfläche neben dem Wartungstunnel.

Es gelang ihm, die Luke hochzufahren, bevor die Energie wieder ausfiel – aber er konnte nicht verhindern, daß sie kurz den Boden berührte, obwohl Fähnrich Varleys Leib direkt darunter lag.

Picard schaute entsetzt zu. Dem jungen Mann blieb nicht einmal die Zeit für einen Schrei, als das Schott ihn mühelos durchtrennte. Varleys Gesicht brachte nur ein kurzes, scheußliches Aufflackern von Überraschung zum Ausdruck, dann erlosch das Licht in seinen Augen.

»Mein Gott«, murmelte der Captain. Geordi und O'Connor waren nicht mal dazu imstande.

Picard verdrängte seine Frustration und aufsteigende

Trauer um den jungen Mann. Barclay war noch da drin. Und sein Außenteam war noch in Gefahr.

Und dann erklang ein Schrei in dem Raum. Laut, gellend, fast hysterisch.

»Mr. Barclay«, übertönte Picard das Geheul des Mannes. »Sie müssen herauskommen. Sofort.« Die Wirkung setzte augenblicklich ein. Barclay hörte auf zu schreien. Doch der Captain, der sich gebückt hatte, um in den Tunnel zu schauen, sah, daß der Techniker sich nicht bewegte. Er schaute lediglich in stummem Entsetzen Varleys in zwei Hälften geteilten Körper an.

Dem Captain wurde klar, daß die Leiche Barclay den Weg versperrte. Er griff in den Tunnel und zog, so schnell und sanft er konnte, Varleys Überreste hinaus. Geordi kniete direkt hinter ihm und half ihm.

In ruhigem, gemessenem Tonfall wandte der Captain sich an Barclay. »Lieutenant, verlassen Sie sofort diesen Tunnel.« Aber der Mann hatte mittlerweile eine sitzende Position eingenommen, lehnte die Schultern gegen die Tunnelwand und schob sich zentimeterweise zurück. »Halt«, befahl Picard. Der Techniker rührte sich nicht mehr. »Kommen Sie jetzt heraus«, fuhr der Captain fort.

»Aber, Sir ... die Luke ...« sagte ein regloser Barclay mit einem entsetzten Flüstern. Picard schaute zu der Stelle hoch, auf die der Lieutenant zeigte, und sah, daß das Schott mit seiner blutigen Unterkante sich direkt über ihm befand.

Der Captain überdachte blitzschnell, welche Möglichkeiten ihm blieben, und entschloß sich zum sofortigen Handeln. Er kroch in den Tunnel, griff nach Barclay, packte den Lieutenant am Arm und zog. Fast willenlos folgte der Mann ihm, und Picard hatte ihn kurz darauf aus dem Tunnel geholt.

Der Captain richtete sich auf und wandte sich direkt an den Techniker. »Alles in Ordnung, Lieutenant?«

Picard stellte zu seiner Erleichterung fest, daß die

Frage sofort zu Barclay durchdrang. Der Mann nickte. »Ja, Sir«, sagte er dann.

Beruhigt berührte der Captain seinen Kommunikator. »Nummer Eins, ein *sofortiger* Nottransport.«

Die Antwort war nicht ermutigend. »Captain, wir haben noch immer Interferenzen ... Wir messen von der Station fast ununterbrochen Energie auf niedriger Ebene an, die ein entsprechend schwaches Subraumfeld erzeugt. Wir können keinen Transport riskieren.«

Picard fiel auf, daß die Beleuchtung des Raums aktiviert worden war. Das Licht war schwach, aber ziemlich gleichmäßig.

»Captain«, fuhr Riker fort, »ich kann in vier Minuten ein Shuttle drüben haben. Die Sensoren haben tausend Meter von Ihnen entfernt einen großen Raum entdeckt, der wie eine Luftschleuse aussieht.«

Geordi hatte bereits seinen Tricorder hervorgeholt. »Ich weiß, wo er sich befindet, Sir.«

»Wir warten auf Ihr Shuttle, Nummer Eins. Picard Ende.« Der Captain wandte sich den anderen zu. »Mr. Barclay, können Sie gehen?«

Der Techniker war offensichtlich noch immer erschüttert, brachte aber ein Nicken zustande. »Jawohl, Sir. Mir geht es gut.«

»Mr. LaForge«, sagte Picard, »wir folgen Ihnen.«

Geordi führte sie im leichten Trab den Gang entlang. Picard blieb gerade noch Zeit, sich zu fragen, wie sie die Luftschleuse betreten, sie öffnen und in das Shuttle gelangen sollten, dann hatten sie den Eingang der Schleuse schon erreicht. Die geschwungene Tür war geöffnet, und der Captain sah, daß das äußere Schott an der anderen Seite der Kammer geschlossen war.

Die Innenbeleuchtung wurde stärker. Mit etwas Glück würden sie die Luftschleuse bedienen können. Der Captain hoffte, daß sie noch funktionsfähig war und über ein Energiefeld verfügte, das es dem Shuttle ermöglichte, hinein und wieder hinaus zu fliegen – aber ohne die Atmosphäre und das Außenteam ins All zu entlassen. Natürlich hatten sie im Augenblick keine andere Wahl; sie mußten den Versuch wagen.

»Gehen wir hinein«, befahl er. »Commander LaForge, machen Sie sich mit der Luftschleuse der Fremden vertraut.« Der Ingenieur nickte und betrat den Raum. O'Connor folgte ihm, und Barclay bildete die Nachhut. Als Picard sich in Bewegung setzte, brandete eine weitere Energiewelle durch die Station. Diesmal spürte der Captain buchstäblich, wie die Wände zitterten. Plötzlich bewegte sich der Boden unter ihm, und er wurde zurückgeschleudert.

Picard landete hart auf dem Rücken. Ihm wurde klar, daß der Sturz ihm wahrscheinlich das Leben gerettet hatte. Er sah, wie das schwere Schott der Luftschleuse mit einem lauten Scheppern zuknallte, genau an der Stelle, an der er gerade noch gestanden hatte.

Er rappelte sich sofort wieder auf. Durch das Fenster im Schott der Luftschleuse sah der Captain sofort, warum die Tür sich so schnell geschlossen hatte. Die halbdurchsichtige Barriere, die das Innere der Luftschleuse vom offenen Weltraum trennte, hatte sich vielleicht um dreißig Zentimeter vom Boden gehoben.

Geordi und die anderen lagen auf dem Boden und versuchten, sich auf der fast völlig glatten Oberfläche der Luftschleuse festzuhalten. Da sie langsam in Richtung Barriere gezogen wurden, ging Picard davon aus, daß die Atmosphäre nicht von einem Energiefeld zurückgehalten wurde.

Und der Größe der Öffnung nach zu urteilen, wußte Picard, daß das Außenteam noch höchstens neunzig Sekunden zu leben hatte.

»Picard an Shuttle. Wo sind Sie?«

»Hier Worf, Sir. Wir sind keine zwei Minuten mehr von Ihnen entfernt, Captain.«

»Wir haben einen Notfall, Mr. Worf. Sie müssen es schneller schaffen.«

Picard hörte, wie Worf den Befehl bellte, auf volle Beschleunigung zu gehen. Er stellte sich vor, wie die Rettungsmannschaft durchgeschüttelt wurde, als die Trägheitsabsorber über ihre Leistungsgrenze hinaus beansprucht wurden.

»Lieutenant«, fuhr er fort, »der Großteil des Außenteams befindet sich in einer Luftschleuse, die soeben geöffnet wurde. Ihnen bleibt nicht mehr viel Zeit.«

»Ich habe sie mit den Sensoren erfaßt, Captain«, meldete Worf genau in dem Augenblick, in dem das Shuttle keine hundert Meter von der Station entfernt in Sicht kam.

Picard spürte, daß er mit den Zähnen knirschte. »Gehen Sie so nah wie möglich heran und erfassen Sie sie mit den Nottransportern des Shuttles. Sie können die Interferenz der Station vielleicht durchdringen, indem Sie den Transporterstrahl durch die Türöffnung leiten.«

»Wir haben sie mit den Transportern erfaßt«, kam die abgehackte Antwort des Klingonen. »Wo sind Sie, Sir?«

»Ich bin in einem geschützten Bereich und im Augenblick in Sicherheit.« Der Captain sah, daß Barclay und O'Connor keine zwei Meter weit vom geöffneten Luftschleusenschott entfernt waren. Geordi befand sich direkt hinter den beiden. Ihnen blieben höchstens noch ein paar Sekunden, und sie bewegten sich langsam, als litten sie bereits an den Auswirkungen, die die schnelle Auflösung der Atmosphäre nach sich zog.

Picard schlug erneut auf die Kontrollfläche der Tür, die ihn von seinen Leuten trennte, aber sie öffnete sich nicht. Ihm wurde klar, daß die Anstrengung vergeblich war – hier im Innern der Station konnte er nichts tun. Ihr Schicksal lag jetzt in Worfs Händen.

»Lieutenant, holen Sie sie an Bord des Shuttles. Das ist ein Befehl!« bellte der Captain, während er hilflos den letzten Kampf des Außenteams beobachten mußte.

»Jawohl, Sir«, erwiderte der Klingone ruhig. Und dann ließ der Sicherheitschef seinen Worten Taten folgen. Picard sah das Schimmern des Transportereffekts – und einen Augenblick später war das Team verschwunden.

»Mr. Worf?« fragte der Captain hoffnungsvoll.

»Sie sind an Bord, Sir, und offensichtlich wohlauf«, sagte der Sicherheitswächter. Der Captain atmete erleichtert aus.

»Sehr gute Arbeit, Lieutenant. Ausgezeichnete Arbeit.« Picard sah, daß die Lampen in der Station wieder zögernd flackerten und dann wieder gleichmäßig, wenn auch schwach, leuchteten.

»Captain, wir haben Schwierigkeiten, Sie mit dem Transporter zu erfassen. Die Struktur der Station scheint Auswirkungen auf den Transporterstrahl zu haben. Wenn Sie die innere Tür der Luftschleuse öffnen könnten, müßten wir Sie an Bord beamen können, bevor …«

»Ich fürchte, das ist unmöglich, Mr. Worf«, unterbrach Picard ihn. »Obwohl die Station über minimale Energie zu verfügen scheint, sind die Kontrollen eingefroren.«

Plötzlich drang eine Stimme aus dem Kommunikator des Captains. »Sir, hier Riker. Vielleicht hätte die *Enterprise* mehr Glück. Wenn wir näher herankämen, könnten unsere Transporter die Interferenzen vielleicht durchdringen.«

»Na schön, Nummer Eins«, erwiderte Picard. »Aber gehen Sie mit der gebührenden Vorsicht vor. Und schaffen Sie die *Enterprise* beim geringsten Anzeichen von Gefahr weg. Der Status der Station ist instabil. Das gilt auch für Sie, Mr. Worf.«

»Ja, Sir«, erklangen ihre gleichzeitigen Bestätigungen.

Während der Captain wartete, sah er, daß die Helligkeit in der Station gleichmäßig anstieg. Auch das Summen hatte wieder eingesetzt und wurde von gelegentlichen Energieblitzen an den Fugen der Decke, des Bodens und der Wände begleitet.

Picard sah, daß die *Enterprise* sich in einiger Entfernung auf direktem Kurs der Luftschleuse näherte. Als das Summen an Intensität zunahm, lauter wurde denn je zuvor, verspürte er ein immer stärker werdendes Gefühl von … Unbehagen. Dieser Energieanstieg schien sich von den früheren Fluktuationen zu unterscheiden, deren Dauer und Stärke wesentlich kürzer gewesen war.

Dieser Zuwachs schien sich langsamer aufzubauen, und das verräterische Summen war tiefer, hallender.

Zum Glück war die *Enterprise* nur ein paar tausend Meter entfernt. Picard dachte, daß er froh sein würde, wenn diese Sache ausgestanden war.

»Captain«, sagte Riker, »die Energiemessungen sind sehr hoch …« Die Stimme verschwand in starkem Rauschen: »… Interferenzkurve …« war der einzige weitere Begriff, den er deutlich verstehen konnte. Aus dem Summen war mittlerweile ein Donnern geworden, während Energieblitze durch die Paneele der Station schossen.

Irgend etwas wird geschehen, dachte Picard mit felsenfester Überzeugung.

»Commander Riker, bringen Sie die *Enterprise* sofort in sichere Entfernung. Mr. Worf, verfahren Sie genauso.« Der Captain sprach in seinen Kommunikator, konnte aber keine verständliche Antwort vernehmen.

Als er aus dem kleinen Fenster schaute, konnte er die *Enterprise* und das Shuttle deutlich ausmachen, doch keines der beiden Schiffe schien sich zu bewegen. Dafür war aber die große Außenbarriere der Luftschleuse wieder in Bewegung. Sie hob sich schnell, und plötzlich bot die Luftschleuse sich völlig ungeschützt dem All dar. Das spielt wohl kaum noch eine Rolle, dachte Picard. Die Atmosphäre hatte sich wahrscheinlich schon längst verflüchtigt.

Er bekam lediglich eine Warnung in Gestalt eines kurzen Zischens – und dann öffnete die Tür vor ihm sich ebenfalls.

Der Captain streckte die Arme aus und hielt sich auf beiden Seiten an den Türpfosten fest, verhinderte, daß er in den Weltraum gesogen wurde. Doch der Druck von hinten war gewaltig, und das Tosen der Luft übertönte sogar das nun ohrenbetäubende Summen der durch die Station pochenden Energie.

Als Picard spürte, daß seine Arme der aus der Station strömenden Atmosphäre nachgaben, hoffte er, daß die *Enterprise* ihn schnell mit den Transportern erfassen konnte. Er würde im freien Weltall nicht lange überleben.

Er überlegte kurz, ob er sich auf den Gang ziehen und ins Innere der Station entkommen konnte, doch seine Arme würden ihm bald den Dienst versagen. Er konnte sowieso schon kaum gegen den Luftsog ankämpfen.

Der Captain schätzte, daß ihm höchstens noch eine Minute blieb, bis er den Kampf verlor und sich dem Unausweichlichen fügen mußte. Er begann, absichtlich zu hyperventilieren; er wußte, er mußte sein Blut so stark wie möglich mit Sauerstoff anreichern, um im Vakuum des Alls so lange wie möglich überleben zu können.

Doch seine Anstrengungen wurden zunichte gemacht, als etwas gegen seinen rechten Arm und die Schulter prallte. Er nahm den Schlag als flüchtigen Druck wahr, und dann flog er durch die Luftschleuse dem geöffneten Außenschott entgegen.

Im gleichen Augenblick sah er, daß die Station um ihn herum erschüttert wurde und erzitterte, während eine weitere Welle weißer Energie durch das Gebilde floß. Aber diese Welle wurde nicht zerstreut. Statt dessen schien sie immer stärker zu werden, unaufhörlich anzuwachsen. In diesem letzten Augenblick war Picard davon überzeugt, daß das Vakuum des Alls die geringste seiner Sorgen war – und dann erfaßte ihn eine weiße Druckwelle.

2

In einer Reflexhandlung wandte Commander Riker den Kopf ab und schloß die Augen, als der helle Blitz auf dem Hauptbildschirm aufleuchtete. Einen Augenblick später fiel ihm ein, daß die Bemühung überflüssig gewesen war – das optische System filterte gefährlich helles Licht automatisch heraus.

Riker zwang sich, die Augen geöffnet zu halten, und sah, daß der benachbarte Teil der kugelförmigen Station von einem langen Impuls blauweißen Lichts eingehüllt wurde. Es hatte den Anschein, als sei der ursprüngliche Energieblitz sekundenlang an Ort und Stelle eingefroren.

»Riker an Shuttle. Bitte melden, Mr. Worf.«

Keine Antwort.

»Riker an Picard.«

»Keine Antwort auf die Rufe, Sir«, meldete Data.

Verdammt, dachte der Erste Offizier. »Sensoren, Mr. Data? Können Sie das Shuttle erfassen?«

Der Androide schüttelte fast unmerklich den Kopf. »Nein, Sir. Zu viele Interferenzen durch den Energieanstieg.«

Riker beobachtete die Station, deren nächster Abschnitt in Licht gebadet war, und kam sich völlig hilf- und nutzlos vor. Er konnte seinem Captain und den Kameraden vom Außenteam nicht helfen – die, nach allem, was er wußte …

Und dann flackerte die Lichtwolke kurz, die um die Station hing. Nach einem Augenblick war Riker überzeugt, daß das Licht schwächer wurde.

»Das Energieniveau sinkt«, meldete Data.

Das sah der Erste Offizier selbst. Der Nimbus aus Licht und Energie stumpfte schnell zu einem schwachen Schimmer ab und verschwand dann ganz. Nun lieferten beim betroffenen Teil der Station die kleinen Lichtpunkte, die aus den Fenstern drangen, die einzige Helligkeit.

»Die Energie der Station hat wieder äußerst geringe Werte angenommen«, sagte Data.

»Irgendeine Spur von dem Außenteam?« fragte Riker besorgt.

Der Androide bediente kurz die Kontrollen seiner Funktionsstation. »Ja. Ich habe das Shuttle lokalisiert und entdecke Lebenszeichen in ihm.« Der Erste Offizier hörte, daß Troi neben ihm erleichtert aufatmete.

»Doch Kommunikation und Antrieb des Shuttles sind ausgefallen«, fuhr Data fort.

Riker erhob sich. »Holen Sie das Shuttle mit einem Traktorstrahl an Bord … in Hangar drei. Ich bin dort.« Als er zum Turbolift ging, stellte er fest, daß Deanna direkt hinter ihm war. Sie sagten kein Wort, als sie die Kabine betraten, aber das war auch nicht nötig. Der Counselor war ihre Besorgnis deutlich anzusehen, und der Erste Offizier wußte, daß er die seine genauso wenig verbergen konnte.

Die Fahrt kam ihm endlos lang vor, obwohl ihm klar war, daß sie in Wirklichkeit nur ein paar Sekunden dauerte. Dann öffneten sich die Türen, und er sprintete praktisch zur Landestelle. Das Shuttle wurde gerade durch das Energiefeld geholt, das den Hangar vom Vakuum des Alls trennte.

Ein schneller Blick verriet ihm, was er wissen mußte. Das Shuttle war innen und außen völlig dunkel. Das bedeutete, daß die Energie vollständig ausgefallen war. Doch wenn das Außenteam von der Druckwelle nicht verletzt worden war, würde es in Ordnung sein; selbst ohne Lebenserhaltung konnte man mindestens eine Stunde in einem Shuttle problemlos überstehen.

Das kleine Schiff berührte mit der Hilfe der Hangartraktorstrahlen den Boden. In dem Augenblick, da es aufsetzte, nickte Riker den zwei wartenden Technikern zu. Die beiden Männer stellten neben dem Shuttle einen Kapazitor auf den Boden und drückten auf den Knopf.

Die Tür glitt auf, und Worf sprang fast sofort heraus und sah den Ersten Offizier an.

»Wir konnten den Captain nicht bergen«, fauchte der Klingone. Riker sah die Frustration in seinem Stirnrunzeln.

Geordi kam als nächster heraus; er war nicht weniger frustriert. »Er blieb hinter einem Schott in der Station zurück, Sir. Uns erfaßten die Nottransporter des Shuttles, aber an *ihn* kamen sie nicht heran.«

»Commander«, warf Worf ein. »Ich bitte um die Erlaubnis, mit einem anderen Shuttle sofort zu einer Rettungsmission aufbrechen zu dürfen. Wenn wir schnell handeln, können wir vielleicht noch vor der nächsten Energiewelle dort sein.«

Riker berührte seinen Kommunikator. »Data, haben die Sensoren den Captain an Bord der Station erfaßt?«

Es folgte eine kurze Pause, während der sie auf die Antwort des Androiden warteten.

»Negativ«, erwiderte Data schließlich.

Riker fluchte im Stillen. »Überhaupt irgendwelche Lebenszeichen?«

»Negativ«, erwiderte der Androide erneut.

Der Erste Offizier sah Worf an. Er mußte sich nicht den Kopf darüber zerbrechen, wie der Chef der Sicherheitsabteilung sich fühlte, denn er kam sich genauso vor. *Verdammt hilflos.*

Das Zischen der sich öffnenden Tür riß Geordi aus seiner Konzentration. Er schaute von seiner Arbeit auf und sah, daß Counselor Troi mit Lieutenant Barclay im Schlepptau hereingekommen war. Sie näherten sich der technischen Konsole, an der Geordi und Data arbeiteten.

Zur Überraschung des Chefingenieurs ergriff Barclay zuerst das Wort. »Sir, ich möchte Ihnen gern bei der Analyse helfen.«

Geordi war erstaunt. Er hatte nicht damit gerechnet, daß die Counselor Barclay so schnell wieder dienstfähig schrieb, falls überhaupt. Der Mann hatte an Bord der *Enterprise* seine Höhen und Tiefen erlebt, und als er auf der fremden Station in Panik geraten war, waren in Geordi all die alten Zweifel über Barclays Zukunft bei Starfleet wieder erwacht.

Im Verlauf der letzten Jahre hatte Geordi miterlebt, wie Barclay eine lähmende Unsicherheit überwunden hatte. Und zu seiner Überraschung hatte er festgestellt, daß er den großen, schlanken Techniker mochte.

Das hieß jedoch noch lange nicht, daß Barclay aus dem richtigen Holz für den Dienst an Bord eines Raumschiffs geschnitzt war. Auch wenn Geordi es sich nicht gern eingestand, es war durchaus möglich, daß der junge Offizier sich nicht von den Ereignissen dieses Tages erholte – jedenfalls nicht so sehr, daß er bei Starfleet bleiben konnte.

Doch ein Blick auf die Counselor verriet dem Chefingenieur, daß sie die Idee guthieß. Ansonsten hätte sie sich später unter vier Augen an Geordi gewandt.

»Klar, Reg«, sagte er ohne weitere Überlegung. »Wir können noch eine frische Kraft brauchen.«

Er wandte sich der Hauptkonsole zu und zeigte auf die Daten, die über den Bildschirm wanderten. »Wir versuchen, im Computer nachzuvollziehen, was an Bord der Station geschehen ist, und benutzen dazu Messungen der Sensoren der *Enterprise* und des Shuttles wie auch die wenigen Tricordermessungen, die wir auf der Station vorgenommen haben. Commander Data kann Sie schnell ins Bild setzen.«

Dann richtete Geordi seine Aufmerksamkeit auf Deanna. »Counselor, kann ich Sie kurz sprechen?« fragte er.

Troi nickte, und der Ingenieur führte sie in sein Büro.

Er hatte kaum die Tür hinter sich geschlossen, als er auch schon zur Sache kam. »Counselor«, fragte er, »glauben Sie wirklich, daß Barclay dienstfähig ist? Ich nehme an, er hat Ihnen erzählt, was auf der Station passiert ist.«

»Ja«, erwiderte sie. »Er hat gesagt, er sei in Panik geraten, als Mr. Varley ums Leben kam, und habe Befehle nicht befolgt. Er fühlt sich verantwortlich ...«

»Hören Sie«, warf LaForge ein. »Ich habe im Augenblick keine Zeit, ihm das Händchen zu halten. Ich habe einen Angehörigen meines Stabs verloren, und der Captain wird vermißt. Ich kann das Risiko nicht eingehen, daß Barclay erneut zusammenbricht.«

Die Counselor behielt ihren ungezwungenen Plauderton bei. »Geordi, Sie haben mehr als einmal gesagt, daß Barclay oft gute Einfälle hat.«

»Ja, aber ...«

»Und ich schlage ja nicht vor«, fügte Troi hinzu, »daß Sie ihn starkem Druck aussetzen oder einem weiteren Außenteam zuteilen. Ich hoffe lediglich, daß Sie auf Barclays Findigkeit zurückgreifen, wie Sie es auch getan hätten, wäre es nicht zu dem Vorfall auf der Station gekommen. Vielleicht kann er Sie bei Ihrer Ermittlung unterstützen. Und Lieutenant Barclay würde es mit *Sicherheit* helfen.«

Geordi lag eine Antwort auf der Zunge, doch er wußte, daß keine Logik dahintersteckte – nur Frustration. »Na schön«, sagte der Ingenieur schließlich, »Sie haben recht.« Er nickte und brachte seine Gefühle wieder unter Kontrolle. »Im Augenblick«, gestand er ein, »kann ich jede Hilfe gebrauchen, die ich kriegen kann.«

Riker trommelte mit den Fingern auf den Tisch im Konferenzraum. Verdammt, er verabscheute es, in solchen Situationen warten zu müssen.

Er berührte seinen Kommunikator. »Lieutenant Burke, hier spricht Commander Riker. Irgendeine Veränderung auf der Station?«

»Nein, Sir. Keine Veränderung im Energieniveau.« Und dann die Antwort auf die Frage, die der Erste Offizier nicht gestellt hatte. »Und keine Lebenszeichen.«

Verdammt.

Einen Augenblick später kamen Geordi, Data und Barclay herein, und Beverly Crusher, Deanna und Worf folgten ihnen kurz darauf. Sie waren pünktlich – eigentlich sogar zu früh. Riker nickte anerkennend. Bis sie genau wußten, was dem Captain widerfahren war, mußten sie davon ausgehen, daß es auf jede Minute ankam.

Er wandte sich sofort an Geordi. »Was haben Sie herausgefunden?«

Der Chefingenieur stand auf und ging zu dem Monitor vorn im Raum. »Computer, spiele die Simulation Station eins ab.«

Sofort erschien die Station auf dem Bildschirm. Sie war bereits von innen heraus erleuchtet, und Energieblitze zuckten durch einen Teil der Außenhülle.

»Das«, fuhr Geordi fort, »ist die Station in dem Augenblick, in dem das Außenteam die Luftschleuse erreichte – und der Captain ausgesperrt wurde. Und hier nähert sich das Shuttle.« Er zeigte auf die Flugbahn des kleinen Schiffes. »Das war auch der Zeitpunkt, an dem die Schiffssensoren endgültig den Kontakt zu dem Außenteam verloren.«

Der Ingenieur fuhr fort, während der Bildschirm nun das leicht gehobene Schott der Luftschleuse zeigte. »Worf bekam uns durch die sich öffnende Luftschleuse heraus, aber die Interferenzen waren zu stark, um den Captain auch nur zu erfassen. Als sich einen Augenblick später die innere Tür der Luftschleuse öffnete, erfaßten die Sensoren des Shuttles kurz Lebenszeichen.«

Riker beugte sich vor. »In diesem Fall könnte Captain Picard ins All geschleudert worden sein.«

»Allerdings«, gestand Geordi ein, berührte die Schalter des Monitors und löschte den Bildschirm. »Und genau das scheint den Sensoren zufolge auch geschehen zu sein. Aber die Interferenzen stiegen exponentiell an, und das Shuttle verlor den wackligen Sensorkontakt. Daher hat es den Anschein, daß der Captain nicht ins All geschleudert wurde. Statt dessen ist er einfach … verschwunden.«

Der Erste Offizier zögerte nicht, die nächste Frage zu stellen, obwohl er große Angst vor der Antwort hatte. »Besteht die Möglichkeit, daß der Captain … von der Energiefluktuation aufgelöst wurde?«

Geordi schüttelte langsam den Kopf. »Es ist möglich, aber … ich glaube es nicht. Alle bekannten Methoden des Desintegration hinterlassen gewisse Partikelspuren und elektromagnetische Signaturen. Und die, die wir hier gefunden haben, waren völlig anders. Der nächste Vergleich, den wir ziehen können, ist der mit einem Superenergie-Transporterfeld samt einer starken Subraumkomponente.«

»Ein Transporter?« fragte Riker.

Der Ingenieur nickte. »Das würde mit einigen unserer frühen Analysen der Technik der Station übereinstimmen. Sie scheint zu einem Großteil aus fortschrittlichen und sehr starken Transporterschaltkreisen zu bestehen.«

Worf runzelte die Stirn. »Aber die Sensoren hätten es angezeigt, wäre der Captain zu einer anderen Position auf der Station transportiert worden.«

»Genau das ist es ja«, sagte Geordi. »Wir glauben, er wurde *von* der Station transportiert – und zwar *weit weg.*«

Riker stellte fest, daß er zwischen offenem Unglauben und aufkeimender Hoffnung schwankte. »Aber … wohin soll er denn transportiert worden sein? Der nächste Planet ist Lichtjahre entfernt.«

Der Ingenieur zuckte mit den Achseln. »Die Station hat genug Energie aufgebaut, um die Masse des Captains über eine noch viel weitere Strecke zu transportieren. Und da ist noch etwas.« Er hielt kurz inne. »Diese Energie verfügte über eine Subraumkomponente. Womit es durchaus möglich ist, daß der Captain auch durch die *Zeit* transportiert wurde.«

Riker hörte, daß Beverly nach Luft schnappte. »Ist das *möglich*?« fragte er.

Geordi räusperte sich. »*Uns* nicht. Aber andererseits hätten wir diese Station auch nicht erbauen können.«

»Na schön«, gestand der Erste Offizier ein. »Aber warum wurde die Station nach Tausenden von Jahren ausgerechnet *jetzt* aktiv?«

Geordi nahm wieder Platz. »Ich vermute, unsere Transporterstrahlen haben mit den Systemen der Station interagiert und sie irgendwie aktiviert.«

Riker nickte. »Wenn wir also von der Annahme ausgehen, daß all das möglich ist ... wo ist der Captain dann? Und können wir die Geräte der Station benutzen, um ihn zurückzuholen?«

Der Ingenieur seufzte. »Schwer zu sagen. Selbst wenn wir sie in Betrieb nehmen könnten, wüßten wir nicht, wo wir suchen sollen.« Er drehte sich um und wandte sich an den Computer. »Computer, spiele die Parameter Picard eins ab.«

Eine dreidimensionale Sternenkarte erschien, mit einem leuchtenden Punkt in der Mitte, der von einem großen, dunkleren Kreis umgeben wurde, in dem sich eine große Anzahl von Sternen befand.

»Indem wir die Energiekurve analysiert und die Körpermasse des Captains kompensiert haben, konnten wir eine ziemlich gute Einschätzung der Reichweite des fremden Transporters vornehmen. Sie beträgt etwa anderthalb Sektoren und reicht dreihundert Jahre in die Vergangenheit zurück. Je weiter die *räumliche* Entfernung zur Station ist, desto geringer ist natürlich die Distanz in der *Zeit*, die der Captain zurückgelegt haben kann – und umgekehrt.«

Riker warf einen Blick auf die Sternenkarte. »Besteht die Möglichkeit, daß der Captain in die Zukunft transportiert worden sein könnte?«

Der Ingenieur schüttelte den Kopf. »Nein. Nicht unserer Analyse der Subraum-Transportschaltkreise zufolge. Wenn er überhaupt durch die Zeit transportiert wurde, dann in die Vergangenheit.«

»Also haben wir ein fest abgestecktes Suchgebiet?« fragte Riker.

»Ein ziemlich großes, Sir«, erwiderte Geordi.

Der Erste Offizier nickte. »Mr. LaForge, falls die *Enterprise* die Suche durchführen sollte ... bekommen Sie den fremden Transporter so gut in den Griff, daß Sie den Captain damit aus der Vergangenheit zurückholen können – falls er sich tatsächlich dort befinden sollte?«

Geordi dachte kurz schweigend nach. »Wenn man mir ein wenig Zeit läßt, bekomme ich es wohl hin.«

»Wäre es ungefährlich, auf die Station zurückzukehren?« fragte Riker.

Der Ingenieur zögerte erneut. »Wenn wir uns nicht mit dem Transporter, sondern mit einem Shuttle dorthin begeben, können wir es wahrscheinlich vermeiden, die Geräte zu aktivieren. Auf der Station baut sich wieder Energie auf, aber nur sehr langsam. Sollte es irgendwelche Probleme geben, hätten wir genug Zeit, um von dort zu verschwinden.«

Riker nagte am Innern seines Mundwinkels. »Na schön. Bereiten Sie ein Team und die Geräte vor, die Sie brauchen werden. Achten Sie aber darauf, jede mögliche Vorsichtsmaßnahme zu ergreifen.«

Er wandte sich an Data. »Wie viele Sonnensysteme befinden sich in dem Suchgebiet?«

»Einhundertundvierundsiebzig, Sir«, sagte der Androide. »Natürlich können wir die meisten davon als unbewohnbar eliminieren. Doch bevor wir fortfahren, sollte ich darauf hinweisen, daß angesichts der Größe auch nur eines einzigen Sektors die Aussicht, daß der Captain auf einen Planeten transportiert wurde, ganz zu schweigen von einem bewohnbaren ... nun ...« Data zögerte einen

Augenblick lang, während er seine Berechnung durchführte. »In der Tat sehr gering ist.«

Rikers Hoffnung schwand.

»Augenblick mal, Data«, sagte Geordi. »Sie dürfen nicht vergessen, daß die Fremden, die die Station erbaut haben, nur unter Bedingungen leben können, die den unseren ähneln. Sie haben wahrscheinlich Sicherheitsvorkehrungen getroffen, um zu verhindern, daß das Transportsignal ein Lebewesen woanders als auf einer bewohnbaren Welt absetzt.«

Aber der Androide war mit dieser Antwort nicht zufrieden. »Wir haben bereits festgestellt, daß viele Systeme der Station, darunter einige Sicherheitsschaltungen, nicht mehr funktionierten. Wir haben keinen Grund für die Annahme ...«

Der Erste Offizier unterbrach ihn. »Mr. Data«, sagte er. »Ich gehe fest davon aus, daß Captain Picard sich auf einer Welt der Klasse M irgendwo in diesem Sektor befindet. Jede andere Situation wäre inakzeptabel. Wir werden jedes dementsprechende System absuchen, bis wir ihn gefunden haben. Verstanden?«

»Jawohl, Sir«, antwortete der Androide in ruhigem Ton.

Riker räusperte sich. »Dann bleibt nur noch die Frage, wie schnell wir die Suche durchführen können. Mr. Data?«

»Ich werde ein Suchmuster ausarbeiten müssen, um das genau sagen zu können«, erwiderte der Androide. »Aber ich schätze, mindestens zehn Tage bis zu zwei Wochen.«

»Und wir haben nicht mal eine Woche«, murmelte Geordi.

Der Erste Offizier erhob sich und beendete damit das Gespräch. »Dann müssen wir hoffen, Glück zu haben und ihn vor Ablauf der Frist zu finden.«

Als Geordi den Konferenzraum verließ, erstellte er in seinem Kopf bereits eine Liste: tragbare Generatoren, tragbare Computer, Diagnosegeräte, Subraumsender und Vorräte für einige Wochen.

Er betrat mit Beverly, Troi und Barclay den Turbolift. Niemand sagte etwas, was Geordi Gelegenheit gab, die Logistik seiner Mission auszuarbeiten.

Die Zusammensetzung des Teams ... das war ein Problem. Es würde sich nicht auszahlen, allzu viele seiner Leute mitzunehmen. Sie würden sich nur gegenseitig im Weg stehen. Außerdem wollte er die Zahl der Leute, die er in Gefahr brachte, so gering wie möglich halten.

Zuvor hatte er seinen Stab kurz zusammengerufen, um die Crew von Varleys Tod zu unterrichten. Seine Leute waren Profis, aber der Chefingenieur wußte, daß diese Mitteilung ihnen schwer zu schaffen gemacht hatte. Zweifellos waren sie nervös. Nun, das konnte er verstehen. Die Vorstellung, eine längere Zeitspanne auf der Station zu verbringen, erzeugte auch bei *ihm* eine Gänsehaut.

Er mußte um Freiwillige bitten. Er würde niemand befehlen, an der Mission teilzunehmen.

»Sir?«

Unsanft aus seinen Überlegungen gerissen, sah er, daß er und Barclay allein im Turbolift waren. Geordi erinnerte sich verschwommen daran, daß Beverly und Troi die Kabine vor einem Augenblick verlassen hatten.

»Ja, Reg?«

»Ich würde mich gern freiwillig melden, Sir«, sagte Barclay und sah seinem Vorgesetzten in die Augen. »Für das Team, das auf die Station gehen wird, meine ich.«

»Freiwillig melden?« wiederholte Geordi verständnislos.

»Ja, Sir. Der Captain verlor mehrere Sekunden, als er mich aus dem Wartungstunnel holte. Und es ging um zwei oder drei Sekunden, sonst hätte er die Luftschleuse noch betreten können. Hätte ich nicht ...«

Der Chefingenieur schüttelte den Kopf. »Reg, das können Sie sich nicht antun. Niemand trägt die Schuld an dem, was mit Captain Picard geschah.«

»Vielleicht«, antwortete Barclay. Aber Geordi sah, daß der Mann ihm kein Wort glaubte. »Ich würde trotzdem gern helfen, wenn ich kann.«

Der Commander seufzte im Geiste. »Um völlig aufrichtig zu sein, Reg, ich weiß nicht, ob ich das Risiko eingehen kann. Es könnte da drüben ziemlich grob zugehen.«

»Das weiß ich«, sagte Barclay. »Und ich bin bereit, Sir. Ich würde wirklich gern helfen ... und ich würde Ihnen gern zeigen ... nun ja, ich würde Ihnen gern zeigen, aus welchem Holz ich geschnitzt bin, Sir.«

Geordi beobachtete, wie Barclays Gesichtsausdruck todernst wurde, und machte etwas aus, was er noch nie zuvor bei dem Mann gesehen hatte: *Entschlossenheit.*

Damit hatte Lieutenant Barclay ihn heute zum zweitenmal überrascht.

»Commander Riker«, erklang Worfs Stimme hinter dem Ersten Offizier. »Eine Mitteilung der Prioritätsstufe eins von Starfleet Command für Captain Picard.«

»Ich nehme sie im Bereitschaftsraum des Captains entgegen«, erwiderte Riker, der sich bereits erhoben hatte.

Der Commander benötigte nur ein paar lange Schritte, um die Tür des Bereitschaftsraums und dann den Schreibtisch des Captains zu erreichen. Als Picard früher einmal verschwunden war, war Riker sich an diesem Schreibtisch überaus unbehaglich vorgekommen. Seitdem hatte er sich daran gewöhnt, als Stellvertreter des Captains Befehle zu erteilen – wenngleich er die Umstände abgrundtief verabscheute.

Der Erste Offizier setzte sich und berührte einen Schalter, und das Emblem der Föderation erschien auf dem kleinen Bildschirm. Einen Augenblick später ersetzten Admiral Kowalskis strenge, wettergegerbten Gesichtszüge das Emblem. Der Admiral erkannte Riker sofort. Er schaute noch düsterer drein.

»Wo ist Ihr Captain, Commander?«

»Er wird vermißt, Sir. Ich bereite gerade meinen Bericht vor.«

Kowalski runzelte die Stirn. »Wir haben hier eine sehr angespannte Situation, Commander. Fassen Sie kurz für mich zusammen.«

Riker berichtete schnell von der Entdeckung der fremden Station, Picards Verschwinden und ihrem Plan einer Suche. Der Admiral hörte aufmerksam zu, ohne daß sein Gesichtsausdruck sich veränderte.

»Ich gehe davon aus«, sagte Kowalski dann, »daß Captain Picard Sie in seine Pläne für das Gipfeltreffen eingeweiht hat.«

»Nein, Sir. Dafür blieb keine Zeit.«

»Verdammt«, rief der Admiral.

Riker beugte sich vor. »Sir, ich glaube, wir haben noch eine gute Chance, den Captain zu finden und die Mission wie geplant fortzusetzen. Uns bleiben noch sechs Tage ...«

»Ja«, unterbrach Kowalski ihn. »Mehr aber auch nicht. Die Föderation ist der Auffassung, daß dem Gipfel eine entscheidende Bedeutung zukommt. Bislang haben wir kaum Kontakt mit den Gorn gehabt. Um ehrlich zu sein ... wir wissen wirklich nicht, was dort vorgeht, aber wir haben Berichte über innere Spannungen innerhalb des leitenden Gremiums ihrer Heimatwelt erhalten. Wenn diese Spannungen ein kritisches Niveau erreichen, könnte es zahlreiche Auswirkungen auf die Beziehungen zur Föderation geben – aber keine davon ist gut. Bestenfalls verlieren wie die Fortschritte, die Picards Durchbruch vor fünfundzwanzig Jahren uns verschaffte. Und schlimmstenfalls ... nun ja, ich habe nicht vor, das Schlimmste eintreffen zu lassen.«

Riker erkannte an Kowalskis Gesichtsausdruck, daß der Admiral nicht übertrieb. Die Situation und die möglichen Konsequenzen bereiteten ihm große Sorgen. »Was kann ich tun, Sir?«

»Sie können mir Picard holen«, erwiderte Kowalski. »Er kommt einem Experten für die Gorn am nächsten. Ich möchte sowohl ihn als auch die *Enterprise* in spätestens fünf Tagen auf der Heimatwelt der Gorn haben.«

Riker räusperte sich. Nun waren es *fünf* Tage. »Wir könnten bei unserer Suche Hilfe gebrauchen, Sir. Gibt es Starfleet-Schiffe in der Nähe, die uns unterstützen könnten?«

Kowalski schüttelte den Kopf. »Nicht mal ein Scoutschiff. Ich fürchte, Sie sind auf sich selbst angewiesen.« Einen Augenblick lang setzte der Admiral einen weicheren Gesichtsausdruck auf. »Es tut mir leid, was mit Ihrem Captain geschehen ist, Commander. Doch sollten Sie nicht imstande sein, ihn zu bergen, werden Sie dem neuen Zeitplan entsprechend weiterfliegen und die Mission abschließen. Haben Sie das verstanden?«

Der Erste Offizier nickte. »Jawohl, Sir.«

»Ich erwarte Ihren vollständigen Bericht über Picards Verschwinden in fünfzehn Minuten. Kowalski Ende.«

Das Gesicht des Admirals wurde erneut von dem Emblem der Föderation ersetzt; einen Augenblick später schaltete Riker ab. Sobald er den Bericht fertig hatte, würde er Geordi und Data zu sich rufen und sie über die neue Entwicklung informieren müssen. Sie suchten nicht mehr nur nach einer Nadel im Heuhaufen, mittlerweile brannte bereits die Scheune um sie herum.

3

Ein Summen erfüllte Picards Ohren. Er fühlte, daß er sich bewegte, und erkannte die Bewegung bald als das vertraute Gefühl des Fliegens. Nicht als das kaum wahrnehmbare Summen des Raumflugs, sondern das heftige Schaukeln eines Atmosphäreflugs. Plötzlich spürte er, wie sein Gefährt sich aufbäumte und zuckte und dann seinen unregelmäßigen, aber mehr oder weniger ruhigen Kurs wieder fortsetzte.

Einen Augenblick später war es dem Captain möglich, die Augen zu öffnen. Außerhalb des kleinen Cockpits befand sich ein seltsam vertrauter weißer Dunst. Picard wußte, daß er sich in einer dichten Wolkendecke befand. Ein Stottern, das die Monotonie des Summens durchbrach, weckte seine Aufmerksamkeit – und er sah, wie der Propeller des Flugzeugs klapperte und dann zögernd stehenblieb.

Nun geschah alles sehr schnell. Als der Captain spürte, daß das Flugzeug wie ein Stein fiel, ergriff er den Steuerknüppel und legte die Maschine auf den Rücken. Als er die Kanzelhaube öffnete, spürte er, wie der Wind gegen sein Gesicht schlug. Er löste die Sicherheitsgurte, stieß sich ab und ließ sich von der Schwerkraft nach unten zerren. Er hatte sich von dem Flugzeug befreit und spürte, wie er fiel.

Er suchte verzweifelt in seinem Gedächtnis, das ihn im Stich zu lassen drohte. Er mußte noch etwas tun, an etwas ziehen … an einer Schnur. Er griff nach seinem Bauch und fand sie, zerrte dann mit aller Kraft daran …

Einen Augenblick später spürte der Captain, wie sein Bewußtsein sich rührte, während der Traum von ihm abfiel und langsam verblich. Seltsam, dachte er. Er hatte diesen Traum zuletzt als Kadett gehabt, doch als er sehr jung gewesen war, hatte er ihm schwer zu schaffen gemacht. In dem Traum war er ein Jagdflieger im Zweiten Weltkrieg aus einer Geschichte, die er gelesen hatte – und stieg über dem Kanal aus seinem Flugzeug der Royal Air Force aus.

Der Traum hörte immer dort auf. Aber in der Geschichte erwachte der Pilot in einem englischen Krankenhaus. Nach kurzer Zeit wurde dem Flieger klar, daß das Krankenhaus ein Schwindel war, genau wie die Ärzte und Schwestern, die ihn pflegten, nicht echt waren. Der Pilot setzte alle Hinweise und kleinen Diskrepanzen zusammen und kam dahinter, daß das Krankenhaus und das Personal eine List der Deutschen waren, mit der sie ihn verleiten wollten, militärische Geheimnisse preiszugeben.

Als Junge hatte Picard diesen Traum mehrmals geträumt – normalerweise, wenn er mit einer Veränderung konfrontiert wurde, zum Beispiel auf eine neue Schule wechseln mußte. In jenen Tagen hatte er angenommen, der Traum sei eine Mahnung seines Unterbewußtseins, neue Situationen nicht nach ihrem Äußeren zu beurteilen – ein guter Rat, der durch seine Erfahrungen bei Starfleet bestätigt worden war. Aber der Traum hatte ihm stets Unbehagen bereitet, als wären einige der Überraschungen, denen er ausgesetzt war, vielleicht nicht besonders angenehm.

Als der Nebel sich langsam verzog, verschwand der Traum ganz aus seinem Bewußtsein. Doch das Gefühl blieb: Irgend etwas stimmte nicht.

Die Erinnerungen strömten zurück – die fremde Station, der Tod Fähnrich Varleys, die Luftschleuse.

Der Captain zwang sich, die Augen zu öffnen, und versuchte, sich in dem Raum umzusehen, doch sein Blick blieb verschwommen. Dennoch konnte er feststellen, daß er sich nicht auf der *Enterprise* befand. Die Decke war zu niedrig, und die Wände bestanden aus zusammengeschweißten Platten. Und die Geräusche ... nun, es waren nicht die Geräusche seines Schiffes.

Er wußte, daß der erste Schritt darin bestehen mußte, sich einen besseren Überblick über die Umgebung zu verschaffen. Er konzentrierte sich und versuchte, sich in eine sitzende Position aufzurichten. Als sein Körper nur schwerfällig reagierte, lehnte er sich zurück und warf sich dann vorwärts, um sich mit dem Schwung seines Körpers in die Höhe zu zwingen.

Der Schmerz war beträchtlich. Er konzentrierte sich in seinem Kopf und der rechten Schulter, schien aber in fast den gesamten Körper auszustrahlen. Picard legte sich sofort wieder hin und wartete, daß er vorüberging. Es kam ihm vor wie ein paar Minuten, handelte sich aber wahrscheinlich nur um ein paar Sekunden, bis der Schmerz nur noch an seiner Stirn und in seiner rechten Schulter spürbar war.

Genau auf alle Warnzeichen seines Körpers achtend, kam Picard zum Schluß, daß abgesehen von Kopf und Schulter der Rest von ihm in einigermaßen gutem Zustand war. Er bewegte die linke Hand und stellte fest, daß ihm dies ungehindert möglich war. Dann tastete er die Oberfläche ab, auf der er lag, und stellte fest, daß es sich um eine dünne Matratze auf einer harten Unterlage handelte. Ähnlich den Betten in Beverlys Krankenstation, aber nicht identisch.

Dieser Unterschied ließ den Captain einen Entschluß fassen. Wenn er sich in der Obhut einer freundlichen Gruppe befand, hatte sie bestimmt nichts dagegen, daß er herauszufinden versuchte, was mit ihm geschehen war. Sollte er sich jedoch in der Gewalt einer feindlichen Macht befinden, mußte er versuchen, so schnell wie möglich zu fliehen, während seine Häscher – nicht unzutreffend, dachte er – davon ausgingen, daß er in seiner Bewegungsfähigkeit noch eingeschränkt war.

Für Picard war die Erinnerung an seine Zeit als Gefangener der Cardassianer noch zu frisch, als daß er das Risiko eingehen wollte abzuwarten, bis er herausgefunden hatte, ob er sich in der Gewalt eines Feindes befand. Wenn er hier und heute einen Fehler beging, dann, weil die Vorsicht ihn dazu trieb.

Der Captain kam zum Schluß, daß sein rechter Arm nicht nur verletzt war, sondern auch von einer Art Schlinge gehalten wurde. Er stützte sich mit dem linken Arm ab, rollte sich auf die linke Seite und stieß sich hoch. Nur mit Hilfe dieses Arms zwang er sich in eine halb sitzende Position.

Dann kamen seine Beine, die er zum Rand des Bettes schob. Er schwang sie über die Seite, ließ der Schwerkraft ihren Lauf und setzte den Widerstand seiner Muskeln lediglich ein, um zu verhindern, daß sie mit voller Wucht auf den Boden knallten. Auf diese Weise fand er sich schließlich aufrecht sitzend wieder – wenngleich seine Füße den Boden nicht berührten.

Der Preis war eine allmähliche Zunahme der Schmerzen, die kurz darauf jedoch wieder nachließen. Als Picards Kopf wieder klar war, stellte er fest, daß der Boden sich vielleicht dreißig Zentimeter unter seinen Füßen befand.

Der Captain bereitete sich innerlich auf den Schmerz vor, von dem er überzeugt war, daß er sich einstellen würde, und glitt vom Bett. Seine Füße fanden sofort Halt, und er ließ die linke Hand auf dem Bett liegen, um sich abzustützen. Abgesehen von einer kurzen Übelkeit stellte Picard dankbar fest, daß die Anstrengung keine weiteren unerwünschten Nebenwirkungen hervorrief. Vielleicht war sein Zustand doch besser, als er anfangs geglaubt hatte.

Picard schaute sich noch einmal in dem Raum um und stellte fest, daß seine Sehkraft zwar besser wurde, das schwache Licht aber verhinderte, daß er allzu viele Einzelheiten erkennen konnte. Immerhin machte er eine Handvoll leerer Biobetten wie das aus, von dem er sich gerade erhoben hatte, und auch einige zusätzliche Geräte, die er nicht sofort erkannte.

Er sah des weiteren, daß der Raum nur eine Tür zu haben schien. Er stützte sich mit der unverletzten Hand auf dem Biobett ab und tat seinen ersten Schritt auf diese Tür zu. Ein weiterer Schritt, und er konnte sich nicht mehr an dem Bett festhalten. Er ging mit langsamen, vorsichtigen Schritten weiter, bis er die Tür erreicht hatte – die rot war, wie er nun sehen konnte.

Bevor er sie jedoch öffnen konnte, hörte er Stimmen. Er konnte nicht ausmachen, ob sie sich in einer ihm vertrauten Sprache miteinander unterhielten, nur, daß sie immer näher kamen. Einen Augenblick lang zog er einen Rückzug in Betracht, doch er wußte, daß dies wahrscheinlich seine einzige Chance zur Flucht war.

Picard ging auf die Tür zu und sah, daß sie aufglitt. Licht strömte herein; er mußte die Augen zukneifen und konnte deshalb die beiden Gestalten, die den Raum betraten, nicht genau erkennen. Als er sah, daß eine der Gestalten nach ihm griff, schob Picard sich nach vorn, begriff jedoch sofort, welcher Fehler ihm unterlaufen war: Er hatte weder die Kraft noch das Gleichgewicht, um jemanden aus dem Weg zu schieben. Er prallte gegen die Neuankömmlinge und brach zusammen.

Einen Augenblick später schaute er in ein Gesicht. Er zwang sich, scharf hinzusehen, und erkannte, daß es sich um das Gesicht eines Menschen handelte. Ein genauerer Blick verriet ihm, daß das Gesicht freundlich war. Mehr noch – plötzlich wurde ihm klar, daß es sehr hübsch war.

Er hörte ein Wort: »Injektor.« Dann ein kurzes Zischen.

Und dann war nichts mehr.

Riker beugte sich im Sessel des Captains vor. »Mr. Data?« fragte er.

Der Androide, der noch immer die Funktionsstation bemannte, wandte ihm den Kopf zu.

»Sir, auf Ihre Anweisung habe ich ein Suchmuster für den Captain ausgearbeitet, mit dem wir unsere Anstrengungen maximieren können. Angesichts der Größe des

Suchgebiets und der Notwendigkeit, in einen Orbit um jede abzusuchende Welt zu gehen, beträgt die Gesamtzeit für die Mission neun Tage und vierzehn Stunden.«

»Das sind noch immer vier Tage mehr, als wir haben«, stellte Riker fest.

»Ja, Sir«, gestand Data ein.

Der Erste Offizier bemerkte, daß die Türen des Turbolifts sich geöffnet hatten. Aus dem Augenwinkel sah er, daß Geordi auf die Brücke kam.

»Wir müssen uns noch mit weiteren Problemen befassen«, fuhr der Androide fort. »Wenn der Captain noch lebt und im Besitz eines funktionsfähigen Kommunikators ist, wird er leicht zu lokalisieren sein. Doch wir müssen mit der Möglichkeit rechnen, daß er in der Vergangenheit verschollen ist. In diesem Fall wird es äußerst schwierig sein, auf einem Planeten Spuren seines Erscheinens festzustellen, besonders, wenn man bedenkt, daß die *Enterprise* sich auf einen einzigen Orbitalscan beschränken muß.«

In Riker zog sich alles zusammen. Data drückte lediglich aus, was der Erste Offizier schon längst wußte: daß die Mission, die sie antreten mußten, fast unmöglich zu bewältigen war. Wahrscheinlich sogar völlig unmöglich, wenn man den Zeitreisefaktor und die zeitliche Beschränkung berücksichtigte. Er hatte insgeheim gehofft, der Androide würde irgendeine magische Lösung des Problems präsentieren.

»Sie haben recht, Data. Aber ich verlasse mich auf den Einfallsreichtum des Captains. Er müßte wissen, daß die *Enterprise* nach ihm suchen wird. Ich zähle darauf, daß er eine Spur hinterlassen hat, die relativ leicht zu finden ist.«

Geordi wandte sich plötzlich von der technischen Konsole ab. »Ich habe vielleicht eine Möglichkeit gefunden, die Vermutungen bei dieser Suche zu eliminieren, Sir«, erklärte er.

Riker hörte sich die Lösung des Chefingenieurs an

und faßte neuen Mut. Sie war einfach, sie würde funktionieren, und sie kam ihm so narrensicher vor, wie es bei so einer Mission nur der Fall sein konnte.

»Brillant«, sagte er schlicht. »Danke, Mr. LaForge.«

Geordi nickte nur. Der Chefingenieur der *Enterprise* hatte soeben vielleicht die Mission und das Leben des Captains gerettet, doch Riker sah, daß er sich im Geiste schon mit anderen Dingen beschäftigte.

»Können Sie sofort aufbrechen?« fragte er.

Geordi nickte. »Ja, Sir. Ich bin nur hier, um Data abzuholen.«

Der Androide erhob sich sofort und gesellte sich zu seinem Kollegen.

»Wo ist der Rest Ihres Teams?« fragte Riker.

»Im Shuttlehangar eins. Die Leute überprüfen unsere Ausrüstung. Ich will die Gruppe klein halten – außer mir nur Data, O'Connor und Barclay.«

»Lieutenant Barclay?« Normalerweise bemühte er sich, die Personalentscheidungen eines Teamchefs nicht in Frage zu stellen, doch diesmal konnte er seine Überraschung nicht verbergen.

»Ja, Sir«, sagte der Chefingenieur. »Ich glaube, er wird uns bei der Untersuchung des Systems der Fremden eine Stütze sein.«

Riker ließ es dabei bewenden. Auch wenn der Erste Offizier die Berichte über den Zwischenfall auf der fremden Station und Barclays Verhalten gelesen hatte – Geordi war persönlich dabei gewesen. Wenn der Chefingenieur der *Enterprise* der Ansicht war, Reg Barclay sei diesem Einsatz mit dem Außenteam gewachsen, gab Riker sich damit zufrieden. Aber trotzdem ... ausgerechnet Barclay ...

»Geordi, Data ... ich wünsche Ihnen Glück«, sagte der Erste Offizier.

»Ihnen auch, Sir«, erwiderte Geordi.

Riker nickte. »Melden Sie sich stündlich über Subraumfunk und gehen Sie keine unnötigen Risiken ein.

Wenn Sie irgendein Anzeichen von Schwierigkeiten feststellen, ganz gleich, welches – zögern Sie nicht, verlassen Sie die Station.«

Erneut nickte der Ingenieur zustimmend. Gemeinsam wandten er und Data sich ab und betraten den Turbolift.

Etwa zwei Minuten später beobachtete Riker den Abflug des Shuttles auf dem Bildschirm. Nachdem das kleine Schiff die fremde Station sicher erreicht hatte, würde er der *Enterprise* den Befehl erteilen, auf Warpgeschwindigkeit zu gehen und mit der Suche zu beginnen. Doch zuerst mußte er noch etwas erledigen.

»Fähnrich Ro, bitte in den Bereitschaftsraum«, sagte er.

Ro schaute von ihrer Position am Steuerpult auf.

Kurz darauf beobachtete Riker von seinem Platz hinter dem Schreibtisch des Captains aus, wie Ro ihn erwartungsvoll, fast ungeduldig anschaute.

Der Commander ließ sich Zeit, zog den Augenblick in die Länge. »Ich berufe Sie hiermit zum amtierenden Ersten Offizier, Fähnrich«, sagte er dann. »Mit sofortiger Wirkung.«

»Sir?« erwiderte Ro ungläubig.

Riker sagte nichts darauf. Er entschloß sich zu warten, bis sie gesagt hatte, was sie beschäftigte. Natürlich mußte er nicht lange warten. Der Fähnrich riß sich schnell zusammen.

»Ich verstehe nicht, Sir. Es befinden sich ranghöhere Offiziere an Bord.«

»Verstehe ich das richtig, Fähnrich?« entgegnete Riker, ein Grinsen unterdrückend. »Ihre erste Handlung als amtierender Erster Offizier besteht darin, meine Entscheidung in Frage zu stellen, Sie mit dieser Aufgabe zu betrauen?«

»Nein, Sir«, erwiderte Ro. »Ihre Entscheidung ist einwandfrei. Aber ich bin … neugierig auf Ihre Gründe.«

Riker nickte. »Natürlich. Sie haben recht, wenn Sie sagen, daß es ranghöhere Offiziere an Bord gibt. Aber nur wenige haben mehr Kommandoerfahrung in Krisenzeiten. Und ehrlich gesagt ... bei den komplizierten Manövern, die wir ausführen werden, brauche ich Lieutenant Worf an der Sensorkonsole.«

Der großgewachsene Mann beugte sich vor. »In der nächsten Woche werde ich mich auf sehr dünnem Eis bewegen und meine Verpflichtung gegenüber der Suche nach Captain Picard gegen die Bedeutung des Gipfeltreffens mit den Gorn abwägen müssen – und die Bedeutung des Captains selbst für diesen Gipfel. Ich brauche jemanden, der nicht zögert, mich sofort darauf hinzuweisen, falls ich mich auf *zu* dünnes Eis begebe. Und ich brauche während der Suche kreatives Denken und zusätzliche Optionen – und auch während des Gipfels, falls wir gezwungen sind, ohne den Captain an ihm teilzunehmen. Das ist im Augenblick Ihre Aufgabe.«

Ro behielt eine ausdruckslose Miene bei, doch Riker wußte, daß er sie verärgert hatte, indem er sie mit dem Auftrag überrascht hatte. Er konnte nicht abstreiten, daß es ihm Spaß gemacht hatte, sie kurz aus der Fassung zu bringen, doch seine Gründe dafür waren wesentlich praktischer – er mußte sich darauf verlassen können, daß sie in der nächsten Zeit auf Zack war.

»Ich bitte um die Erlaubnis, einleitende Vorschläge machen zu dürfen«, sagte der Fähnrich.

»Gewährt.«

Ros Gesicht nahm einen ernsten Ausdruck an, bei dem es sich fast um ein Stirnrunzeln handelte. »Ich empfehle, daß wir die Suche nach Captain Picard sofort abbrechen und zu der Gipfelkonferenz mit den Gorn fliegen. Ehrlich gesagt sind die Chancen, den Captain in der uns zur Verfügung stehenden Zeit lebend zu finden, astronomisch gering. Wir könnten unsere Zeit und Kapazitäten besser nutzen, indem wir für die Verhandlungen einen Alternativplan formulieren.« Sie hielt inne. »Ihre Loyalität dem Captain gegenüber ist bewundernswert, Sir. Aber in diesem Fall muß unser größtes Interesse dem

Gipfel gelten. Wir können es uns nicht leisten, daß er scheitert.«

Rikers Antwort war abgehackt und energisch. »Ich schätze das Risiko anders ein, Fähnrich. Unsere Erfolgsaussichten bei dem Gipfel mit den Gorn sind mit Captain Picard beträchtlich höher – zum einen wegen seiner Erfahrung, zum anderen, weil er bei ihnen eine bekannte und respektierte Größe darstellt. Darüber hinaus habe ich das Gefühl, daß wir ihn finden werden. Ein Gefühl kann ein Werkzeug sein, und ein Kommandant hat das Vorrecht, sich darauf zu berufen.«

Er wußte, daß er an ihrer Stelle die gleichen Fragen aufgeworfen hätte. Aber er wußte auch, daß er sich bezüglich ihres unmittelbaren Vorgehens bereits entschieden hatte.

Ro behielt die Fassung, wenngleich Riker bemerkte, daß es sie einige Anstrengung kostete. »Ich erkenne den Wert der Intuitionen eines Führungsoffiziers an«, sagte sie. »Doch auch ein Vorgehen, das auf einem Gefühl beruht, muß eine vernünftige Aussicht auf Erfolg haben. Diese Aussicht sehe ich hier nicht.«

»Ich sehe es anders, Fähnrich«, sagte Riker und ließ einen Hauch von Endgültigkeit in seine Stimme fließen. Es war an der Zeit, sich der Suche zuzuwenden und …

»Sie haben nie jemanden verloren, nicht wahr?« fragte Ro.

Riker funkelte sie wütend an.

»Augenblick mal«, sagte sie und musterte ihn genau. »Also doch. Wer war es? Ein Elternteil, ein Bruder oder eine Schwester?«

»Das geht Sie nichts an, verdammt«, erwiderte er.

»Damit haben Sie recht«, gestand sie ein. »Aber es spielt keine Rolle. Denn wenn man eine Person verloren hat, weiß man noch längst nicht, wie es ist, alle zu verlieren. Wissen Sie, was es bedeutet, alle zu verlieren? Wir Bajoraner hätten fast unsere ganze Welt verloren. Und wissen Sie, was einen das lehrt? Es lehrt einen, daß manche Verluste unvermeidbar sind. Man muß sie akzeptieren und weitermachen. Denn wenn man nicht alles retten kann, kann man zumindest etwas retten.«

»Bitte, Fähnrich«, sagte Riker sarkastisch, »zeigen Sie bloß keine Zurückhaltung.«

»Ehrlich gesagt, Sir, glaube ich nicht, daß ich mir das leisten kann. Dafür steht bei dem Gipfel zu viel auf dem Spiel.« Ro hielt einen Augenblick lang inne und schien sich bewußt zusammenzureißen. Als sie fortfuhr, war ihre Stimme weicher geworden.

»Sir, als ich sechzehn Jahre alt war, gehörte ich den Wachtruppen an, die rund um eine getarnte Waffenfabrik postiert waren. Zu meiner Gruppe gehörte ein fünfzehnjähriger Junge, der mir ständig hinterherlief. Er war klein für sein Alter, langsam bei den Übungen und hatte die meiste Zeit über Angst. Aber er stand seinen Mann. Da er beharrlich war und ich letztlich keine andere Wahl hatte, wurden wir Freunde. Eines Abends wurde unsere Gruppe angegriffen, und wir wurden zerstreut. Ich sah, wie er getroffen wurde und zu Boden ging.

Statt die Verteidigung zu organisieren, verschwendete ich wertvolle Sekunden damit, zu ihm zurückzukehren. Nun ja, ich erreichte ihn noch rechtzeitig, um ihn sterben zu sehen – und dann kehrte ich gerade noch rechtzeitig zu meiner Gruppe zurück, um die letzten Augenblicke eines Massakers mitzuerleben. Ich ging wegen einer Person zurück, und deshalb haben wir eine ganze Gruppe verloren. Bajoraner lernen schon in jungen Jahren, ihre Verluste abzuschreiben. Ich zumindest habe es gelernt.«

Nun zeigte Riker sich überrascht. Er diente schon fast seit zwei Jahren mit Ro zusammen auf diesem Schiff, und sie hatte mit ihm niemals über ihre Vergangenheit gesprochen. Und ganz bestimmt hatte sie ihm noch nie etwas so Persönliches enthüllt. Er verspürte die Versuchung, ihr zu antworten, entschloß sich aber dagegen, um es ihr nicht noch schwerer zu machen.

Denn er hatte seine Entscheidung sowieso schon getroffen.

»Ich danke Ihnen für Ihren Rat, Fähnrich. Während wir die Suche fortsetzen, werden Sie sich so gründlich wie möglich mit den Gorn beschäftigen – überprüfen Sie Gerüchte, unglaubliche Geschichten, alles, was Sie finden – und einen Alternativplan für die Verhandlungen ausarbeiten. Wegtreten.« Dann warf er ihr einen Blick zu, mit dem er ihr unmißverständlich zum Ausdruck brachte, daß die Diskussion beendet war.

Fähnrich Ro bestätigte seinen Befehl mit einem Nicken, drehte sich um und ging. Als die Tür sich schloß, beobachtete Riker sie aufmerksam und wartete.

Das Läuten erklang absolut pünktlich. »Herein«, sagte Riker und beobachtete die Tür weiterhin. Deanna betrat den Raum. Sie trug die blaue Uniform, die sie nun während ihrer Dienstzeit bevorzugte. Schade, dachte er. Ihm gefiel das grüne Kleid besser.

»Counselor«, sagte er und nickte.

»Eine Herausforderung?« erwiderte Troi ohne jede Einleitung.

»Nicht mehr als das, was ich erwartet habe.«

»Aber was halten Sie davon?«

Riker zuckte mit den Achseln. »Es ist jetzt ihre Aufgabe, Fragen über wichtige Kommandoentscheidungen aufzuwerfen. Und Empfehlungen zu geben«, sagte er ruhig.

»Und was halten Sie von den Fragen, die sie aufgeworfen hat?« bohrte Troi weiter.

»Sie meinen, was ich von meiner Entscheidung halte, nach dem Captain zu suchen?« Deanna reagierte mit einem Nicken, und Riker dachte sorgfältig darüber nach. In vielerlei Hinsicht traf alles, was Ro gesagt hatte, absolut zu. Logisch wäre es gewesen, die Suche aufzugeben und sich mit gebündelter Kraft dem Gipfeltreffen zu widmen. Alles andere hieß, sich auf ziemlich schlechte Chancen einzulassen. Und er hatte lediglich ein Gefühl, das Richtige zu tun.

Der Erste Offizier suchte in sich diese tiefe Überzeugung, die er vor einigen Stunden noch so problemlos gefunden hatte. Erfreut stellte er fest, daß er sie noch immer finden konnte.

Als er zu Troi hochschaute, wußte er, daß die Counselor die Aufgabe zu Ende geführt hatte, die Ro begonnen hatte. Jetzt war er sich sicher.

Nachdem Picard die Augen erneut geöffnet hatte, konnte er den Raum überraschend schnell klar und deutlich sehen. Er hatte den Schmerz erwartet, an den er sich von seinem letzten Moment bei Bewußtsein noch lebhaft erinnerte, doch nun kam er sich fit und völlig klar vor.

Der Captain hielt den Kopf ruhig, während er zur Decke hinaufschaute und den Raum mit Blicken absuchte. Er erkannte sofort die vorgefertigte Konstruktion nach dem Baukastensystem. Er hatte sie schon auf älteren Basen und verschiedenen, von Starfleet unterhaltenen Kolonien gesehen.

Dann verdeckte ein Gesicht die Decke. Es war das eines Menschen, einer Frau. Den schwachen Falten um die strahlenden grünen Augen und den Mund sowie dem kurzen, dunklen, von grauen Strähnen durchzogenen Haar zufolge war sie in etwa so alt wie er und – dieser Gedanke kam erst später hinzu – ziemlich attraktiv. Sie betrachtete ihn mit einem fachmännischen Blick, den er schon öfter bei Beverly gesehen hatte. Also eine Ärztin.

Als sie sprach, wurden ihre Gesichtszüge etwas weicher. »Sie wissen, Sie sind ein Mensch.«

Einen Moment lang fiel dem Captain keine Erwiderung darauf ein. »Ach ja?«

Sie nickte. »Ja, ich habe Sie gescannt, und es gibt keinen Zweifel. Sie sind tatsächlich ein Mensch.«

»Um ganz ehrlich zu sein, Doktor«, wagte Picard einen Vorstoß, »es überrascht mich, daß es überhaupt einen Zweifel daran gab.«

»Weniger Zweifel als Spekulation«, sagte sie, und ihre Augen funkelten. »Denn wir bekommen hier nicht viele unangemeldeten Besucher.« Sie hielt einen kleinen Scanner über ihn, ein Modell, das der Captain nicht kannte. Nachdem sie dann eine Anzeigetafel über seinem Kopf studiert hatte, richtete sie ihre Aufmerksamkeit wieder auf ihn.

»Würden Sie mir sagen, wo ›hier‹ ist?« fragte Picard.

»Sie sind in meiner Krankenstation«, sagte die Ärztin in ruhigem Ton.

»Und wo ist das?«

Einen Moment lang sah sie ihn befremdet an. »Wollen Sie andeuten, daß Sie nicht wissen, auf welchem Planeten Sie sich befinden?«

Der Captain schüttelte den Kopf. »Ich deute nichts an. Ich sage es geradeheraus. Wo bin ich?«

Zu Picards Überraschung lächelte sie breit. »Sie erwarten wirklich, daß ich glaube, Sie wären den weiten Weg hierher gekommen und wüßten nicht, wo ›hier‹ ist?«

»Ja«, sagte er. »Bitte verraten Sie es mir. Ich kann Ihnen mit Sicherheit sagen, daß ich nicht freiwillig hierher gekommen bin.«

Sie setzte wieder ihre professionelle Miene auf. »Na schön, dann werde ich rein theoretisch davon ausgehen, daß Sie die Wahrheit sagen.«

»Das ist sehr freundlich von Ihnen«, erwiderte der Captain.

»Keineswegs«, sagte sie. »Wenn ich davon ausgehe, daß Sie die Wahrheit sagen, wird unser Gespräch lediglich für uns beide einfacher. Damit müssen Sie nicht mehr überzeugend sein, und ich muß nicht mehr auf der Hut sein. Und sollten Sie lügen, wird es sowieso früher oder später herauskommen. Im Augenblick ziehe ich es vor, das Beste in Ihnen zu sehen. Sie haben, was mein Vater ein freundliches Gesicht nannte.«

Er räusperte sich. »Würden Sie mir in diesem Fall bitte sagen, wo ich bin?«

Sie dachte kurz nach und schüttelte dann den Kopf. »Tut mir leid, aber das fällt in den Aufgabenbereich des Commodore. Sie müssen warten, bis der Commodore mit Ihnen darüber spricht.«

»Wirklich?«

»Wirklich«, bestätigte sie. »Aber mittlerweile könnten Sie mir sagen, woher Sie kommen.«

Picard seufzte. »Ich nehme an, Sie lassen mich nicht vom Haken, wenn ich Amnesie für mich beanspruche?«

Die Ärztin schüttelte tadelnd den Kopf. »Wohl kaum. Haben Sie das etwa vor?«

»Das kommt darauf an, ob Sie es glauben würden oder nicht.«

Sie lächelte erneut. »Auch das ist nicht sehr wahrscheinlich.«

Der Captain nickte und schaute an sich hinab. Sein rechter Arm lag in einer Schlinge, und eine schnelle Untersuchung mit der linken Hand bestätigte, daß er einen Verband um den Kopf trug.

»Ein paar Hautabschürfungen, eine mittelschwere Gehirnerschütterung und eine ausgekugelte Schulter«, erklärte die Ärztin. »Keine bleibenden Schäden. Wegen der Gehirnerschütterung habe ich Abstand davon genommen, Ihnen ein Schmerzmittel zu verabreichen. Ich mußte in Ihrer Schulter ein paar Bänder und Sehnen flicken, aber das ist mir gut gelungen. Die noch vorhandene Schwellung und die Verletzungen des weichen Körpergewebes werden in ein paar Wochen abgeklungen sein.«

»In ein paar Wochen?« fragte Picard. Beverly hätte ihn in ein paar *Tagen* wieder so gut wie neu hinbekommen.

Die Frau zuckte mit den Achseln. »Tut mir leid, wenn ich Ihnen damit Ungelegenheiten bereite, aber so lange wird es wohl dauern. Ich könnte Sie natürlich an einen anderen Arzt überweisen – aber es gibt keinen im Umkreis von zwei Dutzend Lichtjahren.«

»Nein, es tut mir leid, ich wollte Sie nicht beleidigen«,

sagte der Captain. »Ich weiß durchaus zu schätzen, was Sie für mich getan haben.«

»Schon gut«, erwiderte sie. »In etwa einer Woche müßten Sie den Arm wieder ziemlich gut bewegen können. Aber bis dahin werden Sie bestimmt noch Schmerzen verspüren.«

Schmerzen verspüren? dachte Picard. Sein Unbehagen wurde immer größer. Hier stimmte etwas nicht. »Wann kann ich mit dem Commodore sprechen?«

»Er wird in Kürze nach Ihnen sehen. Er überprüft gerade die ...« Die Ärztin ertappte sich noch gerade rechtzeitig. »Wissen Sie, er behauptet ständig, ich sei ein verdammtes Sicherheitsrisiko. Wahrscheinlich hat er recht. Auf jeden Fall wird er bald zurück sein, Mr ...?«

Sie sah ihn erwartungsvoll an. Der Captain zögerte einen Moment, denn etwas sagte ihm, er solle die Wahrheit zurückhalten. »Hill«, log er. »Dixon Hill.«

»Nun, Mr. Hill, ich bin Julia Santos. Es freut mich, Sie kennenzulernen – selbst unter diesen Umständen.«

»Das Vergnügen ist ganz meinerseits«, sagte Picard und zwang sich zu einem Lächeln. Er konnte es kaum abwarten, mit jemandem zu sprechen, der Befugnisse hatte und seine Fragen beantworten konnte. Bei ihm stellte sich immer stärker das Gefühl ein, daß dieser Ort nicht der sichere Hafen war, der er zu sein schien.

Der laute Knall ließ Geordi einen Satz machen. In seiner gebückten Haltung hieß das, daß er den Kopf hob, der daraufhin hart gegen das Kontrollpult prallte, unter dem er arbeitete. Er ignorierte den Schmerz, kroch unter dem Ding hervor und war gleichzeitig mit Data zur Tür hinaus. Am anderen Ende des Gangs fanden sie Barclay und O'Connor, die an einer anderen geöffneten Kontrollfläche arbeiteten – neben dem nun geschlossenen Schott der Luftschleuse.

Darin stand sicher und unbeschädigt das Shuttle, das sie hierher gebracht hatte. Geordi atmete erleichtert auf.

Barclay schaute verlegen drein. »Tut mir leid, Sir. Mein Fehler. Ich habe den Mechanismus ausgelöst.«

Data hatte den Tricorder hervorgeholt und scannte die Umgebung. »Keine Spur eines kürzlich erfolgten oder bevorstehenden Energieanstiegs«, sagte der Androide nach einem Augenblick. »Die Energie der Station arbeitet weiterhin auf minimalem Niveau.«

Geordi tastete kurz seinen Hinterkopf ab, der dort, wo er gegen das Pult geprallt war, dumpf zu pochen begonnen hatte. Als er die schmerzende Stelle berührte, war er sicher, daß sich dort innerhalb von einer Stunde eine dicke Beule bilden würde.

»Schon gut, Reg«, sagte er. »Wir alle sind einfach etwas nervös.«

Der Ingenieur warf einen Blick in den geöffneten Kontrollkasten und sah die Stellen, an denen Barclay und O'Connor in die fremdartigen Schaltkreise eingedrungen waren. »Wie kommen Sie voran?« fragte er.

»Gut, Sir«, erwiderte der hagere Techniker. »Wir müßten in ein paar Minuten fertig sein.«

Geordi nickte anerkennend. In der Tat hatte Barclay sich seit ihrer Rückkehr auf die Station bemerkenswert gut geschlagen. Der Lieutenant hatte den Auftrag bekommen, Sicherheitsschaltungen an allen Ausgängen anzubringen und mit dem Schott der Luftschleuse anzufangen. Er hatte sehr schnell die Schaltkreise isolieren können, die die Öffnungs- und Schließmechanismen steuerten. Mit kleinen tragbaren Generatoren und Schaltern, die sie von der *Enterprise* mitgebracht hatten, hatten Barclay und O'Connor dann geschlossene Energieschleifen für alle Türen geschaffen, so daß man sie jetzt nur noch mit den großen Kontrollknöpfen öffnen und schließen konnte, die sie installiert hatten – rot für Schließen und grün für Öffnen. Das war eine beträchtliche Verbesserung gegenüber den noch immer rätselhaften Kontrollen der Stationserbauer.

Nachdem die Sicherheitsschaltungen der Türen angebracht waren, sollten Barclay und O'Connor tragbare Energiefeld-Generatoren am Schott der Luftschleuse und an zwei etwa einhundert Meter voneinander entfernten Stellen im Gang errichten. Diese Kraftfelder verfügten über eine unabhängige Energieversorgung und würden die Atmosphäre auch dann erhalten, falls sich irgendwo in der Nähe ein Außenschott öffnen und die Station den Druck verlieren sollte. Damit verschafften die Energiefelder ihnen einen Arbeitsbereich, der die Luftschleuse, den Kontrollraum und die Wartungstunnels umschloß, die sie passieren mußten.

Natürlich gingen sie davon aus, daß sie mit den Einrichtungen des Kontrollraums die Transporterfunktionen in diesem Teil der Station bedienen konnten. Aber es handelte sich um eine begründete Annahme, die auf ihren Scans der Geräte während des kurzen funktionsbereiten Augenblicks beruhte, die nötig gewesen war, um Captain Picard zu transportieren.

Leider konnte Geordi sich nicht völlig sicher sein, bis er mehr über die Funktionsweise der fremden Technik wußte. Bislang hatten er und Data kaum Fortschritte der Entschlüsselung der Subraumphysik erzielt, auf der die Schaltkreise des Raum-Zeit-Transporters basierten. Im Prinzip hatte Barclay bei den Arbeiten an den Türen greifbarere Ergebnisse erzielt.

»Gut gemacht, Reg. Würden Sie sich bitte beeilen? Wir könnten etwas Hilfe brauchen.«

»Ja, Sir«, erwiderte der Lieutenant ruhig.

Geordi und Data eilten zum Kontrollraum zurück.

»Ich habe festgestellt, daß Lieutenant Barclay außergewöhnlich gute Arbeit leistet«, sagte der Androide. »Er scheint die Furcht überwunden zu haben, die ihn während der Krise gelähmt hat.«

Geordi nickte. »Damals reagierte er auf unmittelbar bedrohende Umstände – die greifbare Gefahr, die von der Tür ausging. Jetzt steht er nicht unter so intensivem Druck. Die Frage bleibt jedoch, wie Barclay in einer gefährlichen Situation reagieren wird, in der ein paar Sekunden den Unterschied zwischen Leben und Tod ausmachen können.«

Data schien kurz darüber nachzudenken. »Es kommt mir wie eine Ironie vor«, sagte er schließlich, »daß die Furchtreaktion, die Menschen vor Gefahr schützen soll, sie genau dann lähmen kann, wenn es auf schnelles und entschlossenes Handeln ankommt.«

Der Ingenieur hatte in diesen Begriffen nie über Furcht nachgedacht. Aber sein Freund hatte natürlich recht. »Nennen Sie es einen Fehler im Entwurf, Data – und freuen Sie sich, daß Sie nicht von ihm betroffen sind.«

Der Androide nickte. Geordi stellte fest, daß Data es mittlerweile besser verstand als früher, die Widersprüchlichkeiten des menschlichen Lebens einfach zu akzeptieren, ohne sie zu sehr zu hinterfragen.

Unter dem Strich, so war Geordi klar, *gab* es nun mal einfach ein paar gefühlsmäßige Reaktionen. Einige Menschen – Captain Picard zum Beispiel – schienen unter Druck aus Fels zu bestehen. Einige zerbrachen oder erstarrten, wie es bei Barclay der Fall gewesen war. Wie würde der Lieutenant reagieren, wenn er demnächst einer ähnlichen Situation ausgesetzt sein würde? Besonders, wenn es hart auf hart kam und sein Leben – oder vielleicht sogar ihrer aller Leben – von schnellem Handeln abhing? Es war schwer zu sagen.

Natürlich hatte Barclay sich kurz nach ihrer Ankunft wirklich bemüht, sich mit seiner Furcht zu befassen, als er sich freiwillig gemeldet hatte, Fähnrich Varleys Leiche aus dem Kontrollraum zu holen und in eine Stasiskammer des Shuttles zu bringen. Das hatte Geordi überrascht, der sich schon damit abgefunden hatte, es selbst tun zu müssen. Doch er konnte einfach nicht wissen, ob Barclay in einer Krisensituation richtig reagieren oder zusammenbrechen würde.

Der Chefingenieur verdrängte das Thema. Er mußte die fremdartigen Transportersysteme aktivieren. Bislang hatten sie es nicht mal geschafft, den Monitor im Kontrollraum wieder zum Laufen zu bringen. Genauer gesagt – sie hatten nicht mal die Energie- und Bildschaltkreise isolieren können. Vielleicht hatten sie mehr Glück, wenn Barclay und O'Connor mit den Türen fertig waren und sie alle gemeinsam an dem Problem arbeiten konnten.

Die Ärztin trat ein, gefolgt von einem Mann in einem goldenen Uniformhemd. Picard schätze sein Alter auf etwa sechzig Jahre. Er hatte kurz geschnittenes, silbergraues Haar und kräftige, ja sogar wettergegerbte Gesichtszüge. Sowohl seinem Gesicht als auch seiner Haltung sah man an, daß er es gewohnt war, Befehle zu erteilen.

Der Captain war überzeugt, daß es sich um den Commodore handelte. Und dem ernsten, ja fast verdrossenen Gesichtsausdruck des Mannes zufolge ging er ebenfalls davon aus, daß es sich nicht um einen Höflichkeitsbesuch handelte.

Diese Einschätzung traf Picard in vielleicht zwei Sekunden, doch es dauerte beträchtlich länger, bis er seine wichtigste Beobachtung verarbeitet hatte. Das goldene Uniformhemd, das Sternenemblem auf der Brust des Commodore: Der Captain betrachtete eine Starfleet-Uniform, wie man sie vor etwa einhundert Jahren getragen hatte.

Die Implikationen waren erschütternd und ließen nur eine von zwei Möglichkeiten offen: entweder, er war von der fremden Technik in die Vergangenheit transferiert worden, wie Geordi es für möglich gehalten hatte, oder dieser Ort und diese Leute gehörten zu einem ausgeklügelten Täuschungsmanöver.

Aber noch während er über die zweite Möglichkeit nachdachte, verlor sie bereits an Glaubwürdigkeit. Es war verhältnismäßig sinnlos, sich die Mühe zu geben, eine solche Falle zu errichten, wenn sie ihn so schnell mißtrauisch machte.

Nein, Picard war nun fast überzeugt davon, daß er sich etwa hundert Jahre in der Vergangenheit befand, auf einer Starfleet-Basis. Natürlich war das die ernüchterndere der beiden Möglichkeiten. Die Gefahr, den Zeitstrom durcheinanderzubringen, war gewaltig. Außer den moralischen Aspekten und denen der Ersten Direktive bestand allein durch seine Anwesenheit eine große Gefahr, die Vergangenheit zu verändern. Selbst ein kleiner Fehltritt konnte unberechenbare Erschütterungen hervorrufen.

Während der Commodore ihn betrachtete, wurde dem Captain klar, daß ihm nur eine Möglichkeit blieb. Er mußte unbedingt alles vermeiden, was den Lauf der Geschichte verändern konnte. Seine grundlegende Pflicht bestand darin, sich so wenig wie möglich mit diesen Leuten einzulassen, bis es ihm gelang, in seine eigene Zeit zurückzukehren.

Dann wurde Picard bewußt, daß der Schaden bereits angerichtet sein konnte. Sein Kommunikator befand sich nicht an seinem Krankenhausschlafanzug. Wenn der Commodore ihn hatte, würde selbst eine flüchtige Untersuchung hochmoderne Schaltkreise enthüllen, die erst hundert Jahre später existieren würden.

Der Commodore beobachtete ihn genau, und sein Gesicht kündete von Besorgnis oder Argwohn – oder beidem. Hatte der Captain sich seine Überraschung anmerken lassen, als er die Starfleet-Uniform sah?

»Willkommen, Mr. Hill«, sagte der Mann in ruhigem Ton. »Ich bin Commodore Travers von Starfleet.«

»Dixon Hill«, erwiderte Picard. »Und ich danke Ihnen für Ihre Gastfreundschaft und die medizinische Versorgung.«

Travers räusperte sich. »Wir haben sie Ihnen gern angeboten, vor allem, wenn man bedenkt, was für ein Glück Sie hatten, daß wir Sie überhaupt gefunden haben.«

Der Captain merkte, daß der Mann sich bemühte,

sympathisch zu wirken. Er tat genau das, was auch Picard getan hätte, versuchte, eine Beziehung zu der betreffenden Person aufzubauen – während er sie gleichzeitig ganz genau beobachtete.

»Auf dem Höhenrücken, auf dem wir Sie gefunden haben«, fuhr Travers fort, »kommt es häufig zu Erdrutschen. Bis jetzt haben wir ihn gemieden. Doch zu Ihrem Glück ließen wir gestern in dieser Gegend seismische Überwachungsgeräte aufbauen.«

»Ja, wirklich«, erwiderte der Captain, »was für ein Glück.«

»Und eine gewisse Überraschung für uns«, fuhr der Commodore fort. »In unsere Gegend kommen nicht viele Schiffe, und ich bezweifle, daß Sie unseren Scans entgangen wären, wären Sie vor der Gründung der Kolonie auf diesem Planeten eingetroffen.«

Während Travers sprach, beobachtete Santos ihn aufmerksam, als befürchtete sie, er könne ihren Patienten aufregen. Picard wurde klar, daß er – wenn auch nicht formell – verhört wurde. Er mußte sich seine Antworten sorgfältig zurechtlegen.

»Ich bin auch erst vor kurzem eingetroffen«, sagte er. »Erst unmittelbar, bevor Sie mich gefunden haben, vermute ich.«

»Ehrlich gesagt kann ich das nicht so recht glauben«, sagte der Commodore mit etwas schärferer Stimme. »Seit über sechs Monaten waren keine Schiffe mehr hier draußen.« Welche Fähigkeiten auch immer dieser Mann haben mochte, dachte Picard, Diplomatie gehörte nicht dazu. Der Captain bemerkte, daß es Travers eine gehörige Anstrengung kostete, auch nur diese minimale Höflichkeit aufzubringen.

»Dann erlauben Sie mir, Ihnen meine Geschichte zu erzählen«, erwiderte Picard. Er mußte die Lage schnell entschärfen, bevor der Commodore eine Konfrontation daraus machte. »Ich bin Inhaber eines kleinen kommerziellen Transporters namens *Stargazer* – ein schnelles Schiff, mit dem wir anständiges Geld verdienten, indem wir seltene Metalle transportierten, bis wir von Orion-Piraten in eine Falle gelockt wurden. Die *Stargazer* ist – oder war – fast völlig unbewaffnet; wir hatten uns immer auf Geschwindigkeit verlassen, um Problemen aus dem Weg zu gehen. Aber die Orioner benutzten eine Tarnvorrichtung, um sich uns zu nähern, und in ein paar Minuten war alles vorbei.«

»Ihre Crew?« fragte Travers.

»Tot.«

Der Commodore nickte. »Aber Sie hat man am Leben gelassen?«

»Der Befehlshaber der Orioner war abergläubisch und schreckte davor zurück, den Kapitän eines Schiffes zu töten. Er hat sich unter der Tarnvorrichtung diesem Planeten genähert und mich dann hinabgebeamt.«

»In ein geologisch instabiles und gefährliches Gebiet«, warf der Commodore ein.

»Ja«, beteuerte der Captain. »Ich vermute, der Aberglaube des Orioners hat ihn nur davon abgehalten, mich direkt zu töten.«

»Interessant«, sagte Travers. »Mein Beileid für den Verlust Ihres Schiffs und Ihrer Crew.« Eine Pause. »Ich werde Starfleet einen Bericht über die neue Bedrohung schicken müssen, die Orioner mit einer Tarnvorrichtung darstellen.« Doch die Gesichtszüge des Commodore wurden nicht weicher. Er war eindeutig noch immer skeptisch.

»Ich kann bestätigen, daß es diese Bedrohung gibt«, fügte Picard hinzu.

Travers räusperte sich. Der Captain merkte, daß das Verhör für den Augenblick fast vorüber war. »Noch ein kleines Detail, Mr. Hill. Wir konnten in unseren Datenbanken Ihren Netzhautscan nicht finden. Kommen Sie von der Erde?«

»Ja«, erwiderte Picard. »Aber ich war schon lange nicht mehr dort.«

Der Commodore runzelte die Stirn. »Starfleet hat bestimmt vollständigere Unterlagen. Wenn ich meinen Bericht einreiche, werde ich um eine Überprüfung bitten.« Er sah betont auffällig auf das Chronometer an der Wand. »Ich fürchte, ich muß jetzt gehen, aber wir bekommen bestimmt bald erneut Gelegenheit, uns zu unterhalten.« Er wandte sich ab, verharrte aber mitten in der Bewegung und sah den Captain wieder an. »Übrigens hat Dr. Santos mir gesagt, daß Sie einen bionischen Herzersatz haben.«

Travers ließ die Aussage in der Luft schweben. Er beobachtete Picard genau. Diese Angelegenheit war für ihn eindeutig von einigem Belang.

»Das Ergebnis einer jugendlichen Indiskretion«, erwiderte der Captain.

Der Commodore kniff die Augen leicht zusammen. »Mir kommt nur komisch vor, daß meine Leute so ein Modell noch nie gesehen haben. Die Batterie ist … nun ja … außergewöhnlich. Und das Gerät selbst scheint auf molekularer Ebene Ihre Zellstruktur nachzuahmen, wahrscheinlich, um eine Abstoßung zu verhindern.«

Picard zuckte mit den Achseln. »Ich habe das Gerät von einem muranischen Händler gekauft. Ehrlich gesagt weiß ich selbst nicht, wie es funktioniert.«

Travers räusperte sich. »Nun ja, dann hoffe ich, Sie haben nichts dagegen, wenn Dr. Santos noch ein paar Scans vornimmt. Mein technischer Stab ist von dem Ding fasziniert.«

»Natürlich«, sagte der Captain und fragte sich, ob er die Geschichte bereits verändert hatte. Die Batterie und die verwendeten molekularen Konstruktionstechniken würden erst in vielen Jahren erfunden werden.

»Ausgezeichnet«, erwiderte der Commodore.

Picard hob eine Hand. »Eine Frage, bevor Sie gehen, Sir. Auf welchem Planeten befinde ich mich?«

Travers schien ein wenig verblüfft über die Frage zu sein, beantwortete sie aber trotzdem. »Auf Cestus Drei natürlich.«

Der Captain hielt den Atem an. *Cestus III?* Plötzlich kam ihm alles völlig logisch vor. Sowohl Santos als auch Travers waren ihm bekannt vorgekommen. Jetzt wußte er, wieso. Sie waren in den historischen Bändern über das Massaker von Cestus III erwähnt worden. Picard bemühte sich, seine Stimme ruhig zu halten, als er seine letzte Frage stellte.

»Und welche Sternzeit haben wir?«

Der Commodore sah ihn an. »Drei-null-vier-eins-Komma-sechs«, sagte er. »Sonst noch etwas?«

Der Captain schüttelte den Kopf. »Nein. Vielen Dank.«

Travers runzelte die Stirn. »Dann wünsche ich Ihnen einen guten Tag, Mister Hill. Doktor Santos, können wir uns draußen kurz unterhalten?«

Picard sah ihnen nach, während er sich ans Kopfrechnen machte. Es dauerte nur einen Sekundenbruchteil, dann hatte er das Ergebnis, und es bestätigte seine schlimmsten Befürchtungen. In weniger als vier Tagen würden die Gorn die Kolonie auf Cestus III angreifen und Commodore Travers, Dr. Santos und jeden Mann, jede Frau und jedes Kind in der Kolonie töten – abgesehen von einer einzigen Person. Der Captain konnte sich nicht an den Namen des Überlebenden erinnern, war aber absolut sicher, daß er *nicht* Dixon Hill lautete.

4

Für Picard bestand nicht die geringste Frage, was er zu tun hatte. Seine einzige Möglichkeit lag in der Flucht. Die Ereignisse auf Cestus III würden sich ohne ihn abspielen müssen.

In der Tat war der Geschichte am besten gedient, wenn er seine Kontakte mit den Kolonisten auf ein Minimum beschränkte. Das Ende war nur noch drei Tage entfernt. Es war zwar schrecklich, daß eine Kolonie mit so guten Leuten wie Dr. Santos ein so tragisches Schicksal erlitt, aber dieses Schicksal war trotzdem unabwendbar.

Die einzige Frage, die für ihn bestehen blieb, lautete, *wie* er vorgehen sollte. In drei Tagen würden die Gorn eintreffen, und Picard mußte weit genug weg sein, um ihrer Aufmerksamkeit völlig zu entgehen.

Der Captain wußte, daß die Kolonie nach Captain Kirks erster Begegnung mit den Reptilienwesen den Gorn zugesprochen werden würde. Aber diese Übereinkunft würde über Subraumfunk ausgehandelt werden, ohne daß es zu einer persönlichen Begegnung zwischen Menschen und Gorn kam. Und soweit Picard wußte, war bis zu seiner Zeit kein Angehöriger der Föderation mehr nach Cestus III zurückgekehrt. In der Tat war eine gemeinsame Nutzung der Einrichtungen einer der Punkte auf der Tagesordnung des bevorstehenden Gipfeltreffens mit den Gorn.

Des *bevorstehenden*, dachte Picard. Für ihn schien es nur ein paar Tage entfernt zu sein. Er verspürte sogar noch immer das nagende Bedürfnis, sich auf die Konferenz vorzubereiten – obwohl er dafür nun nicht lediglich ein paar Tage, sondern ein Jahrhundert Zeit hatte.

Picard bewahrte die Hoffnung, seine Mission trotzdem irgendwie noch erfüllen zu können. Es bestanden gute Aussichten, daß Commander Riker herausfinden würde, was ihm zugestoßen war, wenn er die fremde Station und die Meßergebnisse der Schiffssensoren untersuchte. Aber würde Riker imstande sein, den Transport seines Captains durch Zeit und Raum zurückzuverfolgen? Oder würde seine Nummer Eins einfach davon ausgehen, daß Picard tot war?

Natürlich war es möglich, daß die Station von der Energiewelle, die den Captain hierher geschickt hatte, zerstört worden war. Doch falls sie noch existierte, würde seine Crew vielleicht eine Möglichkeit finden, ihn mit der fremden Technik zurückzuholen. Um sich darauf vorzubereiten, mußte Picard versuchen, ein Signal zu erzeugen, das Starfleet in der Zukunft finden würde. Er wußte, es war zumindest seine Pflicht, genau festzuhalten, was ihm widerfahren war, und einen letzten Bericht zu schreiben. Aber wie sollte er das anstellen?

Die Reihe der Fragen war fast endlos. Während der Captain noch darüber nachdachte, wurde ihm klar, daß lediglich eines mit Sicherheit feststand: das Schicksal der Kolonie. Wenn er diese Gegend nicht schnell verließ, würde er dasselbe Schicksal erleiden. Er mußte sich Vorräte beschaffen und seine Flucht planen.

Vom körperlichen Standpunkt her war er der Aufgabe durchaus gewachsen. Nach einer Nacht des erholsamen Schlafs fühlte er sich erfrischt. Der Schmerz in seinem Kopf war verschwunden, und sein ruhiggestellter rechter Arm behinderte ihn zwar, aber nicht entscheidend.

Picard schwang die Füße über die Seite und stieg aus dem Bett. Die Krankenstation hatte einen Durchmesser von etwa sieben Metern und verfügte über insgesamt fünf Betten. Im vorderen Teil des Raums stand der Schrank, auf den Dr. Santos an diesem Morgen gezeigt hatte, als sie ihm sagte, sie hätten seine Kleidung gesäubert und würden sie ihm zurückgeben, sobald er aus der Krankenstation entlassen wurde.

Der Schrank war nicht abgeschlossen und enthielt zahlreiche Kleidungsstücke, Bandagen, Schlingen und diverse weitere harmlose medizinische Geräte – nichts, das von großem direkten Wert für ihn war. Doch auf dem oberen Regal lag ein Seesack, und als er ihn öffnete, fand er seine ordentlich zusammengelegte Uniform darin.

Der Captain nahm den Seesack und wagte sich in Dr. Santos' Büro nebenan. Der Raum schien leer zu sein, doch um ganz sicher zu gehen, rief er leise den Namen der Ärztin. Als er keine Antwort bekam, trat er hinter ihren Schreibtisch und versuchte, die dahinter befindliche Tür zu öffnen. Nach einigem Drücken gab sie nach, und Picard sah einen kleinen Raum, in dem sich die wichtigeren medizinischen Vorräte der Ärztin befanden.

Er durchsuchte den Raum schnell nach allem, was er vielleicht gebrauchen könnte. Die Medikamente ließ er links liegen; interessanter waren schon einige ordentlich aufgereihte Tricorder. Er nahm einen von ganz hinten und ging zu den Erste-Hilfe-Kästen weiter – beide Ausrüstungsgegenstände könnten ihm äußerst nützlich sein. Im Augenblick konnte er nichts weiter gebrauchen, doch er nahm sich vor, sich im Notfall an die unverschlossene Tür zu erinnern.

Picard kehrte in Santos' Büro zurück und schloß die Schranktür. Dann gab er einem Gefühl nach und öffnete die Schubläden im Schreibtisch der Ärztin. Er durchsuchte sie schnell und bemühte sich, den Inhalt nicht in Unordnung zu bringen. Schließlich fand er ganz hinten in der untersten Schublade, was er gesucht hatte.

Der Captain holte den kleinen Phaser vom Typ I heraus und betrachtete das antiquierte Gerät, das er bis dahin nur im Flottenmuseum gesehen hatte. Reichweite, Zielgenauigkeit und Batterieleistung waren nicht annähernd so groß wie bei den Geräten, an die er gewöhnt war, doch es mußte für den Augenblick genügen. Mit etwas Glück konnte er auf einen Einsatz der Waffe verzichten.

Staunend über die laschen Sicherheitsvorkehrungen, schloß Picard die Schublade. Solch ein Mangel an Vorsicht war nicht unüblich bei einer kleinen, geschlossenen Gesellschaft, in der alles auf Vertrauen basierte. Dieser Gedanke rief in ihm Gewissensbisse hervor. Er bestahl nicht nur die Kolonisten, sondern eine Ärztin, die überaus freundlich zu ihm gewesen war – und das in einer Starfleet-Einrichtung.

Sofort stellten sich bei ihm logische Argumente ein, die seine Vorgehensweise unterstützten, doch er wischte sie beiseite. Die Frage lautete nicht, was logisch oder praktisch war, es ging vielmehr um Recht oder Unrecht. Und Picard wußte genau, daß er in diesem Augenblick trotz jeder Verpflichtung und zwingenden Notwendigkeit etwas tat, das gegen seine persönlichen Verhaltensregeln verstieß. Er hatte den Eindruck, einen dunklen, unheilverkündenden Schatten über die kleine, abgeschiedene Kolonie zu werfen.

Der Captain stopfte die Geräte schnell in den Seesack und legte ihn auf das Regal im Schrank neben seinem Bett zurück. Dann setzte er sich an dem Schreibtisch auf den Stuhl, der für Patienten bestimmt war, und schaltete das Lesegerät ein. Der Bildschirm erhellte sich und zeigte Bedienerhinweise, doch er ignorierte sie und saß schweigend da.

Er mußte nicht lange warten. Nach ein paar Minuten kam Dr. Santos herein und lächelte freundlich, als sie ihn am Schreibtisch sitzen sah.

»Sie sind aufgestanden«, stellte sie fest.

»Ja. Wann können wir über meine Entlassung sprechen?« fragte er.

Santos täuschte ein Stirnrunzeln vor. »Ich nehme an, Sie fragen nur, weil Sie Hummeln im Hintern haben –

und nicht, weil Sie meiner barschen Behandlung entgehen wollen.«

Picard mußte unwillkürlich lächeln. »Sie waren sehr freundlich und haben mich ausgezeichnet versorgt, aber ich kann es nicht abwarten, etwas zu tun.«

Die Ärztin schien wirklich erfreut zu sein. »In diesem Fall können Sie sich als entlassen betrachten. Ihre Schulter bedarf meiner Aufmerksamkeit nicht mehr; der natürliche Heilungsprozeß braucht nur noch etwas Zeit. Warten Sie einen Augenblick, und ich weise Ihnen ein vorübergehendes Quartier zu – auch wenn ich nicht weiß, wie lange *vorübergehend* sein wird.« Sie schaute mit einem leicht entschuldigenden Blick auf. »Manchmal dauert es Wochen, bis das nächste Versorgungsschiff kommt. Und es könnte noch länger dauern, bis Sie eins finden, das Sie zu Ihrem gewünschten Ziel bringt. Wahrscheinlich werden Sie noch eine Weile bei uns bleiben müssen.«

Picard nickte. »In diesem Fall werde ich versuchen, mich nützlich zu machen.«

Santos zuckte mit den Achseln. »Wenn Sie irgendwelche technischen Fähigkeiten haben, wird unser Chefingenieur Sie bestimmt gern unter seine Fittiche nehmen. Und wenn Sie noch ein paar Wochen bleiben, werden Sie hier sein, wenn unsere Sensorphalanx in Betrieb genommen wird. Das ist wirklich eine aufregende Zeit für uns.« Sie drehte sich um und ging zu ihrem Büro. »Es dauert nur eine Minute.«

Der Captain stellte fest, daß das Lächeln auf seinem Gesicht bestehen blieb. Die Begeisterungsfähigkeit der Ärztin war zweifellos ansteckend. Aber sein Lächeln verblich kurz darauf, als er daran dachte, wie wenig Zeit ihr noch blieb.

Santos kehrte einen Moment später zurück. Der ernste Blick ihrer Augen verriet Picard sofort, daß etwas nicht in Ordnung war.

»Commodore Travers hat Ihnen einen Gästeraum zugewiesen«, erklärte sie nicht ohne einen Anflug von Zynismus. »Er hat Ihnen des weiteren eine … Eskorte zugeteilt. Lieutenant Harold wird in Kürze hier sein.«

Der Captain begriff, was ihr zu schaffen machte. Es stellte ihn ebenfalls vor Probleme – wenn auch aus anderen Gründen. Eine Starfleet-Eskorte würde seine Pläne beträchtlich erschweren. »Der Commodore ist lediglich vorsichtig«, sagte er schließlich und hielt seinen Tonfall dabei neutral.

»Er ist ein guter Kommandant, aber ein argwöhnischer Mann«, versetzte Dr. Santos. Offensichtlich hatte sie diese Entwicklung nicht vorausgesehen, und nun war sie ihr peinlich.

Picard räusperte sich. »Ich verstehe das durchaus. Vergessen Sie nicht, ich bin ebenfalls Kommandant. Und ich habe herausgefunden, daß es zwei Möglichkeiten gibt, sich mit dem Unbekannten zu befassen. Man kann es entweder willkommen heißen oder sich ihm mit Vorsicht nähern. Mir hat es in der Vergangenheit vielleicht an Vorsicht gemangelt, und das ist einer der Gründe, weshalb ich hier bin. Die Vorsicht hat also eindeutig ihre Berechtigung.

Außerdem«, fuhr er fort, »habe ich ihm durchaus Anlaß zum Argwohn gegeben. Und da ich nichts zu verbergen habe, habe ich auch nichts dagegen, überwacht zu werden.« Es bereitete ihm Schwierigkeiten, so beiläufig zu lügen, aber die Pflicht ließ ihm keine Wahl.

Zum Glück erfüllte die Lüge mehr als nur ihren Zweck. Das Gesicht der Ärztin hellte sich etwas auf. »Ich bin überzeugt, es handelt sich nur um eine vorübergehende Maßnahme«, sagte sie.

In diesem Moment betrat ein junger Mann in der goldfarbenen Uniform eines Lieutenants den Raum. Er war fünfundzwanzig bis dreißig Jahre alt, hatte dunkles Haar und ein ernstes Gesicht. Picard war sicher, daß es sich um seine Eskorte, Lieutenant Harold, handelte.

Santos wandte sich an den Lieutenant und hielt ihre

Stimme heiter und formlos. »Lieutenant Matthew Harold, darf ich Ihnen den Handelskapitän Dixon Hill vorstellen.«

Der Neuankömmling lächelte automatisch und streckte die Hand aus. Auf halber Strecke hielt er jedoch kurz inne – zweifellos verunsicherte ihn die freundliche Formlosigkeit, die die Ärztin mit ihrer fast geselligen Vorstellung an den Tag gelegt hatte. Man mußte ihm jedoch zugute halten, daß er nur ganz kurz zögerte und Picard dann die Hand reichte.

»Captain«, sagte der jüngere Mann und nickte.

»Lieutenant«, erwiderte Picard. »Aber bitte ... ich heiße Dixon Hill. Ich fürchte, mit dem Verlust meines Schiffes hat auch der Rang den Großteil seiner Bedeutung für mich verloren.«

Harold nickte erneut. »Ich bin hier, um Sie zu Ihrem Quartier zu führen, das direkt neben dem meinen liegt. Wenn Sie irgend etwas brauchen oder Fragen haben, helfe ich Ihnen gern.«

»Danke«, erwiderte der Captain. »Ich möchte mich darüber unterhalten, wie ich eine Passage auf dem nächsten Versorgungsschiff bekomme. Derweil könnten wir vielleicht klären, ob es möglich ist, mich einer Ihrer technischen Abteilungen zuzuweisen.«

Harold schien von der Freundlichkeit des Captains wie auch von dem Vorschlag verblüfft zu sein, ihm eine Arbeit zuzuteilen. Zweifellos hatte er erwartet, daß Picard sich irgendwie verdächtig benahm – mehr wie ein Gefangener.

Der Captain mußte das Vertrauen seiner Begleitung erringen, um sich die Bewegungsfreiheit zu verschaffen, die sein Fluchtplan erforderte. Santos hatte ihm unwissend geholfen, indem sie sehr freundlich mit ihm gesprochen hatte. Picard mußte nun versuchen, diesen Vorteil auszunutzen.

»Und wenn Sie nichts dagegen haben, Lieutenant, werde ich Sie beide begleiten«, warf die Ärztin ein.

Harold nickte lediglich und verbarg damit jede weitere Überraschung über die unerwartet freundliche Atmosphäre, die er in der Krankenstation vorgefunden hatte.

Dann wandte Santos sich an Picard. »Möchten Sie gern Ihre Kleidung wieder anziehen? Sie ist in gutem Zustand, und darin fühlen Sie sich vielleicht wohler. Sie liegt in dem Schrank da drüben.«

»Nein, danke«, sagte Picard schnell. Wenn die Ärztin den Seesack öffnete, war seine Aussicht auf Flucht in einer Sekunde vertan. »Es ist nämlich meine Schiffsuniform, und im Augenblick sind die damit verbundenen Assoziationen nicht gerade angenehm.«

Santos schien die Erklärung zu akzeptieren. »Verzeihung«, sagte sie zu ihm. »Warten Sie einen Augenblick auf mich, ja?« Abrupt verschwand sie in ihr Büro und kam mit einem schlichten blauen Overall wieder heraus, wie er auch noch im vierundzwanzigsten Jahrhundert von Technikern getragen wurde. Dann griff sie in den Schrank und holte den Seesack des Captains heraus. Einen Moment lang hielt Picard den Atem an und fragte sich, ob sie das zusätzliche Gewicht bemerken würde. Zum Glück war das nicht der Fall, und sie legte den Seesack und die Kleidung auf sein Bett.

»Doktor … haben Sie ein kleines goldenes Abzeichen entdeckt, als Sie mich gefunden haben?«

Santos dachte kurz nach. »Nein, habe ich nicht. War es wichtig?«

Er schüttelte den Kopf. »Eigentlich nicht. Nur ein Erinnerungsstück.«

»Sie müssen es bei dem Erdrutsch verloren haben«, vermutete sie. »Ich würde Ihnen gern sagen, daß wir danach suchen können, aber diese Gegend ist nicht sicher.«

»Schon in Ordnung«, erwiderte Picard.

Nun, damit war die Frage beantwortet, was mit seinem Kommunikator geschehen war. Ein glücklicher Zufall. Das Gerät hätte Fragen aufgeworfen, die er nicht hätte beantworten können, ohne massiv gegen die Erste

Direktive zu verstoßen – wenn nicht sogar gegen die Geschichte selbst.

Dr. Santos und Lieutenant Harold gingen hinaus, damit er sich umziehen konnte. Er zog den Krankenhausschlafanzug aus und bemühte sich, den rechten Arm möglichst zu schonen, während er die Schlinge entfernte und den Overall anzog. Als er in das Büro der Krankenstation ging, unterhielten Harold und Santos sich leise.

»Fertig«, sagte Picard. Der Lieutenant bot ihm an, den Seesack zu tragen, doch der Captain lehnte höflich ab. Als sie das Gebäude verließen, schaute er sich begeistert in dem Vorposten um.

Er hatte sich Jahre zuvor – während seiner Begegnung mit den Gorn auf der *Stargazer* – über den Angriff auf Cestus III informiert, wußte also, wie die Kolonie aussah. Die Anlage bestand praktisch aus einem Halbkreis miteinander verbundener, niedriger Gebäude, die aus der Ferne wie eine gebogene Wand aussahen. Aber Picard wußte, daß die sichtbaren Bauten lediglich die Eingänge größerer, unterirdischer Komplexe waren. Die meisten Wohn- und Arbeitsräume des Geländes waren unterirdisch angelegt – ein Versuch, der Wüstenhitze auf der Planetenoberfläche zu entgehen.

Die Krankenstation befand sich in etwa an der Spitze des Halbkreises. Links von ihm lagen die Unterkünfte und der Speisesaal, zu seiner Rechten die Elemente der Lebenserhaltung, über der große Kugeln errichtet waren, die Picard als Sensorrelais erkannte. Hinter dem Halbkreis war auf Hunderten von Quadratmetern flacher Ebene die gewaltige Sensorphalanx errichtet worden. Und irgendwo ganz in der Nähe mußte der Warpgenerator liegen, der die Phalanx mit Energie versorgte.

Innerhalb des Halbkreises standen zwei mittelgroße Gebäude, von denen Picard wußte, daß es sich um die Verwaltungsbüros und die Waffenkammer handelte; in den Berichten, die er studiert hatte, war noch der damals gebräuchliche Begriff ›Arsenal‹ verwendet worden. Dazwischen befand sich der Fusionsgenerator, der die Kolonie mit Strom versorgte. Hinter dem Generator konnte Picard in der Ferne niedrige Berge ausmachen.

Das alles hatte Picard erwartet. Doch irgendwie sah es falsch aus. Einen Augenblick lang kam er nicht dahinter, wieso dieser Eindruck entstand, dann wurde es ihm klar: Die Kolonie lebte. Die Gebäude waren intakt und erst vor kurzem errichtet worden. Und sie waren voller Menschen. Techniker, Wissenschaftler und Leute in Zivilkleidung arbeiteten, gingen hin und her oder unterhielten sich einfach.

Die wenigen Bilder, die der Captain von Cestus III gesehen hatte, entstammten den Logbüchern von Kirks *Enterprise.* Sie zeigten ein verwüstetes Gelände, von schwarzen Narben versengt, voller Krater und Schutt. Anhand dieser Bilder hatte man gerade eben noch die meisten der grundlegenden Gebäude und die Aufteilung der Kolonie erkennen können.

Er war weder auf die beiläufige Aktivität noch auf den frischen, ziemlich angenehmen Geruch der Luft vorbereitet. Picard hatte den Vorposten studiert, als dieser bereits tot war, und er wußte im Augenblick nicht so recht damit umzugehen, daß hier noch das Leben pulsierte.

»Sir?« fragte Harold leise und riß den Captain damit aus seinen Gedanken.

»Es tut mir leid, ich war etwas geistesabwesend. Es ist nur so«, erklärte er, »daß ich seit einiger Zeit nicht mehr auf einem Planeten war.« Wenigstens entsprach das teilweise der Wahrheit, dachte er.

Sie legten die kurze Strecke zum Wohnbereich schweigend zurück.

»Sie sind in der Unterkunft Elf-H untergebracht«, sagte Harold. »Ich wohne in Elf-J. Wenn Sie mir folgen würden ...«

»Das ist alles, Lieutenant«, warf Santos ein.

»Verzeihung, Doktor?« fragte Harold.

Sie lächelte, aber mit einer gewissen zugrunde liegenden Nachdrücklichkeit. »Ich werde mich von nun an um Mr. Hill kümmern.«

Der Lieutenant straffte sich. »Es tut mir leid, Doktor, aber Commodore Travers hat mir befohlen, den ... Mr. Hill zu seinem Quartier zu bringen und dafür zu sorgen, daß er es ...«

»Er hat es bequem«, unterbrach Santos ihn erneut. »Sie haben doch gesehen, daß er das Gebäude erreicht hat. Und wenn Sie nichts dagegen haben, werde ich mich um den Rest kümmern. Mr. Hill war zwei Tage lang in der Krankenstation eingepfercht. Wenn er einverstanden ist, würde ich ihn gern durch unseren bescheidenen Vorposten führen. Ich bin sicher, der Commodore wird nichts dagegen haben, und ich übernehme die volle Verantwortung für Mr. Hill.«

Harold hörte genau zu, während die Ärztin sprach. Als sie fertig war, seufzte er lediglich. Er wußte eindeutig, wann er geschlagen war – wann er sich dem höheren Rang beugen mußte. »Na schön, Doktor. Wenn Sie etwas brauchen, können Sie mich über den Kommunikator erreichen.«

Während Harold lächelnd seine Niederlage bestätigte, stürmte das Wiedererkennen, das an Picard genagt hatte, an die Oberfläche. Während er den Lieutenant musterte, fügte er dem Gesicht im Geiste ein paar Strahlenverbrennungen zu und ließ es härter und verängstigt wirken. Nachdem er das Bild in seinem Kopf zusammengesetzt hatte, wußte er, wen er betrachtete: Lieutenant Matthew Harold, den einzigen Überlebenden des Gorn-Massakers auf Cestus III.

Doch statt der gehetzten Grimasse, an die er sich von Bildern des Überlebenden erinnerte, betrachtete der Captain nun ein lebhaftes junges Gesicht. Der Rest von Picards Erinnerungen bildete sich sofort neu. Er dachte an die Logbücher der *Enterprise*, das fast hysterische Gesicht Lieutenant Harolds, als er darauf beharrte, es müsse

›einen Grund‹ für das Entsetzliche geben, das er beobachtet hatte.

In Gedanken verloren, fuhr Picard leicht zusammen, als Santos das Wort an ihn richtete. »Ihre Crew ... Sie müssen ihr nahe gestanden haben«, sagte sie sanft. Kurzzeitig verwirrt, drehte der Captain sich zu ihr um. Natürlich bezog sie sich auf den Verlust der Besatzung seines Handelsraumers. »Sie müssen sie vermissen«, fügte sie hinzu.

»Ja«, sagte Picard. Was der Wahrheit entsprach.

»Soll ich Sie ein anderes Mal herumführen?« fragte sie.

»Keineswegs«, sagte der Captain. »Ich freue mich darauf.«

»Wir nähern uns dem Aexix-System, Sir«, meldete Worf.

»Wie viele Welten der Klasse M?« fragte Riker.

»Den Sensoren zufolge handelt es sich bei dem zweiten Planeten und einem der Monde des fünften um Klasse-M-Welten.«

»Danke, Mr. Worf.« Der Erste Offizier wandte sich an Ro, die in dem Sessel saß, der normalerweise sein Platz war. Riker nickte leicht, und der Fähnrich sprang sofort auf.

»Mr. Halloran«, rief sie dem Mann am Steuerpult zu. »Kurs auf den zweiten Planeten nehmen. Behalten Sie die Warpgeschwindigkeit so lange wie möglich bei und gehen Sie dann mit einem Achtel Impulskraft in einen niedrigen Orbit. Sobald Lieutenant Worf meldet, daß er seine Scans abgeschlossen hat, beschleunigen Sie während einer Umkreisung auf ein Viertel Impulskraft und nehmen Kurs auf den Mond des fünften Planeten.«

Danach wandte Ro sich der Frau an der Funktionsstation zu. »Mr. Chang, rufen Sie die Daten der Stationen von Lieutenant Worf und Fähnrich Halloran auf und berechnen Sie, wieviel Zeit für die Scans und Manöver erforderlich ist.«

Chang machte sich sofort an die Arbeit. Keine Minute

später drehte sie sich mit einem Ausdruck müder Befriedigung auf ihrem Gesicht um. »Eine Stunde und siebenunddreißig Minuten, Sir.«

Riker wußte, daß unter anderen Umständen weniger als zwei Stunden für die erforderlichen Scans ein außergewöhnliches Ergebnis gewesen wäre. Doch in den letzten zwei Tagen war solch eine Leistung fast schon zur Routine geworden; dies hatte ihnen ermöglicht, acht Systeme direkt abzusuchen und zwei Dutzend andere mit den Fernsensoren zu eliminieren. Sie leisteten hervorragende Arbeit, hatten jedoch schon die Hälfte der ihnen zur Verfügung stehenden Zeit verbraucht und erst etwa ein Fünftel des Suchgebiets abgedeckt.

Die Belastung war ebenfalls sehr groß. Die ständigen Sprünge auf Warpgeschwindigkeit und wieder hinaus und die schwierigen Manöver mit Impulskraft forderten ihren Tribut von der technischen Abteilung, und das ausgerechnet zu einer Zeit, da weder Data noch Geordi an Bord des Schiffes waren.

Und die Mannschaft zeigte Anzeichen von Streß. Sowohl Halloran als auch Chang arbeiteten schon wesentlich länger als eine volle Schicht. Riker würde sie ablösen lassen müssen, sobald sie dieses System gescannt hatten.

Wenn die Funktionsstationen und das Steuerpult von nicht ausgeruhten Leuten besetzt waren, forderte man Schwierigkeiten geradezu heraus. Ein kleiner Rechenfehler oder eine langsame Reaktion konnte während eines Manövers mit hoher Impulsgeschwindigkeit im Anziehungsbereich eines Planeten katastrophale Folgen haben.

Und die beiden waren nicht die einzigen, die nicht ausgeruht waren. Riker wußte, daß er, Fähnrich Ro und Lieutenant Worf sich ebenfalls zu viel abverlangt hatten. Riker mußte zur Kenntnis nehmen, daß seine Lider sich wie Sandpapier anfühlten. Und obwohl sie es nicht zeigten, war ihm klar, daß auch Ro und Worf unter der Belastung litten. Riker nahm sich vor, für jeden von ihnen abwechselnd vierstündige Ruheperioden anzuordnen. Der

Klingone als erster, da er schon am längsten Dienst schob.

»Der Scan ist negativ, Sir«, meldete Worf verdrossen.

Riker schnappte Ros fast unhörbaren Fluch auf. Er hatte den Eindruck, daß der Fähnrich die Suche als persönliche Herausforderung und ihr bisheriges Scheitern als persönliche Beleidigung ansah – obwohl sie mit der Suche im Prinzip gar nicht einverstanden war. Riker war zufrieden, aber nicht überrascht. Er hatte gehofft, daß genau das geschehen würde.

Ro ging ans Steuerpult zu Halloran hinüber, blieb hinter dem Fähnrich stehen, während er die Kontrollen bediente, und legte als Zeichen der Anerkennung kurz eine Hand auf seine Schulter. Der amtierende Captain staunte darüber, wie geschickt sie mit der Crew umging und die Leute anspornte, ohne sie verrückt zu machen. Er hatte damit gerechnet, daß sie hart arbeitete – aber *das* überraschte ihn.

»Führen Sie das Beschleunigungsmanöver durch und nehmen Sie Kurs auf den fünften Planeten«, sagte Ro.

Ein paar Minuten später beobachtete Riker, wie der Planet auf dem Bildschirm hinter ihnen zurückblieb. Dann hieß es wieder warten, ein Zustand, der diese Mission mehr und mehr zu definieren schien. Lange Perioden der gespannten Erwartung wurden von kurzen Ausbrüchen der Aktivität gefolgt.

Diesmal währte das Warten jedoch kürzer, als Riker erwartet hatte.

»Prioritätsnachricht von Starfleet«, bellte Worf.

Verdammt, dachte der Erste Offizier. Das hatte er befürchtet. Was immer Starfleet Command vorzubringen hatte, es würde nichts Gutes sein.

Er war bereits aufgesprungen und stellte fest, daß Deanna und Ro sich ebenfalls erhoben hatten. Er drehte sich zu ihnen um. »Fähnrich, Counselor, hören wir uns an, was sie zu sagen haben.«

Kurz darauf saß Riker im Bereitschaftsraum des Captains und schaltete den Monitor ein. Sofort erschien Admiral Kowalskis Bild; der Gesichtsausdruck des Mannes bestätigte Rikers Befürchtungen.

»Commander, auf der Heimatwelt der Gorn ist eine Situation eingetreten, die wir als katastrophal erachten«, sagte der Admiral ohne jede Begrüßung.

»Inwiefern, Sir?« fragte Riker.

»Die Regierung der Gorn wurde offen von einer Splittergruppe angegriffen, die der Vorstellung einer stärkeren Verbindung mit der Föderation feindselig gegenübersteht. Ich will nicht behaupten, daß ich sämtliche Feinheiten der gornschen Politik verstehe. Ehrlich gesagt haben wir keine Ahnung, wie ihre politische Maschinerie funktioniert.

Doch alle Berichte, die wir von unseren Kontaktleuten aus dem Machtbereich der Gorn bekommen, besagen dasselbe: Sollten die Herausforderer sich durchsetzen, könnte dies die völlig Auflösung des Friedensprozesses bedeuten. Und den Ausbruch von Feindseligkeiten mit der Föderation.«

Der Admiral seufzte, und einen Augenblick lang schien er vor Rikers Augen um Jahre zu altern. »Es ist unbedingt erforderlich, daß die *Enterprise* pünktlich bei dem Gipfel eintrifft. Sie haben drei Tage, keinen einzigen mehr. Und wenn die Lage sich weiterhin verschlechtert, werde ich Ihnen befehlen, die Suche abzubrechen und *sofort* zum Gipfeltreffen zu fliegen. Ist das klar?«

»Jawohl, Sir«, sagte Riker in ruhigem Tonfall. Abrupt wurde das Gesicht des Admirals durch das Föderationsemblem ersetzt, das das Ende der Übertragung anzeigte.

Der Erste Offizier suchte erneut nach jenem Gefühl der Sicherheit in seiner Magengrube, das ihm verriet, es sei richtig, die Suche fortzusetzen.

Diesmal dauerte es ziemlich lange, bis es sich einstellte.

Picard und die Ärztin schritten eine Weile schweigend aus. Dann führte Santos ihn fast bis zum Ende des Wohnbereichs innerhalb des Halbkreises der Gebäude des Vorpostens.

»Wie Sie sehen, befinden sich hier die Küche und die Speisesäle«, sagte sie.

Ein Schild auf der Außenwand des niedrigen Gebäudes wies deutlich auf den Speiseraum hin, wie es auch bei den Wohnräumen der Fall gewesen war. Dem Captain fiel auf, daß in diesem Bereich des Vorpostens der stärkste Fußgängerverkehr herrschte.

Des weiteren bemerkte er direkt hinter dem Speisesaal ein leicht erhöhtes Gebilde, das er als Phaserbank erkannte. Von seinen Nachforschungen her wußte er, daß sich am anderen Ende der halbkreisförmigen Anordnung eine weitere solche Einheit befand. Er wußte ebenfalls, daß die Phaserbänke beim bevorstehenden Angriff mit den ersten Salven vernichtet werden würden. Santos gab keine Erklärungen zu der Waffe ab, erwähnte sie nicht mal, und Picard vermutete, daß sie den Befehl erhalten hatte, nicht über die Verteidigungsmöglichkeiten des Vorpostens zu sprechen.

»Wenn Sie Hunger haben, könnten wir eine Kleinigkeit essen«, schlug sie vor. Picard stellte zu seiner Überraschung fest, daß er in der Tat hungrig war, und nickte bestätigend.

Santos führte ihn zum Eingang des niedrigen Betongebäudes. Vor ihnen ging ein junger Mann mit einer genauso jungen Frau – wahrscheinlich seiner Angetrauten. Ein kleines Mädchen, zweifellos ihre Tochter, ging zwischen ihnen und hielt die Hände seiner Eltern. Es kicherte und wurde von ihnen hin und her geschwungen.

Picard hatte natürlich gewußt, daß bei dem Angriff auch Kinder umgekommen waren – oder umkommen würden. Doch erneut überraschte es ihn unerklärlicherweise, tatsächlich ein Kind zu sehen.

»Es muß für ein Kind schwierig sein«, sagte er, während er innerlich zusammenzuckte, »hier aufzuwachsen.«

Santos nickte. »Manchmal schon. Aber wir sind nicht zart besaitet. Und auf Cestus Drei kommen wir wenigstens voran. Es gibt Kolonien, die ihre Ziele *nie* erreichen – und ein paar sind von vornherein zum Scheitern verurteilt.«

Der Captain drehte sich zu ihr um. In seiner Zeit wurde eine Kolonie erst gar nicht gegründet, wenn sie keine vernünftige Aussicht hatte, ihre Ziele zu verwirklichen.

»Warum spielen sie dann mit?« fragte er. »Warum bringen sie dieses Opfer, wenn keine Belohnung in Sicht ist, die ihrer Arbeit Bedeutung gibt?«

Die Ärztin räusperte sich. »Weil es so etwas wie ein bedeutungsloses Opfer nicht gibt, Mr. Hill. Weil jede positive Tat, ganz gleich, wie hoffnungslos oder unbedeutend, letztlich lohnend ist.«

Picard mußte unwillkürlich lächeln. »Philosophie«, stellte er fest.

»Eines meiner Laster«, erwiderte sie.

Santos führte ihn ein paar Treppen hinab in einen offenen, ziemlich geräumigen Speisesaal. Die Tische waren symmetrisch in der Mitte angeordnet, und an den Außenwänden befanden sich kleinere Nischen mit Eckbänken darin. Die Bauweise war eher spröde, Betonschichten stützten die grauen Metallwände ab – aber die rechten Winkel und Schatten, die die Architektur definierten, sprachen den Captain an.

Der große Raum wirkte nicht besonders feinfühlig gestaltet. Statt dessen erweckte er den Anschein, von Menschen mit ihren eigenen Händen geschaffen worden zu sein. Mit Händen, die es gewagt hatten, einen Stützpunkt auf einem abgelegenen Planeten fern vom Mittelpunkt der Föderation zu errichten.

Die Ärztin ging zum Küchenbereich, wo menschliches Personal hinter der Theke arbeitete. Sie bestellte Hähnchenbrustfilet und ein Reisgericht, und Picard tat es ihr gleich. Dann folgte er ihr zu einer der Nischen, in denen kaum jemand saß.

»Die Mittagspause ist fast vorbei«, sagte Santos. »Die meisten Leute sind schon wieder an der Arbeit.«

Als der Captain sich setzte, stellte er fest, daß die Blicke der wenigen verbliebenen Speisenden auf ihn gerichtet waren. Zweifellos bekam diese geschlossene Gemeinschaft nur selten Besuch.

»Sie werden sich schnell an Sie gewöhnen«, sagte Santos, die seine Gedanken erahnt hatte. »In zwei Wochen wird die Sensorphalanx in Betrieb genommen. Aber bis dahin sind Sie das größte Ereignis, das wir seit Monaten gesehen haben.«

Picard kostete von seiner Mahlzeit und fand sie überraschend wohlschmeckend. »Ausgezeichnet«, sagte er. »Ich bin beeindruckt. Ich hatte gedacht, ein vor knapp einem Jahr gegründeter Vorposten wäre noch von Fertignahrung abhängig.«

Santos lächelte. »Das ist nichts im Vergleich zu dem, was am Tisch des Commodores serviert wird. Er ist der Ansicht, daß man sich einfach nicht häuslich niederlassen kann, wenn man von Fertigrationen leben muß.«

»Ein sehr aufgeklärter Standpunkt«, erwiderte der Captain. In der Tat war Travers seiner Zeit um Jahre voraus. Erst, sobald die Replikatortechnik die Nahrungsmittelzubereitung vereinfachte, würden Familien ständig auf Raumschiffen leben – und Picard bezweifelte, daß es sich dabei um einen Zufall handelte. »Das würde meinem Vater gefallen. Er hat keine replizierte ... ich meine, keine Fertignahrung im Haus geduldet.«

Sie beendeten die Mahlzeit in freundlicher Atmosphäre. Dem Captain gelang es ohne größere Probleme, mit der linken Hand zu essen. Dabei schaute er sich immer wieder um. Soweit er es sagen konnte, waren überhaupt keine Sicherheitsmaßnahmen getroffen worden. Nicht mal Schlösser an den Türen, was in dieser Gemeinde natürlich auch überflüssig war. Nach dem Abendessen, das – wie er erfuhr – von siebzehn bis neunzehn Uhr dreißig eingenommen werden konnte, ging das Küchenpersonal nach Hause. Danach, so erklärte Santos ihm, stand die Küche jedem Kolonisten offen, der sich selbst verpflegen wollte.

Erneut schien die Atmosphäre des Vertrauens, die in dem Vorposten herrschte, zu Picards Gunsten zu arbeiten. Er verspürte Gewissensbisse bei dem Gedanken, dieses Vertrauen ausnutzen zu müssen, doch er verdrängte sie sofort wieder. Später konnte er sich Zeit für Selbstvorwürfe nehmen, jetzt mußte er sich auf seine Flucht konzentrieren.

Zweifellos bot die Küche ihm alles, was er benötigte, um außerhalb der Anlage zu überleben. Wasser und Nahrung bereiteten ihm die größten Sorgen. Und der Captain war überzeugt, daß es in den Lagerräumen trotz der persönlichen Vorlieben des Commodores auch Nahrungskonzentrate gab.

Natürlich würde das in Starfleet obligatorische Überlebenstraining es ihm ermöglichen, sich auch eine Weile ohne Vorräte durchzuschlagen. Doch wenn er Rationen für zwei oder drei Tage mitnahm, würde er schneller vorankommen, ohne ständig anhalten zu müssen, und konnte damit eine so große Entfernung wie möglich zwischen sich und den Vorposten bringen, bevor es zu dem Angriff kam.

Picard hatte sich bereits den Phaser und den Tricorder angeeignet, mit dem er alle Verfolger aufspüren konnte. Ja ... wenn es ihm gelang, sich nach der Essenszeit ein paar Vorräte zu beschaffen, würde er noch in dieser Nacht seine Flucht antreten können.

Er und Santos beeilten sich mit dem Essen. Die Ärztin konnte es kaum abwarten, die Führung fortzusetzen, und zeigte eine Begeisterung, die der Captain sehr charmant fand. Als sie wieder draußen waren, ging sie schwungvoll und energisch voran. Sie freute sich eindeutig, ihm ihre Heimat zeigen zu können.

»Das ist der Wohnbereich, den Sie bereits gesehen haben. In den unteren Ebenen finden Sie auch die Lagerräume des Vorpostens. Wenn Sie Decken, Kleidung oder Unterhaltungsbänder brauchen, können Lieutenant Harold oder ich Ihnen zeigen, wo Sie sie finden.«

Sie schritten den Halbkreis bis zu seiner Mitte ab, gingen an der Lebenserhaltung vorbei und gelangten dann zu den beiden großen Kugeln, die auf etwa vier Meter hohen Sockeln ruhten. »Und das sind unsere ...«, begann Santos.

»Sensorrelais«, unterbrach Picard sie. »Ich bin mit der Technik vertraut. Ich hätte nur nicht erwartet, sie einmal ... aus solcher Nähe zu sehen.«

Die Ärztin zeigte auf eine Stelle ein Stück weiter am Halbkreis. »Dort ist die Sensoranalyse-Abteilung untergebracht. Und dahinter finden Sie die wissenschaftlichen Abteilungen. Wenn Sie wollen, können Sie sie morgen besichtigen. Jetzt möchte ich Ihnen noch etwas anderes zeigen, bevor ich mir selbst einen Verweis erteilen muß, weil ich meinen Patienten überanstrengt habe.«

Santos deutete auf zwei große Gebäude, die mehr oder weniger an einer imaginären Linie lagen, die von den beiden Endpunkten des Halbkreises weiterführte. »Sehen Sie die?« fragte sie. »In dem einen sind die Verwaltungsbüros untergebracht, das andere ist ein weiteres Lagerhaus.«

Picard wußte, daß das ›weitere Lagerhaus‹ in Wirklichkeit die Waffenkammer war, verstand aber, warum die Ärztin das nicht erwähnte. Sie bezeichnete ein drittes, niedrigeres Gebäude als ›technische Einrichtung‹, aber ihm war bekannt, daß es sich um den Fusionsreaktor handelte, der den Strom für die Routinefunktionen der Kolonie lieferte.

Dann zeigte Santos auf die niedrigen Berge, die man hinter den drei Gebäuden in der Ferne ausmachen konnte. »Dort hat man Sie gefunden, zwischen jenen Hügeln. Leider sind sie instabil und anfällig für Erdrutsche. Bei einem davon wurden Sie verletzt.«

Dieselben Hügel, überlegte Picard, in denen die Gorn vor dem Auftauchen von Captain Kirk und seinem Landetrupp Stellung bezogen hatten. Die Invasoren waren zum Rückzug gezwungen gewesen – oder besser gesagt, würden gezwungen sein –, als Kirk das Gebiet mit einer Plasmagranate unter Beschuß genommen hatte. Der Captain vermutete, daß sein verschwundener Kommunikator bei der Explosion vernichtet werden würde.

Das war ihm nur recht. Der Kommunikator wäre für ihn nur nützlich gewesen, wenn jemand das Signal hätte empfangen können – aber das war natürlich nicht der Fall. Picard hätte sogar mit dem Gedanken gespielt, das Gerät zu bergen, hätte irgendeine Aussicht bestanden, es als Markierung für Commander Riker oder ein zukünftiges Starfleet-Schiff zu verwenden, doch er wußte, daß dieser Versuch sinnlos war. Obwohl er immer darauf geachtet hatte, daß sein Kommunikator über volle Energiereserven verfügte, bestand keine Aussicht, daß die Ladung für einhundert Jahre reichte.

»Und nun«, nahm Santos den Faden wieder auf, »ist es nur noch ein kleiner Spaziergang zu unserer Sensorphalanx. Das ist die Hauptattraktion hier in der Gegend.«

Einen Moment lang spielte Picard mit dem Gedanken, Müdigkeit vorzuschieben und ihr den Wunsch abzuschlagen. Er konnte die Zeit gut nutzen, um letzte Pläne zu schmieden und Lebensmittel aus der Küche zu holen. Doch es fiel ihm schwer, die Ärztin zu enttäuschen, ihr das Vergnügen zu nehmen, ihm etwas zu zeigen, das sie für wichtig hielt. Außerdem wollte er nicht den Argwohn seines einzigen Verbündeten im gesamten Vorposten erregen.

»Und wo sind Sie zu Hause, Mr. Hill?« fragte Santos, als sie zwischen den Leuchtfeuern der Sensoren auf die Außenseite des Halbkreises gingen, der die Anlage bildete. »Ich meine, woher stammen Sie, bevor Sie das All zu Ihrem Zuhause gemacht haben?«

»Ist das so offensichtlich?« fragte der Captain.

Sie nickte. »Wenn man weiß, wonach man suchen muß. Mein Vater hat auf einem Handelsschiff gedient. Er hat den Großteil seines Lebens auf Frachtern verbracht. Selbst wenn er bei uns war, hatte man den Eindruck, er sei gleichzeitig irgendwie ganz weit weg. Bei Ihnen scheint mir das auch der Fall zu sein, Mr. Hill. Manchmal sind Sie wirklich Lichtjahre weit weg. Doch im Gegensatz zu meinem Vater haben Sie wenigstens den Anstand, bei einer höflichen Konversation zu antworten.«

Er kicherte. »Sie kennen mich schon gut, Doktor.«

»Bitte nennen Sie mich Julia, Mr. Hill. Nur die Kinder und die Frischlinge unter den Fähnrichen nennen mich Doktor, und das auch nur, weil ich sie noch nicht abgerichtet habe. Und natürlich der Commodore – aber er ist wohl eine Klasse für sich.«

»Sie mögen Commodore Travers nicht«, stellte Picard fest.

Sie zuckte mit den Achseln. »Um ganz ehrlich zu sein, nein. Ich halte ihn für einen guten Kommandanten und respektiere ihn in dieser Hinsicht, bin aber der Ansicht, er könnte ... nun ja, freundlicher sein.« Santos runzelte die Stirn, als sie dies sagte.

Der Captain sah sie an. »Doktor ... bitte nennen Sie mich Dixon.« Es kam ihm absurd vor, ihr anzubieten, ihn mit dem Vornamen anzusprechen, wenn es sich gar nicht um seinen richtigen handelte. Aber auch ›Mr. Hill‹ war nicht sein wirklicher Name, und das klang *noch* absurder.

Santos' düstere Miene hellte sich auf. »In diesem Fall ... Dixon ... darf ich Ihnen zeigen, weshalb wir hier sind?« Sie hatten die höchste Stelle eines kleinen Hügels erreicht. Die Ärztin zeigte auf die Sensorphalanx direkt unter ihnen. Es war unglaublich. Miteinander verbundene Kugeln von vielleicht jeweils zwei Metern Umfang bildeten einen großen Kreis von mindestens einem halben Kilometer Durchmesser.

Der Anblick nahm Picard den Atem. Er hatte im Weltraum größere Phalangen gesehen, doch wenn man im All ein Objekt auf einem Bildschirm betrachtete, fehlte irgendwie der menschliche Maßstab.

Hier jedoch war er überwältigt. Und der Gedanke, daß all das von menschlichen Händen errichtet worden war ...

»Ein Auge, das den Himmel absucht«, versetzte Santos. »Das Modernste vom Modernen. Eine der größten planetaren Phalangen in der Föderation, und mit Sicherheit die höchstentwickelte. Von hier aus können wir tiefer in das nicht kartographierte All schauen als irgend jemand sonst in der bekannten Galaxis. Wir werden Raumschiffen den Weg bahnen, indem wir von hier aus ferne Sonnensysteme betrachten, und wahrscheinlich Subraumfernkontakt mit unbekannten Rassen herstellen.« Die Ärztin lächelte selbstbewußt. »Verzeihen Sie mir meinen Stolz«, fuhr sie dann fort, »aber was auch immer da draußen ist, wir werden es als erste finden.«

»Das ist mit Sicherheit eine Leistung, auf die man stolz sein kann«, pflichtete der Captain ihr bei. Sie beide genossen den Anblick einen Moment lang schweigend. Picard machte rechts von der Phalanx den Bunker aus, in dem sich die Materie-Antimaterie-Energiequelle befand – praktisch ein stationäres Warptriebwerk –, die die gesamte Anlage betrieb. Nach den Maßstäben des vierundzwanzigsten Jahrhunderts war die Apparatur eine Antiquität, ein Fossil. Doch für diese Leute symbolisierte sie ihre höchsten Ambitionen – den Gipfel der menschlichen Errungenschaften. »Wirklich außergewöhnlich.«

»Noch ein paar Probedurchläufe, und wir können es in Betrieb nehmen«, sagte Santos zu ihm. »Höchstens noch ein paar Wochen, schätzen die Fachleute.«

Die reinste Ironie, dachte Picard. Wäre die Phalanx früher in Betrieb genommen und ihre Leistung etwas verstärkt worden, hätte sie die Gorn-Zivilisation wahrscheinlich entdeckt. Er konnte sogar in diesem Augenblick den Vorschlag machen, die Energiezufuhr zu erhöhen, sich einen unabdingbaren Grund einfallen lassen, der Travers zum sofortigen Handeln zwang. Mit den Verteidigungswaffen der Kolonie konnte die Tragödie dann vermieden werden, und Santos und die anderen Kolonisten würden nicht sterben müssen.

Das verbot natürlich die Erste Direktive. Und selbst, wenn er die Vorschriften bezüglich der Nichteinmischung außer Acht ließ, gab es zu viele andere Gründe. Sollte das Massaker vermieden werden, würde Captain Kirk keine Gelegenheit bekommen, den Disput im Zweikampf mit dem Captain der Gorn beizulegen. Picard hätte dann keine Grundlage für seine erste Begegnung mit den Gorn, und der bevorstehende Gipfel würde niemals stattfinden. Statt dessen hätten die Gorn bei ihrem ersten Kontakt mit der Föderation vielleicht einen richtigen Krieg begonnen. Die möglichen Verwüstungen und Verluste an Menschenleben waren unabsehbar.

Nein, der Captain durfte sich auf keinen Fall einmischen und mußte die Geschichte ihren Lauf nehmen lassen. Santos und die anderen mußten sterben, damit aus ihrer Tragödie eines Tages Frieden erwachsen konnte. Intellektuell verstand Picard die Situation ganz genau. Die Frage war nur … warum fühlte sie sich so verdammt falsch an?

Die Ärztin drehte sich zu ihm um. Freude erhellte ihr Gesicht und ließ ihre grünen Augen noch grüner wirken. »Wir sind Forscher, Dixon. Und in zwei Wochen leiten wir eine ganz neue Phase der menschlichen Erkundung in die Wege. Sie haben das Glück, hier sein und es miterleben zu dürfen.«

Die Aufregung in ihrer Stimme schien eine Antwort zu verlangen, oder zumindest eine Bestätigung ihrer Auffassung. Aber Picard brachte einfach kein Wort über die Lippen und nickte nur.

Santos deutete sein Schweigen falsch. »Kommen Sie«, sagte sie. »Ich zeige Ihnen den Kontrollraum. Chefingenieur Hronsky wird zwar zu tun haben, aber ich vermute, er möchte Sie gern kennenlernen, besonders, da Sie über technische Fähigkeiten verfügen.«

Sie führte ihn den Hang zu einem kleinen, rechteckigen Gebäude hinab – das einzige nicht gekennzeichnete, wie der Captain bemerkte. Wahrscheinlich deshalb, weil niemand sich irren und es für etwas anderes als das halten konnte, was es war.

Sie betraten es und gingen eine Treppe zur Hauptetage mit den Sensorkontrollen hinab. Picard stellte fest, daß die Treppe noch tiefer führte – wie bei den anderen Gebäuden des Vorpostens war auch hier der Großteil der Einrichtungen unterirdisch angelegt. Der Captain wußte, daß diese unteren Etagen den Materie-Antimaterie-Reaktor beherbergten, der die Sensorphalanx mit Energie versorgte.

Im Kontrollzentrum herrschte rege Aktivität. Etwa zwei Dutzend Leute arbeiteten in, unter und an verschiedenen Kontrollpulten, von denen einige noch zusammengesetzt wurden.

Niemand schien ihnen Beachtung zu schenken, als Dr. Santos den Captain durch das Labyrinth der Menschen und Geräte führte. Sie blieb stehen, um einen Lieutenant zu fragen, wo Hronsky sei, und der junge Mann warf Picard einen schnellen, nervösen Blick zu, bevor er auf einen zwei Meter hohen Laufsteg im hinteren Teil des Raums zeigte.

Picard und die Ärztin bahnten sich den Weg zum anderen Ende; dort stieg die Ärztin die Leiter zum Laufsteg hinauf und bedeutete dem Captain, ihr zu folgen. Oben erteilte ein stämmiger Mann mit den Rangabzeichen eines Lieutenant Commanders zwei Untergebenen Anweisungen. Santos ging zu dem Mann und unterbrach das Gespräch mit einem schnellen: »Verzeihung, Michael.«

Der Lieutenant Commander hob die Hand und verstummte. Dann bedachte er die Ärztin mit einem gequälten Lächeln unter seinen dunklen, buschigen Brauen. »Ja, Julia?«

Sie zeigte auf Picard. »Michael Hronsky, ich möchte Ihnen gern unseren neuen Gast vorstellen, Captain Dixon Hill.«

Der Mann richtete seine Aufmerksamkeit auf den Captain. Einen Moment lang verriet Hronskys Gesicht echte Überraschung. »Captain Hill«, murmelte er.

»Michael, was ist hier los? Sie und Ihre Leute scheinen ja geradezu zu rotieren«, stellte Santos fest.

Hronsky hielt den Blick auf Picard gerichtet, als er antwortete. »Äh, Julia ... könnte ich kurz unter vier Augen mit Ihnen sprechen?«

Bevor die Ärztin antworten konnte, wandte der Mann sich direkt an Picard. »Es tut mir leid, Captain Hill, aber ich muß allein mit der Dr. Santos sprechen. Einer meiner Leute wird Sie hinausführen.«

Ein Fähnrich, der neben Hronsky stand, bedeutete dem Captain, die Leiter wieder hinabzusteigen. Unten angelangt, führte er Picard dann durch den Kontrollraum – und wartete dann mit ihm in unbehaglichem Schweigen, bis Santos wieder auftauchte.

Ihr Gesicht war ausdruckslos, was der Captain nun als Anzeichen dafür erkannte, daß sie aufgebracht war. Als sie näher kam, sah er feine Fältchen an ihren Mundwinkeln.

»Es tut mir leid, Dixon. Offensichtlich haben die Techniker sehr viel zu tun. Vielleicht können wir diesen Teil des Vorpostens zu einem späteren Zeitpunkt besichtigen.«

Sie machte keine weiteren Ausführungen, doch das war auch nicht nötig. Hronskys Gesichtsausdruck hatte Picard alles verraten, was er wissen mußte. Er stand dem Neuankömmling ähnlich mißtrauisch gegenüber wie anfangs auch Lieutenant Harold: Es konnte sich um einen möglicherweise gefährlichen Eindringling handeln. Zweifellos hatte Commodore Travers bereits mit ihm gesprochen.

Außerdem konnte der Captain gar nicht entrüstet über den Argwohn sein, mit dem man ihn betrachtete. Schließlich *war* er ein verdammter Eindringling, oder etwa nicht? Einer, der für die Föderation genauso gefährlich war wie die Streitmacht der Gorn, die wahrscheinlich schon außerhalb des Sonnensystems zusammengezogen wurde.

Picard machte sich vielmehr Sorgen über die fast fieberhafte Aktivität im Kontrollraum der Sensorphalanx. Die Techniker kamen ihm nicht wie ein Team vor, das zur Erfüllung ihrer Aufgabe noch vierzehn Tage Zeit hatte, und das warf eine Reihe von Fragen auf.

Picard und die Ärztin kehrten schweigend zum Wohnbereich zurück. Sie führte ihn zu seiner Tür, 11-H, und zeigte auf die nebenan, hinter der Lieutenant Harold vorübergehend Quartier bezogen hatte.

»Wenn Sie irgend etwas brauchen«, sagte Santos, »können Sie Ihr Computerterminal fragen, Dixon. Oder rufen Sie Lieutenant Harold. Oder rufen Sie *mich*.«

Der Captain lächelte. »Danke. Aber ich werde mich wohl erst einmal ausruhen.« In Wirklichkeit hatte er vor, sich aus der Küche ein paar Vorräte zu besorgen und dann die Lagerräume des Vorpostens auf der untersten Ebene des Wohnbereichs zu durchsuchen. »Auf Wiedersehen, Julia. Danke für die Führung.«

Völlig unabsichtlich hatte er sie beim Vornamen genannt. Der Ärztin schien es zu gefallen.

»Morgen gibt es noch mehr zu sehen, falls Sie sich dem gewachsen fühlen«, erwiderte sie.

»Ich freue mich darauf«, versicherte Picard ihr. Als sie sich abwandte und ging, betrat er sein Quartier und schloß die Tür hinter sich. Ein paar schnelle Blicke verrieten ihm, daß der Raum bequem war, relativ groß ... und *besetzt*.

Lieutenant Harold sprang auf. Er hatte an dem kleinen Schreibtisch gesessen, auf dem das Computerterminal stand. »Äh ... Mr. Hill ... tut mir leid, wenn ich einfach so eingedrungen bin, aber ich wollte mit Ihnen sprechen.«

»Schon in Ordnung«, erwiderte Picard. »Was kann ich für Sie tun, Lieutenant?« Er bedeutete Harold, sich zu setzen, und nahm dann selbst hinter dem kleinen Allzwecktisch neben dem Sekretär Platz.

Der junge Mann runzelte die Stirn. »Nun ja, Sir, ich wollte Ihnen ein paar Fragen über die Handelsflotte stellen.«

Der Captain schaute Harold befremdet an. »Wollen Sie Ihre Laufbahn aufgeben?«

»Tja, das nicht gerade«, sagte der Lieutenant. »Ich bin nur neugierig, wie es dort so vor sich geht.« Er schaute unbehaglich drein, als sei schon allein die Vorstellung, Starfleet zu verlassen, Hochverrat.

»Auf diesem Vorposten kann man nicht gerade sehr viel erleben, nicht wahr?« fragte Picard.

Harold reagierte auf den verständnisvollen Tonfall und entspannte sich ein wenig. »Tja, es ist schon sehr interessant hier, vom wissenschaftlichen Standpunkt gesehen. Sobald wir die Sensorphalanx in Betrieb genommen haben, werden wir jede Menge Daten sammeln. Aber ich bin kein großer Wissenschaftler. Als ich zu Starfleet ging, hoffte ich, richtige Forschungsarbeit leisten zu können. Womit ich nicht sagen will, daß unsere Arbeit hier unwichtig ist«, fügte er schnell hinzu. »Aber ich bin mir nicht sicher, ob sie für mich die richtige ist.«

Der Captain wußte nur allzu gut, wie der Lieutenant sich fühlte. »Haben Sie versucht, sich für den Dienst auf einem Raumschiff zu bewerben?«

Harold lächelte tatsächlich. »Seit ich meinen Abschluß machte, etwa zweimal pro Monat.« Er zuckte mit den Achseln. »Aber es werden nicht gerade viele Stellen frei.«

Natürlich, dachte Picard. In dieser Zeit waren nur zwölf Schiffe der Schweren-Kreuzer-Klasse im Dienst. Daher standen nicht einmal fünftausend der begehrten Plätze an Bord der Schiffe zur Verfügung, die an vorderster Linie die Erforschung des Weltraums betrieben. In seiner eigenen Epoche gab es beträchtlich mehr Gelegenheiten; aber da war die Föderation natürlich auch größer geworden, und es herrschte noch immer ein starker Konkurrenzkampf um Posten auf Raumschiffen.

Hätte die Starfleet-Akademie seine zweite Bewerbung abgelehnt, wäre er wahrscheinlich zur Handelsflotte gegangen. Wäre er ein paar Jahre lang auf einer Starbase eingesetzt worden, ohne Hoffnung auf ein Raumschiff versetzt zu werden, wäre er wohl ebenfalls zur Handelsflotte gegangen.

»Wahrscheinlich würde Ihnen der Dienst auf einem Frachter genauso stumpfsinnig vorkommen«, sagte er schließlich.

Harold räusperte sich. »Verzeihung, Sir, aber dann bin ich wenigstens im *Weltraum.*«

»Das stimmt«, gab der Captain ihm recht. »Aber hier sind Sie der wahren Grenze um einiges näher.«

»Mr. Hill«, sagte der Lieutenant, »ich bin zu Starfleet gegangen, um zu sehen, was da draußen ist. Um erste Kontakte mit anderen Rassen herzustellen. Um an etwas mitzuwirken. Bislang habe ich nur mit Menschen zusammengearbeitet. In meiner gesamten Starfleet-Karriere habe ich lediglich zwei Vulkanier und einen Tellariten kennengelernt. Als Kind habe ich zu den Sternen hinaufgeschaut und den Entschluß gefaßt, die Leute kennenzulernen, die dort oben leben. Wenn ein Posten in der Handelsflotte mir das ermöglicht, werde ich mich eben um einen solchen bemühen.«

Picard hätte Harold gern versichert, am besten sei ihm gedient, wenn er bei Starfleet bliebe, aber er wollte ihn nicht belügen. Es war durchaus möglich, daß ein Offizier während seiner gesamten Laufbahn lediglich auf verschiedenen Vorposten stationiert wurde. Schließlich erzählte der Captain ihm, was er über die Handelsflotte wußte. Er hatte mehr als nur einen Commander eines Handelsraumers gekannt und konnte also ein ziemlich genaues Bild zeichnen.

Dem Captain war jedoch klar, daß seine Ratschläge wahrscheinlich sowieso keine große Wirkung haben würden. Lieutenant Harolds Laufbahn würde von einem Angriff, der lediglich zwei Tage entfernt war, geformt und fast beendet werden. Picard konnte nur hoffen, daß nicht schon seine bloße Ankunft die Geschichte irgendwie minimal verändert hatte, so daß Matthew Harold diesmal nicht überleben würde.

Doch selbst wenn die Geschichte ihrem Lauf folgte, hatte Picards Studium des Massakers ihm leider nicht verraten, was später aus dem Lieutenant geworden war. Ohne Kenntnisse über seine Zukunft konnte Picard nur hoffen, daß Harolds erster ›Erstkontakt‹ nicht seinen gesamten jugendlichen Idealismus zerstörte.

5

Alles klar, Data, drücken Sie auf den Knopf«, sagte Geordi unter dem geöffneten Schaltpult.

»Bestätigung«, kam die Antwort des Androiden, der auf der anderen Seite des Kontrollraums stand.

Der Chefingenieur glitt unter der Konsole hervor und nahm seinen Platz neben Data, Barclay und O'Connor ein, die sich allesamt um den Monitor drängten – um denselben, der vor dem Energieanstieg funktioniert hatte. Geordi rechnete mit einer weiteren Enttäuschung, sah statt dessen aber überrascht ein Flimmern auf dem Bildschirm. Kurz darauf bildete sich ein wackliges Bild, verblich wieder und nahm dann endlich feste Formen an. Das Bild zeigte ein Sonnensystem, das LaForge nicht kannte, aber es erfreute ihn trotzdem, es zu sehen.

»Ausgezeichnet«, sagte er und lächelte breit. »Sie alle haben ausgezeichnete Arbeit geleistet.«

Das war das erste Gerät, das sie mit der Energie der Station selbst hatten in Betrieb nehmen können. Mit Barclays und O'Connors Diagnoseprogramm hatten Data und Geordi die Schaltkreise des Monitors ausfindig machen können. Das Problem mit diesen Schaltkreisen war, daß sie – wie fast alle elektronischen Schaltungen der Station – in die Vertäfelungen, Wände und Schotte eingebaut waren.

Daher war es äußerst schwierig, sie überhaupt aufzuspüren. Die Aufgabe wurde noch durch den Umstand erschwert, daß viele der Schaltkreise von der Energiewelle beschädigt worden waren.

Doch zumindest bei diesem Monitor hatten sie Überbrückungen einsetzen können, um die beschädigten Schaltkreise zu umgehen. Nachdem die Energieversorgung wiederhergestellt worden war, bekam der Bildschirm Zugriff auf das große Subraumsensor-Netzwerk, das wie die Schaltkreise in die Bestandteile der Station eingebaut zu sein schien. Da nur so wenig Saft verfügbar war, hätten weder der Monitor noch die Sensoren überhaupt funktionieren dürfen.

Bei einer anderen Gelegenheit hätte dieses Geheimnis Geordi fasziniert. Nun war es lediglich ein Ärgernis. Denn wie sollten er und sein Team jemals die Geräte so umfassend in Betrieb nehmen können, daß sie den Captain finden und zurückholen konnten, wenn die fremde Technik schlicht und einfach nicht den physikalischen Gesetzen gehorchte, wie er sie verstand?

Unter den Blicken der anderen bediente der Androide die Kontrollen der vorderen Schaltfläche. Während er stumm arbeitete, wechselte das Bild auf dem Monitor von einem Sonnensystem zum nächsten. Geordi trat hinter ihn. »Wie machen Sie das, Data?«

»Ich glaube nicht, daß *ich* das mache«, erwiderte der Androide. »Wie zuvor scheint es keinen Zusammenhang zwischen den Kontrollen hier und den Bildern auf dem Monitor zu geben. Ganz bestimmt gibt es keinen direkten oder quantifizierbaren Zusammenhang.«

Der Androide stellte seine Bemühungen ein, und das Bild verharrte einen Augenblick lang – und wurde dann von dem eines anderen Systems ersetzt. »War das ein Zufall?« fragte Barclay hinter ihnen.

»Möglicherweise«, erwiderte Data. »Auf jeden Fall folgt es keinem von mir feststellbaren Muster.«

»Könnte eins dieser Systeme das Ziel des Captains gewesen sein?« fragte nun O'Connor.

»Möglicherweise«, sagte Data erneut, nahm seinen Tricorder und führte damit Messungen durch. »In das System scheinen Speicher eingebaut zu sein, aber sie sind leer.«

»Von dem Energieanstieg gelöscht«, vermutete Geordi. »Wir müssen uns darauf verlassen, daß Commander Riker mit den Koordinaten rüberkommt. Doch auch dann müssen wir imstande sein, den Captain zurückzuholen, sobald die *Enterprise* seine Position bestimmt hat. Und wir haben nicht die geringste Ahnung, wie diese Geräte funktionieren.«

»Sir«, sagte Barclay zögernd, »wie wäre es, wenn wir den Versuch aufgeben, die grundlegenden Prinzipien zu verstehen, und uns lediglich darauf konzentrieren, die Betriebsparameter der Geräte ausfindig zu machen?«

Der Lieutenant hatte natürlich recht. Geordi hatte stundenlang herauszufinden versucht, warum die Dinge hier funktionierten, und war schließlich mit leeren Händen dagestanden. Der Monitor war ihr erster Erfolg – nachdem sie den Versuch aufgegeben hatten, unbedingt herauszufinden, warum er funktionierte, und sich einfach darauf konzentrierten, ihn ans Laufen zu bringen.

Der Chefingenieur nickte. »Na schön, was wissen wir bislang über die Betriebsparameter der Station?« Die Frage war an alle Angehörigen des Teams gerichtet.

Data ergriff als erster das Wort. »Wir wissen, daß die gesamte Station als Subraumfeldspule funktioniert. Des weiteren wissen wir, daß die Station über eine Reihe von Knotenpunkten verfügt, wie zum Beispiel den in diesem Bereich, die das größere Subraumfeld zusätzlich einstellen – offensichtlich zu Transportzwecken.«

»Und wir können davon ausgehen«, fügte O'Connor hinzu, »daß man mit diesen Geräten irgendwie den Knotenpunkt kontrollieren kann.«

»Na schön«, sagte Geordi, »dann sollte es unser Ziel sein, die Energieleitungen zu den Kontrollgeräten in diesem Raum zurückzuverfolgen. Wenn wir alle Geräte zum Laufen gebracht haben, können wir herausfinden, was sie bewerkstelligen.«

Das war logisch. Es war ein Plan der Tat; jetzt konnten sie aktiv werden, statt sich über theoretische Probleme den Kopf zu zerbrechen, die – wenn nicht per se unlösbar – zumindest nicht in ein paar Tagen zu klären waren.

»Also, an die Arbeit«, sagte der Chefingenieur zu seinem Team.

Als einen Augenblick später das Licht aufflackerte, fuhr Geordi zusammen. Er richtete sein VISOR auf die Leuchtkörper an der Decke und sah, wie sie sich kurz aufhellten und dann wieder das übliche schwache Licht ausstrahlten.

Alle vier Mitglieder des Außenteams hatten die Tricorder gezückt und sondierten. Data war als erster fertig.

»Eindeutig ein Energieanstieg«, erklärte er. Die Daten, die Geordis Tricorder zeigte, bestätigten das Ergebnis. »Eine schwächere Ausprägung als die, die vor dem Verschwinden des Captains auftraten.«

»Haben wir das bewirkt, indem wir die Geräte hier in Betrieb genommen haben?« fragte Geordi.

»Ich glaube nicht«, erwiderte der Androide. »Ich vermute, daß die ursprüngliche Störung, die durch unsere Transporter entstanden ist, die Energiegeneratoren instabil werden ließ.«

»Dann müssen wir also immer stärker werdende Energiewellen erwarten, bis die Station schließlich wieder völlig von ihnen umhüllt wird und …« Der Chefingenieur beendete den Satz nicht.

Data antwortete nicht, und einen Moment lang war das Team still. Geordi hatte diese Gefahr erwartet, aber gehofft, sie würde erst eintreten, wenn sie mit ihrer Arbeit fertig waren – oder zumindest beträchtliche Fortschritte gemacht hatten.

»Wie lange?« fragte er.

»Das ist schwer zu sagen«, erwiderte der Androide. »Man kann wohl kaum von einer gleichmäßigen Zunahme des Energieniveaus ausgehen. Zumindest beim letzten Mal schien ein Zufallselement beteiligt zu sein, und so wird es mit großer Sicherheit auch diesmal sein. Doch angesichts des relativ geringen Anstiegs würde ich sagen, mindestens einige Stunden. Vielleicht auch mehr, aber wir sollten darauf vorbereitet sein, die Station schnell zu verlassen.«

Verdammt, dachte Geordi. Er berührte seinen Kommunikator, der an ihr tragbares Subraumfunkgerät angeschlossen war.

»LaForge an *Enterprise.*«

Einen Augenblick später hörte er klar und deutlich die Antwort: »Hier Riker.«

»Commander, wir haben ein Problem«, sagte der Ingenieur in ruhigem Ton.

»Eine Meldung von Lieutenant Commander LaForge«, meldete der Klingone.

»Legen Sie sie auf meinen Kommunikator«, sagte der Erste Offizier und berührte das Starfleet-Abzeichen. »Hier Riker.«

»Commander, wir haben ein Problem«, sagte Geordi.

Irgendwie war Riker nicht überrascht. Bislang hatte diese Mission *nur* aus Problemen bestanden. Nach drei Tagen hatte das Schiff zweiundzwanzig Systeme abgesucht und achtunddreißig andere mit Hilfe der Fernsensoren abgetastet. Über ein Drittel der Suche war abgeschlossen, aber sie hatten keine Spur vom Captain gefunden, und ihnen blieben noch knapp zwei Tage.

»Was ist los, Geordi?« fragte Riker.

»Wir haben in der Station gerade einen kleinen Energieanstieg verzeichnet, Sir. Er war sehr gering, aber jetzt ist klar, daß die Station instabil ist.«

»Sind Sie im Augenblick in Gefahr?« fragte der Erste Offizier. Er rechnete schnell im Kopf nach. Selbst mit Höchstgeschwindigkeit war die Station fast einen Tag entfernt.

»Nein, Sir. Machen Sie sich keine Sorgen um uns. Auch im schlimmsten Fall müßte die Vorwarnzeit für eine Evakuierung reichen. Wir haben alle Türen in diesem Bereich und die Luftschleuse mit unabhängigen Energiequellen und Kontrollen ausgestattet. Bevor es wieder zu einer Energieschwankung wie der kommt, die den Captain erfaßt hat, sind wir längst draußen.«

»Können Sie abschätzen, wann das sein wird?«

»Schwer zu sagen, Commander. Data rechnet mit mindestens einigen Stunden, aber es könnte auch noch länger gut gehen. Es tut mir leid, aber die Energieschwankungen scheinen keinem regelmäßigen Muster zu folgen.«

Riker räusperte sich. »Werden die Geräte einen weiteren kritischen Energieanstieg überstehen?«

Er mußte einen Moment lang auf die Antwort warten; wahrscheinlich beratschlagte Geordi sich mit seinen Kollegen.

»Negativ, Sir«, kam dann die gemessene Antwort des Ingenieurs. »Wenn die Station noch einen Energieanstieg von der Größenordnung wie zuvor erlebt, wird es laut Data zu schweren Schäden sowohl an den noch funktionsfähigen Geräten als auch an der Struktur der Station selbst kommen. Ich wünschte, ich hätte bessere Nachrichten, Commander.«

Na prima, dachte der Erste Offizier. Ohne die fremden Geräte konnten sie es vergessen, den Captain aus der Vergangenheit zurückzuholen, selbst wenn es ihnen gelingen sollte, ihn zu finden. Obwohl eine Zeitreise theoretisch auch mit einem Raumschiff möglich war, brachte sie große Risiken für das Schiff und die Besatzung mit sich, ganz zu schweigen von der Gefahr, die Vergangenheit zu verändern.

»Haben Sie mit der fremden Technologie Fortschritte gemacht?« fragte Riker schließlich.

»Nur geringe, Commander. Wir haben die Subraumsensoren und einen Monitor in Betrieb nehmen können, doch wie wir schon befürchtet haben, scheinen die Speicher von der Energiewelle gelöscht worden zu sein. Und bislang waren wir nicht imstande, manuelle Kontrollen zu isolieren oder zu bedienen.«

Riker hörte die Frustration in Geordis Stimme; er wußte genau, wie der Chefingenieur sich fühlte. Bislang waren seit dem Augenblick, da sie die verdammte fremde Station betreten hatten, fast alle ihre Pläne durchkreuzt worden.

»Tun Sie Ihr Bestes, Geordi. Und melden Sie sich weiterhin in regelmäßigen Abständen. Wenn Sie Grund zur Annahme haben, daß die Energiewellen zu einer Bedrohung werden, bringen Sie das Außenteam rechtzeitig von der Station. Keine Heldentaten – ich kann es mir nicht leisten, einen von Ihnen zu verlieren.«

Fast hätte Riker ›wie den Captain‹ hinzugefügt, aber er weigerte sich, den Zweifeln nachzugeben, die in ihm emporstiegen. Wenn er die Hoffnung verlor, würde zweifellos auch die Moral der Crew sinken. Und ohne Hoffnung konnten sie das Unmögliche nicht vollbringen.

»Verstanden. LaForge Ende.«

»Wir fliegen in das System, Commander«, meldete Worf hinter ihm.

Während des Gesprächs mit Geordi hatte Riker leise gesprochen, damit die Brückenbesatzung ihn nicht hören konnte. Doch er wußte, daß sein Sicherheitschef alles mitbekommen hatte. Trotzdem klang Worfs Stimme so sicher wie am Anfang der Suche. Es entsprach dem Klingonen nicht, einfach aufzugeben.

Riker erteilte den Befehl, und das Schiff beendete den Warpflug. Sie schafften die Orbitsondierungen in neununddreißig Minuten – volle sieben Minuten unter der Schätzung. Nun, zumindest das klappte auf dieser Mission. Die Crew und das Schiff vollbrachten auch weiterhin mehrmals pro Schicht kleine Wunder.

»Die Zeit bis zum nächsten System?« fragte er Worf.

»Fünf Stunden«, antwortete der Klingone.

In diesem Fall, dachte Riker sich, war es für ihn an der Zeit, etwas zu schlafen. Ro hatte zur Zeit dienstfrei, doch

Worf war durchaus imstande, während des Warpflugs zum nächsten Sonnensystem mit allem fertig zu werden.

Riker wandte sich an seinen Sicherheitschef. »Lieutenant, Sie haben das Kommando. Ich bin in meinem Quartier.«

Worf nickte, und der Erste Offizier ging zum Turbolift. Er hatte ihn fast erreicht, als die Türen sich öffneten und Ro herausstürmte. Ihrem angespannten Blick entnahm Riker, daß sie während ihrer Ruhephase wohl nicht geruht hatte.

»Commander, kann ich kurz mit Ihnen sprechen?« fragte sie.

Riker ging an ihr vorbei, betrat den Turbolift und drehte sich um. »Wenn Sie nichts dagegen haben, mich zu begleiten.«

Ro gesellte sich sofort zu ihm in den Lift.

»Deck sieben«, sagte Riker zum Computer. Dann richtete er seine Aufmerksamkeit wieder auf die Bajoranerin. Er hatte damit gerechnet, von ihr aufgesucht zu werden. Eigentlich hatte er dieses Gespräch schon viel früher erwartet. Er entschloß sich, das Unvermeidliche noch etwas aufzuschieben. »Sie hatten den Befehl, sich auszuruhen, Fähnrich.«

Sie runzelte die Stirn. »Ich habe neue Untersuchungen betrieben, die ich für unsere Mission als lebenswichtig ansehe. Das kam mir wichtiger vor als mein Ruhebedürfnis.« In ihrer Stimme lag nicht mal ein Anflug von Entschuldigung.

Ro beobachtete ihren Commander, wartete auf eine Erwiderung oder, wie Riker vermutete, einen Tadel. Aber der Fähnrich wartete nur kurz und nahm das Schweigen ihres Vorgesetzten offensichtlich als Zeichen, mit dem fortzufahren, was sie auf dem Herzen hatte. »Sir, ich habe eine Möglichkeit gefunden, wie die *Enterprise* in der uns zur Verfügung stehenden Zeit die Suche abschließen kann.«

»Fähnrich, ich verstehe vollkommen ...« Riker verstummte. Er hatte erwartet, daß Ro Einwände dagegen erhob, die offensichtlich hoffnungslose Suche nach dem Captain fortzusetzen. Er hatte ihr geradeheraus befehlen wollen, ihre Anweisungen auszuführen und ihn nicht in sinnlose Streitereien zu verstricken. Statt dessen hatte ihre Erklärung ihn kurz aus der Bahn geworfen.

»Was meinen Sie?« fragte Riker.

Ro fuhr mit der Zunge über ihre Lippen. »Ich habe Kontakt mit einem Konsortium bajoranischer Handelsschiffe in der Nähe aufgenommen, die eingewilligt haben, sich an der Suche zu beteiligen. Es stehen sechs Schiffe zur Verfügung, und wenn wir sie vernünftig einsetzen, können wir vor Ablauf der Frist alle Systeme im Suchgebiet abdecken.«

War das möglich? dachte Riker. Befanden sich Handelsschiffe in der Nähe? Und falls ja – warum hatte Starfleet Command sie nicht um Hilfe gebeten? »Fähnrich, wie heißt dieses Konsortium?«

Nun zögerte Ro einen Moment lang. »Sie sind von der Handelsgruppe Bon Amar ...«

»Piraten«, fauchte Riker.

»Sir, sie sind ...«

»Sie sind *Piraten,* Fähnrich.« Nun war er ernsthaft verärgert. Ihr Schiff führte eine gewaltige Suchaktion mit astronomisch geringen Erfolgsaussichten durch und mußte danach zu einem Gipfeltreffen fliegen, dessen Scheitern von Minute zu Minute wahrscheinlicher wurde – und Ro sprach mit Piraten.

Die Bon Amar wurden in mehreren Sektoren von den örtlichen Behörden und denen der Föderation gesucht. Wenn Riker ein Bon Amar-Schiff auch nur *sah,* war er verpflichtet, die Mannschaft zu verhaften und das Schiff zu beschlagnahmen.

»Die Bon Amar wurden unfair behandelt, seit ...«, begann Ro, doch Riker unterbrach sie.

»Sie können uns bei dieser Mission nicht helfen«, sagte er.

»Sie sind bereit dazu!« beharrte der Fähnrich.

Riker sprach bewußt etwas lauter als die Bajoranerin. »Diese Art von Hilfe können wir *nicht* gebrauchen.«

Ro drehte sich zur Computerschalttafel um. »Computer, den Turbolift anhalten«, fauchte sie. Dann wandte sie sich wieder Riker zu. »Sir, es ist die *einzige* Hilfe, die wir bekommen können«, sagte sie. »Es trifft zwar zu, daß die Bon Amar auf ungewöhnliche Handelsmethoden zurückgegriffen haben …«

»Sie haben auf offiziellen Handelsrouten geplündert«, erinnerte er sie.

Ro schüttelte den Kopf. »Sie taten, was sie tun mußten, um den bajoranischen Widerstand mitfinanzieren zu können. Die meisten Beschlagnahmungen, die sie vorgenommen haben, richteten sich gegen Schiffe der Cardassianer oder deren Verbündete. Es stimmt, daß sie nicht befugt wurden, auf Handelswegen der Föderation zu operieren, doch sie wurden lediglich deshalb nicht amnestiert und von der Föderation vollständig anerkannt, weil sie nicht aufgehört haben, nachdem die Cardassianer Bajor verließen.

Sie versuchen noch immer, einen Bruchteil des Schadens wiedergutzumachen, den die Cardassianer bei meinem Volk angerichtet haben. Und der Umstand, daß sie noch immer aktiv sind, bringt die Föderation in politische Verlegenheit. Sie will sie nicht anerkennen, um die Cardassianer nicht gegen sich aufzubringen.«

Riker runzelte die Stirn. »Ich überlasse Politik den Politikern, Fähnrich. Wenn es um die Bon Amar oder irgendwelche anderen gesuchten Verbrecher geht, ist meine Pflicht und die dieses Schiffes klar. Ihr Kontakt mit unbestrittenen Verbrechern wirft eine Menge Fragen auf … die ich aber übersehen werde, wenn es zu keiner Wiederholung dieses Kontakts kommt.«

Aber Ro wollte nicht aufgeben. »Sir, was auch immer Sie von den Bon Amar halten, sie sind bereit, uns zu einem fairen Preis zu helfen. Und ehrlich gesagt bin ich nicht der Ansicht, daß wir irgendwelche Hilfe zurückweisen können, ganz gleich, woher sie kommt.«

Riker atmete tief ein, um zu antworten, aber die Bajoranerin war offensichtlich nicht zufrieden, bis sie ihren Spruch aufgesagt hatte.

»Bei allem gebührenden Respekt, Commander, ich habe zugesehen, wie Sie während dieser Mission gegen alle Vorschriften verstoßen haben, um eine Suche fortzusetzen, die jeder vernünftige Mensch als unmöglich bezeichnen würde. Während dieser Zeit haben ich und diese Crew alles getan, was in unserer Macht stand, um Sie zu unterstützen. Und nun, da der Erfolg greifbar nah ist, behaupten Sie, die Pflicht hielte Sie davon ab, das zu beenden, was Sie angefangen haben.«

Riker hatte genug gehört. »Computer, die Fahrt fortsetzen.« Er sah Ro an. »Fähnrich, Sie überschreiten Ihre Befugnisse. Ihnen steht die Entscheidung nicht zu, was für die Erfüllung unserer Mission akzeptabel ist und was nicht. Als ich Starfleet beitrat, habe ich den Eid geleistet, die Gesetze der Föderation zu wahren – und für den Fall, daß Sie es vergessen haben, Sie haben diesen Eid auch abgelegt. Dieses Gelübde ist nicht dehnbar oder veränderlich, wenn es unbequem wird. Captain Picard hat es respektiert, und ich werde nicht einmal dagegen verstoßen, um ihn zu finden. Ich schlage vor, Sie sehen sich diesen Diensteid noch einmal an – und denken dann lange und ausführlich über Ihre Zukunft bei Starfleet nach.«

Die Türen des Turbolifts öffneten sich, und der Erste Offizier trat hinaus. Er drehte sich noch einmal zu Ro um, und sein Gesichtsausdruck verriet, daß er keinen weiteren Wortwechsel über das Thema Bon Amar akzeptierte. »Und, Fähnrich, ruhen Sie sich aus. Das ist ein Befehl.«

Mit diesen Worten ging er zu seinem Quartier.

Als er es betreten hatte, spürte er die Anspannung in seinen Schultern und der Stirn, und ihm wurde klar, daß er in dieser Schicht keinen Schlaf bekommen würde.

Einen Augenblick später fand er sich hinter seiner Computerkonsole wieder. »Computer, Zugriff auf die Dateien über ein Handelskonsortium namens Bon Amar.«

Als Lieutenant Harold ging, spürte Picard bereits die Anstrengungen des Tages. Er wußte, er brauchte Ruhe. Sowohl sein Kopf als auch die Schulter schmerzten schon, und er fühlte, wie die Erschöpfung in seine Knochen kroch. Wenn ihm die Flucht gelingen sollte, mußte er bei Kräften bleiben. Vielleicht konnte er jetzt ein paar Stunden schlafen, um danach die Küche zu besuchen und sich in der Nacht davonzuschleichen.

Genau in diesem Augenblick summte sein Interkom. Der Captain kämpfte gegen den Drang an, »Hier Picard!« zu sagen. Statt dessen antwortete er: »Dixon Hill.« Es erfolgte jedoch keine Antwort; lediglich das Pfeifen des Interkoms wiederholte sich.

Natürlich, dachte er und schalt sich, weil er vergessen hatte, in welcher Zeit er sich befand – der Interkom war noch nicht stimmaktiv. Er fand das Gerät auf dem Schreibtisch und drückte auf den Knopf.

»Ja?« antwortete er.

»Dixon, hier ist Julia«, erklang die Stimme der Ärztin. »Ich wollte Sie nur fragen, ob Sie heute abend mit mir essen möchten. Der Commodore hält heute sein wöchentliches Diner ab, und ich habe ihn überreden können, Sie einzuladen.«

»Julia, ich fürchte, ich …«

»Der Commodore unterhält eine ausgezeichnete Tischrunde. Es ist allgemein bekannt, daß Schiffe große Umwege fliegen und hier Vorräte an Bord nehmen, nur um seine Gastfreundschaft in Anspruch nehmen zu können.« Die Ärztin zögerte kurz. »Ich fürchte«, fuhr sie dann fort, »uns ist es nicht gelungen, bei Ihnen den Eindruck zu erwecken, daß Sie uns willkommen sind. Bitte geben Sie uns Gelegenheit, das zu ändern.«

Julia klang aufrichtig betroffen, und Picard konnte es sich nicht leisten, die Einladung des Commodores auszuschlagen, wollte er dessen Argwohn nicht noch steigern. »Ich würde mich freuen«, sagte er schließlich.

»Ausgezeichnet«, erwiderte sie erfreut. »Ich werde Sie um halb acht abholen. Bis dann, Dixon.«

Kurz darauf stand Harold mit einem zivilen Anzug vor der Tür. Zweifellos war das wöchentliche Diner des Commodore zu formell für Picards schlichten Overall.

Halb acht. Bis dahin konnte der Captain noch fast zwei Stunden lang schlafen. Ohne auch nur eine Sekunde zu verschwenden, legte er sich hin, um die Zeit zu nutzen.

Julia kam pünktlich um halb acht. Als Picard die Tür öffnete, erkannte er die Ärztin zuerst gar nicht. Statt des schlichten Kittels und der Hosen trug sie ein schlichtes, aber bemerkenswertes grünes Kleid. Die Farbe paßte genau zu ihren Augen.

Ihr kurzes, schwarzes Haar war toupiert, was sie recht elegant aussehen ließ. Picard war ihr plötzlich dankbar, daß sie Lieutenant Harold mit formellerer Kleidung zu ihm geschickt hatte.

»Julia, Sie sehen wunderbar aus«, sagte er zu ihr.

Sie lächelte. »Und Sie sehen sehr stattlich aus, Mr. Hill.«

Picard erwiderte das Lächeln und nickte. »Ich danke Ihnen für den Anzug. Er paßt ausgezeichnet.«

»Das freut mich. Wollen wir gehen?«

Draußen sah der Captain, daß die Sonne allmählich über den niedrigen, fernen Bergen unterging und den Himmel blutrot färbte. Die Sonne selbst war von leicht unterschiedlich gefärbten Halos zwischen Rot und Orange umgeben.

»Es ist eine wunderbare Welt, nicht wahr, Dixon?« Julia seufzte. »Nach unserer Ankunft habe ich ein halbes

Jahr lang jeden Abend den Sonnenuntergang beobachtet. Ich versuche noch immer, zu dieser Tageszeit draußen zu sein, wenn es mir irgendwie möglich ist.«

»Es ist spektakulär«, sagte Picard ehrlich.

Julia ging ganz langsam, zweifellos, damit sie beide das Naturschauspiel genießen konnten. Der Captain fand ihren Eifer, einem Fremden ihre Welt zu zeigen, sehr erfrischend.

Die Ärztin sah ihn an. »Dixon, falls Sie mir diese Bemerkung gestatten ... Sie sehen nicht gerade wie der Captain eines Handelsraumers aus.«

»Warum sagen Sie das?« erwiderte Picard und hielt seine Stimme dabei neutral.

»Nun, zum einen sind Sie zu würdevoll. Die meisten Raumfahrer auf Handelsschiffen, die ich kennengelernt habe, sind ... nun ja, etwas rauher.«

Der Captain nickte. Die Handelsschiffahrt zog in der Tat ruppigere und derbere Raumfahrer an als Starfleet.

Er zuckte mit den Achseln. »Ich wollte immer Raumfahrer werden. Meinem Vater gehörte ein Weinberg, und er drängte meinen Bruder und mich, das Geschäft zu übernehmen. Mein Bruder tat es, aber für mich war das wirklich nichts. Ich wollte immer ins All.«

»Warum nicht Starfleet?« fragte Julia.

Er lächelte. »Ich habe die Aufnahmeprüfung der Akademie nicht bestanden«, erwiderte er.

»Das kann ich mir kaum vorstellen.«

»Es ist trotzdem wahr, wie ich leider sagen muß.« Es war zumindest eine Halbwahrheit. Der Captain war beim ersten Versuch gescheitert, auf die Starfleet-Akademie zu gehen. Doch dieser Fehlschlag hatte seine Entschlossenheit lediglich verstärkt. Nachdem er im folgenden Jahr seine Anstrengungen verdoppelt hatte, war er aufgenommen worden.

»Doch das hat Sie nicht davon abgehalten, den Weltraum zu Ihrer Heimat zu machen«, stellte die Ärztin fest.

»Es ist selten, daß jemand seinen Idealen so treu bleibt.« Julia betrachtete ihn einen Augenblick lang. »Aber über Sie ist noch mehr zu sagen, nicht wahr?«

Die Frage bereitete Picard Unbehagen. »Wie meinen Sie das?« erwiderte er ruhig.

»Sie haben Geheimnisse, auch wenn ich noch nicht genau weiß, welche.« Julia bewahrte den leicht erheiterten Gesichtsausdruck.

»Aber Sie halten mich im Gegensatz zum Commodore nicht für eine Gefahr?« stocherte der Captain.

»Nein«, sagte sie. »Das tue ich nicht. Nennen Sie es den ärztlichen Instinkt, aber ich halte Sie für einen guten Menschen. Wenn auch für einen rätselhaften. Zum Glück wird es noch eine Weile dauern, bis Sie uns verlassen können, und das gibt mir Gelegenheit, der Sache auf den Grund zu gehen. Das ist etwas, das wir hier mitten im Nichts im Überfluß haben – Zeit.«

Picard antwortete auf diese Bemerkung nicht. Er dachte darüber nach, wie wenig Zeit Julia und den anderen in Wirklichkeit noch blieb, und wußte nichts darauf zu sagen. Einen Augenblick später hatte sie das Gebäude des Commodore erreicht. Es war eins der drei freistehenden Häuser in der Mitte der Anlage.

»Nach Ihnen«, sagte Julia und zeigte auf den Eingang.

Picard trat durch die automatischen Türen in eine kleine Diele. Julia führte ihn zu einer weiteren Tür, und dann befanden sie sich in einem gut ausgestatteten Speisesaal. Travers, der am Kopf des Tisches saß, erhob sich, als sie eintraten. Die fünf Personen, die bei ihm waren, folgten augenblicklich seinem Beispiel.

Der Commodore räusperte sich. »Captain Dixon Hill, ich glaube, Sie kennen Lieutenant Harold bereits.«

Picard griff auf das Lächeln zurück, das er für heikle diplomatische Empfänge reserviert hatte, und nickte dem jungen Lieutenant zu. Harold lächelte unbehaglich, und der Captain vermutete, daß auch er zum erstenmal an Travers' Tisch saß. Der Captain nahm des weiteren an, daß Harold in erster Linie hier war, um ihn im Auge zu behalten.

Der Commodore zeigte auf die anderen Anwesenden. »Darf ich Ihnen auch meinen Ersten Offizier und Sicherheitschef Hans Schmitter vorstellen ... meinen Chefingenieur Michael Hronsky, den Sie ebenfalls bereits kennengelernt haben ... meinen wissenschaftlichen Offizier Rhonda Healy und meinen Kommunikationsoffizier Benjamin Washington.«

Travers wartete, bis seine Leute Picard der Reihe nach mit einem Nicken begrüßt hatten. Dann zeigte er auf die beiden leeren Stühle neben dem seinen. »Bitte nehmen Sie Platz«, sagte der Commodore.

Picard setzte sich neben Lieutenant Harold, während Julia den Stuhl neben Sicherheitschef Schmitter nahm.

Einen Augenblick später brachten Kellner die Suppe – eine ausgezeichnete kalte Gazpacho, die der Captain problemlos mit einer Hand löffeln konnte. Travers richtete seine Aufmerksamkeit auf Picard und brach das unbehagliche Schweigen.

»Nun, Mr. Hill, welche Route sind Sie denn mit Ihrem Handelsschiff geflogen?« fragte der Commodore in beiläufigem Plauderton.

Der Captain überlegte schnell und schätzte die Grenzen des legitimen Handelsverkehrs in diesem Bereich während dieser Epoche ab. »Wir haben uns auf den Sektor einhundertfünfundvierzig beschränkt, bis zum Chrysalis-System hinaus, und hauptsächlich seltene Mineralien transportiert.«

Travers tupfte seinen Mund mit einer Serviette ab. »Wirklich? Und da draußen hatten Sie dann Schwierigkeiten mit Orionern? Was haben die denn nur so weit draußen gewollt?«

»Das kann ich wirklich nicht sagen«, erwiderte Picard. »Es hat uns völlig überrascht, ihnen dort zu begegnen, und sie haben mir keine Erklärungen abgegeben. Sie haben lediglich unsere Fracht geraubt … Benzorit … und sind weitergeflogen.« Der Captain sah, daß Julia ziemlich aufgebracht war, bemühte sich aber, genauso beiläufig wie der Commodore zu sprechen.

»Was uns zu der Frage führt, was sie hier wollten, nachdem sie im Chrysalis-System Ihr Benzorit gestohlen haben.« Travers wartete auf eine Antwort.

»Auch dazu haben sie sich mir gegenüber nicht geäußert«, sagte der Captain.

Der Commodore lächelte. »Verzeihen Sie mir, Mr. Hill. Aber wir bekommen nur selten Besuch, und noch nie ist jemand auf so geheimnisvolle Art und Weise aufgetaucht wie Sie.«

Er ließ die Bemerkung in der Luft hängen, während die Kellner den Hauptgang brachten, ein Fischgericht, das Picard als Lachs in einer Cognacsahnesauce erkannte. Dann schenkten die Kellner Weißwein aus Glasflaschen ein.

Seltsam, dachte Picard. Travers' offensichtlich ausgezeichneter Geschmack schien in seltsamem Gegensatz zu seinem derben Äußeren zu stehen. Zweifellos würde der Commodore sich als interessanter Mann erweisen, wenn man Zeit und Gelegenheit bekam, ihn näher kennenzulernen.

Erneut musterte Travers ihn. »Kennen Sie sich mit dem Zweiten Weltkrieg auf der Erde aus, Mr. Hill?«

»Ich erinnere mich an einiges, was ich in der Schule darüber gelernt habe«, erwiderte der Captain.

Der Commodore legte das Besteck auf den Tisch und sah Picard an. »Es heißt, die amerikanischen Streitkräfte wären oft gezwungen gewesen, ziemlich schnell entscheiden zu müssen, ob andere Soldaten deutsche Infiltranten waren oder nicht. Die Amerikaner haben den betreffenden Soldaten dann angeblich gefragt, welchen Wein man zu Fisch trinkt. Wenn die Person die richtige Antwort gab, konnte es sich nicht um einen Amerikaner handeln.« Travers beugte sich leicht vor. »Dr. Santos hat mir gesagt, daß Sie aus Frankreich stammen. Kennen Sie sich mit Wein aus, Mr. Hill?«

»Ich habe zu Hause so einiges aufgeschnappt«, erwiderte Picard. »In meiner Heimat war es schwierig, nichts mitzubekommen.«

»Was halten Sie von diesem Wein?« fragte der Commodore geradeheraus.

Der Captain war sich genau des Schweigens bewußt, das sich in dem Raum ausgebreitet hatte. Er schaute gleichmütig drein, griff nach seinem Glas und trank einen Schluck. Nachdem er sich festgelegt hatte, nickte er diplomatisch. »Angesichts Ihrer relativen Abgeschiedenheit ist ein guter Wein bestimmt selten«, sagte er.

»Was wollen Sie damit sagen?« fragte Travers.

»Nun, wenn ich mich nicht irre, handelt es sich um einen Chateau Briar, Jahrgang einundzwanzig-einundneunzig. Im Prinzip ein gutes Jahr. Doch ein Viertel der Briartrauben wurden in diesem Jahr von Frost beschädigt. Daher gilt der entsprechende Teil dieses Jahrgangs als ziemlich farblos. Ich befürchte, Ihr Händler war nicht völlig gewissenhaft.«

Das Gesicht des Commodores zeigte das erste echte Gefühl an diesem Abend: Überraschung. Die anderen am Tisch schauten sorgsam unbeteiligt drein – bis auf Julia, die hinter ihrer Serviette grinste.

»Verzeihung«, sagte Picard zu Travers. »Ich wollte Ihre Wahl nicht diskreditieren. Aber ...«

»Ich habe Sie gefragt«, erwiderte der Commodore. Er lächelte, aber der Captain hatte den Eindruck, daß seine gute Laune sich nicht auf seine Augen ausdehnte. »Sie sind schon ziemlich rätselhaft, Mr. Hill. Sie kommen mir wirklich nicht wie der Kommandant eines Handelsraumers vor.«

Picard warf Julia einen Blick zu. »Das habe ich schon einmal gehört. Trotzdem bin ich es, oder war es bis vor kurzem.«

»Außerdem sind Sie bemerkenswert gesund. Hat Dr. Santos Ihnen das gesagt?«

Der Captain war augenblicklich auf der Hut. »Nein«, antwortete er.

Travers bedrängte ihn weiterhin. »Außer diesem geheimnisvollen Kunstherz, das meine Leute noch immer vor Rätsel stellt, weisen Sie nicht die geringste Spur einer Krankheit auf.«

Picard schaute in sein Weinglas. »Die Anerkennung dafür gebührt bestimmt eher meinen Ärzten als mir.«

Der Commodore räusperte sich. »Dann müssen Ihre Ärzte wirklich außergewöhnlich sein, Mr. Hill. Bei unseren Untersuchungen konnten wir absolut keine Spuren vergangener Verletzungen entdecken – kein sichtbares Narbengewebe, keine geheilten Brüche, nicht einmal die chirurgischen Narben, die man bei einer Herzoperation erwarten kann. Außerdem sind Ihre Lungen und Ihr Blut völlig frei von den Schadstoffen und Gasen, denen Besatzungsmitglieder von Raumschiffen regelmäßig ausgesetzt sind.«

Eine unerwartete Wendung, dachte der Captain. Er hatte gewußt, daß sein künstliches Herz ihm Schwierigkeiten bereiten würde, aber gehofft, daß seine Geschichte von der fremden Herkunft des Objekts Travers zumindest vorübergehend zufriedenstellen würde. Dennoch war es schwierig, die Unterschiede in seinem Körper zu erklären, die ein Jahrhundert der medizinischen Fortschritte bewirkt hatte. In seiner Zeit waren Techniken zur Heilung von Wunden und Knochen wesentlich ausgeklügelter als in der des Commodores.

Picard warf einen verstohlenen Blick auf Julia und erkannte an den Falten um ihren Mund, daß sie immer wütender wurde, wahrscheinlich auf Travers. Sie hatte bestimmt die gleichen Fragen, wollte aber abwarten und sich unter vier Augen bei Picard nach dessen medizinischer Vorgeschichte erkundigen. Die öffentlichen Fragen des Commodore waren sowohl eine Verletzung seiner Privatsphäre als auch unpassend für eine Unterhaltung bei Tisch.

Aber Travers schien sich nichts aus diesem Verstoß gegen den guten Ton zu machen. Er hatte den Blick auf seinen Gast gerichtet und würde nicht nachgeben. »Und wissen Sie«, fuhr der Commodore fort, »warum Sie gegen eine ganz normale Erkältung immun sind?«

Picard kämpfte gegen den aufsteigenden Ärger an und widerstand dem Drang, energisch gegen Travers' anklagenden Tonfall zu protestieren. Er rief sich in Erinnerung zurück, daß der Commodore lediglich versuchte, seine Leute zu schützen, und blieb still. Er mußte Travers' Untersuchungsmethoden nicht mögen, den Standpunkt des Mannes aber respektieren.

Picard erwiderte offen den Blick des Commodores. »Nein, von dieser Immunität habe ich nichts gewußt«, erwiderte er. »Und was die anderen Eigentümlichkeiten betrifft, die Ihnen aufgefallen sind, kann ich nur sagen, daß ich mich von Ärzten anderer Spezies behandeln ließ, die anscheinend bessere Arbeit geleistet haben, als mir klar war.«

Die Atmosphäre im Speisesaal blieb bedrückt. Sie beendeten den Hauptgang und das Dessert schnell. Als sie fertig waren, dankte Travers allen, daß sie gekommen waren. Dann richtete er seine Aufmerksamkeit wieder auf Picard.

»Mr. Hill, würden Sie noch einen Moment bleiben? Ich möchte etwas unter vier Augen mit Ihnen besprechen.«

»Kann das nicht warten, Commodore?« warf Julia sofort ein. »Mr. Hill muß erschöpft sein. Er möchte bestimmt in sein Quartier zurück und sich ausruhen.«

Travers betrachtete sie demonstrativ. »Nein, Doktor, ich glaube nicht, daß es warten kann. Mr. Hill?«

»Natürlich«, erwiderte der Captain.

Picard und Travers standen auf, während die anderen den Raum schnell verließen. Als sie allein waren, wandte der Commodore sich seinem Gast zu. »Wer sind Sie wirklich, Mr. Hill?«

»Ich verstehe nicht«, erwiderte Picard ruhig.

»Ich glaube, Sie verstehen mich sehr gut. Julia hält Sie für charmant und in gewisser Hinsicht rätselhaft. Dieser Ansicht bin ich auch, aber ich glaube, Sie sind gefährlich. *Sehr* gefährlich.«

»Es tut mir leid, Sie enttäuschen zu müssen, Commodore, aber ich bin ein einfacher …«

»Verdammt noch mal!« rief Travers. »Ich weiß nicht, wer oder was Sie sind, aber Sie sind kein Captain eines Handelsraumers. Sie treiben irgendein undurchsichtiges Spiel mit mir, und das heißt, daß Sie das Leben aller Bewohner dieser Kolonie in Gefahr bringen. Sie gehören nicht hierher, Mister. Das *fühle* ich!«

Der Commodore riß sich zusammen. »Als ich auf der Akademie war«, fuhr er dann fort, »haben wir Sternenkarten von diesem und den benachbarten Sektoren studiert. Wissen Sie, was darauf stand? ›Hier lauern Drachen.‹ Da hat sich natürlich jemand einen Scherz gemacht und auf das Vokabular alter Kartographen zurückgegriffen, aber es gibt noch immer Gerüchte über diesen Teil des Weltalls. Legenden über Drachen, Gestaltwandler und alle möglichen Ungeheuer, die man sich vorstellen kann.

Der Offizier in mir erkennt, daß es sich bei diesem Gerede zum Großteil nur um alte Mythen handelt, wie sie schon in Umlauf waren, als mit dem Begriff Schiff ein Ding bezeichnet wurde, das auf dem Wasser schwimmt. Aber ich bin seit achtunddreißig Jahren bei Starfleet, und ich habe genug gesehen, um zu wissen, daß die meisten Geschichten, die im All entstanden sind, irgendeinen wahren Kern haben. Und manchmal ist dieser Kern unangenehm.«

Travers trat ganz dicht vor Picard. »Es ist meine Aufgabe, wann immer möglich friedlichen Kontakt mit fremden Rassen herzustellen, und ich nehme diese Aufgabe ernst. Doch es fällt auch unter meine Verantwortung, die fünfhundertundzwölf Menschen unter meinem Kommando zu schützen. Sie verstehen vielleicht nicht, wie das ist, aber glauben Sie mir eins: Wenn Sie mich belogen haben, werde ich es herausfinden. Wenn Sie in friedlicher Absicht hier sind, wunderbar. Aber wenn Sie irgendeine Gefahr für meine Leute darstellen, werden Sie sich wünschen, nie von Cestus Drei gehört zu haben.

Derweil verstecken Sie sich hinter einer guten Ärztin, die Ihnen aus irgendeinem Grund vertraut. Ich fordere Sie auf, aus Ihrem Versteck zu kommen, Mr. Hill, und mir die Wahrheit zu sagen. Falls Sie den Mut dazu haben, heißt das.«

In dem nachfolgenden Schweigen betrachtete der Commodore Picard noch einen Moment lang. Der Captain verspürte den Drang, Travers zumindest einen Teil der Wahrheit zu sagen. Aber wie zuvor bewahrte er Stille.

»Also nicht«, stellte der Commodore fest. »Sie dürfen wegtreten.«

Draußen wartete Julia auf ihn. »Es tut mir leid, Dixon. Wenn ich geahnt hätte, daß er sich so benimmt ...«

»Schon gut«, erwiderte er. »Ob Sie es mir glauben oder nicht, ich verstehe den Commodore sehr gut.«

Sie gingen zum Wohnbereich. »Ich bin mir nicht sicher, ob diese Aufgabe gut für ihn war«, sagte die Ärztin. »Obwohl er als Commodore für Dutzende von Familien verantwortlich ist, hat er selbst nie eine gegründet. Ich glaube, er hätte eine gebraucht. Das hätte ihn zu einem besseren Menschen gemacht.«

Picard nickte. »Das gehört zu den Dingen, auf die viele von uns verzichten, um ein Leben im Weltraum zu führen.«

»Ich weiß, was Sie meinen«, sagte Julia nachdenklich. »Ich bedaure meine Entscheidungen nicht, aber eine Laufbahn an der Grenze unserer Zivilisation läßt nicht viel Platz für anderes.« Sie betrachtete den Captain und schwieg noch einen Augenblick. »Es ist komisch«, sagte sie dann. »Ich erinnere mich gar nicht, die Entscheidung getroffen zu haben, auf ein Familienleben zu verzichten. Ich habe mich einfach in meine Arbeit vertieft und die Sache immer weiter hinausgeschoben, bis die Entscheidung auf einmal gefällt war.«

Picards Gesicht drückte Unglauben aus. »Es tut mir leid, Julia, aber ich kann nicht glauben, daß es nie einen besonderen Menschen für Sie gab.«

Die Ärztin lächelte schief. »Oh, es gab da schon einige, und manche waren etwas Besonderes für mich, aber keiner von ihnen ragt heraus. Ich habe mich schon gefragt, ob es die Person, auf die ich warte, überhaupt gibt.« Julia unterstrich ihre Worte mit einem kurzen Lachen. »Aber falls es ein Alien sein sollte, ist das der perfekte Ort, um ihm zu begegnen. Was ist mit Ihnen? Gab es jemals eine Zeit ...?«

Er schüttelte den Kopf. »Nein, das schien nie möglich zu sein. Außerdem war ich nie lange genug an einem Ort.«

Julia blieb unter einem Laternenpfahl stehen und drehte sich zu ihm um. »Wissen Sie, Dixon, ich glaube, ich hatte recht, was Sie betrifft.«

Er erwiderte ihren Blick. »Inwiefern?«

Sie zuckte mit den Achseln. »Mein erster Eindruck war, daß Sie wie ein guter Mensch aussehen.«

Picard schaute in ihre Augen, die so offen und verletzlich waren. »Ich glaube, auch mein erster Eindruck von Ihnen war richtig.«

»Und der war?«

»Ich dachte, daß Sie wunderschön sind«, sagte er.

Julia lächelte erneut. »Wie ich mich entsinne, litten Sie unter einer leichten Gehirnerschütterung, die Ihre Sehfähigkeit beeinträchtigte.«

»Nun, in diesem Fall«, fuhr er fort, »hat mein nüchternerer Geisteszustand diesen ersten Eindruck bestätigt.«

Julias Lächeln verblich, und sie beugte sich zu ihm, so

nah, daß er die Wärme ihres Gesichts spürte. Dann kam der Kuß, fest und zärtlich. Picard erwiderte ihn kurz, und sie lösten sich gleichzeitig voneinander.

Einen Augenblick lang blieb ihr Gesicht offen, dann bewölkte es sich, als ihr klar wurde, was sie getan hatte. »Es tut mir leid. Das war nicht sehr professionell von mir. Schließlich sind Sie noch mein Patient.« Sie trat einen Schritt zurück und riß sich zusammen. »Ich werde morgen nach Ihnen schauen, wie es Ihnen geht. Sie finden allein zurück, nicht wahr?«

Picard nickte und sah ihr nach, wie sie davonging. Dankbar für ihren Rückzug machte er sich auf den Weg zu seinem Quartier. Julia war genau die Art von Komplikation, die er vermeiden mußte. Er durfte keine gefühlsmäßigen Verbindungen mit Leuten eingehen, die so bald ...

Nicht, wenn diese Verbindungen eine Vergangenheit verändern konnten, die er nicht verändern durfte.

»Mr. Hill«, erklang hinter ihm eine Stimme.

Der Captain drehte sich um und sah Lieutenant Harold, der schnell ausschritt, um ihn einzuholen. »Tut mir leid, Sir, aber ich soll dafür sorgen, daß Sie ... äh ...«

»Schon gut, Lieutenant. Sie haben Ihre Befehle«, beruhigte Picard ihn.

In Begleitung des Lieutenants kehrte der Captain zu seinem Quartier zurück. Obwohl er nicht sicher war, vermutete er, daß Harold vor der Tür Wache hielt, bis er dann irgendwann von einem anderen abgelöst werden würde. Nun, da Travers seinem Argwohn unmißverständlich Ausdruck verliehen hatte, bezweifelte Picard, daß der Commodore noch Skrupel hatte, seinem Gast deutlich zu zeigen, wie sorgfältig er bewacht wurde. Diese Lage erschwerte das Vorhaben des Captains beträchtlich.

Und Julia war eine weitere Komplikation. Er mußte seine Urteilsfähigkeit unbedingt bewahren. Letzten Endes würde er tun, was er tun mußte.

Doch Picard konnte sich nicht für die Idee erwärmen, sich wie ein Dieb in der Nacht aus dem Vorposten zu schleichen. Bislang war sein Unbehagen über diesen Plan lediglich eine dunkle Strömung in seinem Hinterkopf gewesen. Doch nun, da seine Flucht unmittelbar bevorstand und er sie in die Tat umsetzen mußte, wurde es ihm völlig klar: Er würde diese Leute einfach im Stich lassen.

Julia und die anderen Kolonisten waren nicht einfach historische Gestalten – zumindest noch nicht. Sie waren Menschen aus Fleisch und Blut, Starfleet-Angehörige, die zu beschützen Picard geschworen hatte. Und dieser Eid beschränkte sich nicht auf die Epoche, in der diese Menschen lebten.

Erneut sah er Julias Gesicht … ihr Vergnügen dabei, einem Fremden etwas zu zeigen, dem sie mit Argwohn hätte begegnen können, statt dessen aber vertraute. Dann dachte er an Travers' Worte.

Der Captain war nie zuvor als Feigling bezeichnet worden – und ganz bestimmt nicht von einem Offizierskollegen. Und trotz der Jahre, die ihren Dienst in Starfleet voneinander trennten, *war* Travers ein Offizierskollege.

Dennoch konnte Picard nicht die geringste Entrüstung darüber aufbringen – denn er war sich nicht völlig sicher, daß Travers nicht doch recht hatte.

6

Picard saß auf der Bettkante und seufzte. Seit seiner Ankunft auf Cestus III war er regelmäßig von Dr. Santos besucht worden – aber heute noch nicht. Offensichtlich waren ihr die Ereignisse des Vorabends zu peinlich.

Um die Wahrheit zu sagen, auch dem Captain waren sie unangenehm. Er konnte sein Verhalten nicht auf den Getränkekonsum an diesem Abend schieben; schon als Kind hatte er zum Abendessen mehr zu trinken bekommen. Nein, nicht der Wein hatte ihn dermaßen berauscht, daß er vergessen hatte – wenn auch nur einen Augenblick lang –, wer und wo er war.

Julia hatte das bewirkt. Wenn Picard an sie dachte, benutzte er schon automatisch ihren Vornamen. Schließlich war sie für ihn bereits mehr als nur eine Ärztin – sie war ihm eine Freundin. Und er wußte, sie hätte sogar noch mehr als das werden können, hätte er es zugelassen.

Aber genau wie sie war er ein Profi. Nicht nur ein Mann, den es durch Zeit und Raum verschlagen hatte, sondern ein Offizier – mit der Verantwortung eines Offiziers. Und ob es ihm gefiel oder nicht, diese Verantwortung kam an erster Stelle.

Deshalb hatte er den Morgen damit verbracht, über seine Lage nachzudenken – und über die Tatsache, daß er seine eigene Epoche nie wiedersehen würde, wenn es ihm nicht gelang, seinen Ersten Offizier auf seinen Aufenthaltsort aufmerksam zu machen. Leider sah er noch immer keine Lösung, obwohl er das Problem von allen möglichen Blickwinkeln aus durchleuchtet hatte.

Dennoch mußte es eine Möglichkeit geben, mit Will Kontakt aufzunehmen. Es gab sie bestimmt. Es kam nur darauf an, sie zu finden.

Der Captain kam immer wieder auf seinen Kommunikator zurück, auch wenn er scheinbar nutzlos war. Wenn es nur eine Möglichkeit gäbe, das Signal so lange zu bewahren, daß es in einhundert Jahren entdeckt werden konnte ... Wenn Riker das Gerät dann fand, würde er nicht nur wissen, wo er war, sondern auch – mit Hilfe der nukleonischen Datierungsmethoden des Schiffes –, in welcher Epoche er sich befand.

Doch selbst im vierundzwanzigsten Jahrhundert gab es noch keine Energiequelle, die so lange in Betrieb blieb. Es bestand einfach kein Bedarf für so etwas. Und wenn es im vierundzwanzigsten Jahrhundert solch ein Gerät nicht gab, würde es im dreiundzwanzigsten ganz bestimmt keins geben.

Vergiß den Kommunikator, sagte er sich. *Laß dir etwas anderes einfallen. Ein Signal, das weder die Kolonisten noch die Gorn erkennen werden, wenn sie eintreffen – aber das deine Nummer Eins in hundert Jahren erkennen und verstehen wird.*

Irgend etwas, das man mit den Fernsensoren entdecken konnte. Etwas, das man nicht als natürliches Phänomen auffassen konnte. Etwas, das nur entstanden sein konnte, indem ...

Seine Gedanken wurden von einem Pfeifton an der Tür unterbrochen. »Herein«, erwiderte Picard, dankbar dafür, daß der Besucher nicht einfach hereingeplatzt war, wie er es hätte tun können. Schließlich stand er ja praktisch unter Arrest.

Die Tür öffnete sich zischend und enthüllte die Identität des Besuchers. Der Captain ertappte sich, daß er lächelte, bevor er es verhindern konnte. Aber *sie* lächelte ebenfalls.

»Julia«, sagte er und nickte ihr zu. Also hatte sie sich entschlossen, ihn doch noch zu besuchen, Verlegenheit hin oder her. Und trotz aller Auswirkungen stellte er fest, daß er sich freute, sie zu sehen.

»Höchstpersönlich«, erwiderte sie. »Und ich habe ein paar sehr aufregende Neuigkeiten.«

Picard fragte sich etwas mißtrauisch, worum es sich handeln mochte. »Ja?« sagte er.

Die Ärztin kniff die Augen zusammen. »Nein. Wenn ich darüber nachdenke ... ich werde es Ihnen doch nicht sagen.« Sie reichte ihm die Hand. »Ich werde es Ihnen zeigen.«

Er nahm ihre Hand, und sie führte ihn hinaus – in Richtung Sensorenkontrollzentrum.

Die Bon Amar.

Riker drehte und wendete den Namen im Geiste. Sechs raumtaugliche Schiffe, dachte er und fuhr mit den Fingern durch sein Haar. Eine Gelegenheit, die Suchzeit drastisch zu verkürzen, die Suche vielleicht noch innerhalb der Frist beenden zu können, die Admiral Kowalski ihnen gesetzt hatte ...

Abrupt unterbrach ein hoher Pfeifton seine Gedanken. »Herein«, sagte er und drehte sich zur Tür um.

Er wußte nicht genau, wen er erwartet hatte, aber Deanna Troi auf keinen Fall. Er war überrascht – und zwar angenehm.

»Störe ich dich?« fragte sie. Da sie allein waren, benutzte sie das vertrauliche ›Du‹.

Riker lächelte müde. »Ganz und gar nicht.« Er lehnte sich auf seinem Stuhl zurück, fort von der Computerkonsole, und deutete auf einen leeren Stuhl vor dem Schreibtisch.

Die Betazoidin schüttelte den Kopf. »Nein, danke. Ich kann nicht lange bleiben. Ich muß heute noch zu viel erledigen.«

Das erinnerte den Ersten Offizier daran, daß das Leben auch während einer Krise weiterging. Troi mußte heute ihre normalen Beratungstermine wahrnehmen und Bewertungen schreiben, ganz gleich, ob der Captain an Bord war oder nicht – oder ob auf der Heimatwelt der Gorn politische Wirren aufgekommen waren.

»Was führt dich also her, wenn du so viel zu tun hast?« fragte er. »Versteh mich nicht falsch – nicht, daß du einen Grund bräuchtest, hier vorbeizuschauen.«

»*Du* führst mich hierher«, erwiderte sie und warf einen Blick auf das Computerterminal. »Weißt du, du solltest eigentlich schlafen und nicht am Computer herumspielen.«

Riker zuckte mit den Achseln und spürte sofort eine Verkrampfung im Nacken. Er griff mit der rechten Hand an die linke Schulter und massierte sie. Sie war steinhart.

»Ich kann nichts daran ändern«, sagte er. »Ich spiele meine Möglichkeiten durch.« Er schaute wieder auf den Monitor. »Zum Beispiel diese.«

Troi trat direkt hinter ihn und sah auf den Bildschirm. »Bon Amar?« fragte sie. »Die bajoranischen *Piraten?*«

»Die Piraten«, bestätigte er. »Deanna, würdest du bitte ...«

Bevor er die Frage beenden konnte, nahm sie seine Hand von der Schulter. Im nächsten Augenblick spürte er ihre Finger auf seinem Nacken, den sie mit genau dem richtigen Druck massierte.

Sie war natürlich Empathin. Sie konnte fühlen, was er fühlte, noch während er es fühlte, und nötigenfalls umgehend Anpassungen vornehmen. In der Zeit, die ein anderer gebraucht hätte, um herauszufinden, wo der Schmerz saß, konnte Troi ihn schon verschwinden lassen.

»Die Bon Amar«, erinnerte sie ihn und machte kleine, kreisrunde Ausfälle in die muskulären Problemzonen. »Habe ich das richtig verstanden? Sie stellen eine deiner Möglichkeiten dar?«

Riker betrachtete den Bildschirm und seufzte. »Sie könnten es«, sagte er, »wenn ich es zuließe. Offensichtlich weiß Ro, wie man Kontakt mit ihnen aufnehmen kann. Sie hat mir ihre Dienste bei der Suche nach Captain Picard angeboten.«

Die Betazoidin spielte auf den Sehnen in seinem Nacken wie auf Klaviersaiten und lockerte sie zusehends. »Und wirst du ihr Angebot annehmen?«

Er schüttelte den Kopf. »Ich glaube nicht. Ich versuche, mir vorzustellen, was der Captain an meiner Stelle tun würde. Und mir kommt es einfach unmöglich vor, daß er bei dieser Sache auf die Hilfe von Banditen zurückgreifen würde – ganz gleich, wie wichtig oder richtig die Sache ist.«

»Der Zweck heiligt nicht die Mittel?« fragte Troi.

Riker nickte. »So etwas in der Art.«

Nun, da er sich entspannt hatte, bohrte sie etwas tiefer. »Und was ist mit Geordi? Welche Fortschritte macht er?«

Der Erste Offizier runzelte die Stirn. Er sah Trois Gesicht, das sich auf dem Bildschirm spiegelte und die Bon Amar-Daten überlagerte. Sie runzelte ebenfalls die Stirn.

»Nicht viele«, gestand er ihr ein. »Und sie haben ein Problem mit der Station. Energiewellen, die jederzeit die Geräte zerstören könnten. Und ohne die Geräte ...« Er ließ den Satz unheilvoll ausklingen.

Die Betazoidin nickte. »Ich verstehe.«

Ihre Finger drangen tief in das Epizentrum seiner Beschwerden ein. Riker zuckte zusammen, als sie mit ihren Erkundungen Schmerz hervorrief, war jedoch für ihre Hilfe dankbar.

»Und«, fuhr sie dann fort, »die Lage auf Gorn scheint nicht besser zu werden. Zwei Tage sind nicht viel Zeit, wenn man ein so großes Gebiet durchsuchen muß.«

»Ja«, pflichtete er ihr bei, »das stimmt.« Er spürte, wie seine Nasenflügel sich frustriert aufblähten. »Deanna ... unter uns gesagt ... ich glaube nicht, daß wir es schaffen werden.«

Troi unterbrach ihre Massage nur für einen Sekundenbruchteil, doch Riker bemerkte es. »Du glaubst nicht mehr, daß wir den Captain finden? Aber neulich hast du doch gesagt ...«

»Ich weiß«, sagte er zu ihr. »Ich war zuversichtlich. Voller Hoffnung. Trotz der geringen Chancen wollte ich nicht aufgeben. Aber das war neulich. Heute habe ich ein schlechtes Gefühl. Ein *sehr* schlechtes Gefühl.«

Im nächsten Augenblick spürte er gleichzeitig heftige Stiche in beiden Schultern. Dann war der Schmerz verschwunden. Einfach so.

Er griff nach oben und hielt eine von Trois Händen fest. Sie fühlte sich gut in der seinen an. So weich und klein sie auch war, konnte er ihr doch Kraft entnehmen. Und sie ließ sie gerade lange genug liegen, bevor sie sie wegzog.

»Natürlich«, sagte sie, »könntest du die Chancen *verbessern*. Du könntest dich für die Möglichkeit entscheiden, die Fähnrich Ro dir bietet.«

Er drehte sich auf seinem Stuhl um und schaute zu ihr hoch. »Es sind Banditen«, erinnerte er sie.

Trois dunkle Augen musterten ihn ruhig. »Ja. Aber sie könnten dem Captain auch das Leben retten.«

»Dann würdest du an meiner Stelle ein Auge zudrücken?« fragte Riker. »Du würdest die Bon Amar um Hilfe bitten?«

Die Betazoidin lächelte wehmütig. »Ich bin nicht du, Will.«

Und doch stellte sich bei ihm ein Gefühl ein, was sie tun würde.

Der Erste Offizier räusperte sich. »Danke. Für deine Hilfe – in jeder Hinsicht.«

Troi zuckte mit den Achseln und tätschelte sanft Rikers Schulter. »Es ist mein Job«, sagte sie, »in Zeiten der Anspannung meinen vorgesetzten Offizieren zu helfen.«

Er erwiderte ihr Lächeln. »Und du bist verdammt gut darin.«

Dann war sie zur Tür hinaus und unterwegs zu den anderen Verpflichtungen, die sie erwarteten. Riker winkte ihr nach, als sie ging, beugte sich auf seinem Stuhl vor und warf einen Blick auf den Computerbildschirm.

Die Bon Amar ...

»Beim letzten Mal hatte ich den Eindruck, daß Commander Hronsky keineswegs begeistert war, mich hier unten zu sehen«, stellte Picard fest.

Sie stiegen die Metalltreppe hinab, die zum Sensorkontrollzentrum der Kolonie führte. Julia schaute zu ihm zurück und blinzelte.

»Er wird heute gar nicht bemerken, daß Sie da sind«, erwiderte sie. »Er ist viel zu beschäftigt damit, sich von allen gratulieren zu lassen. Außerdem ist er immer viel argwöhnischer, als er es eigentlich sein müßte. Ich meine, Sie sind ja nicht gerade ein romulanischer Spion.«

Nein, gab der Captain ihr insgeheim recht. Er war etwas viel Gefährlicheres, aber das würde er ihr nicht gerade auf die Nase binden.

»Gratulieren?« wiederholte er. »Wozu?«

»Damit würde ich Ihnen ja die Spannung nehmen«, entgegnete sie. »Und ich habe versprochen, das nicht zu tun.«

Zum Glück würde er nicht mehr lange im Dunkeln tappen müssen. Julia ging voran, und sie betraten das Kontrollzentrum – nur um festzustellen, daß es dort noch lebhafter zuging als bei Picards letztem Besuch.

Hronsky stand in der Mitte des Raums und hob die Hände, um sich Gehör zu verschaffen. »Jetzt beruhigen Sie sich doch«, sagte er, obwohl sein Gesichtsausdruck verriet, daß ihm genau am Gegenteil gelegen war. »Wir wissen noch nichts über sie. Wir wissen nur, daß es sie *gibt.*«

Sie? Abrupt spürte der Captain, daß es ihm kalt über den Rücken lief. Hatte Hronsky etwa ...?

»Dann waren die Gerüchte wahr«, stellte ein Mann mit Glatzenansatz und rotem Bart fest.

»Offensichtlich«, erwiderte der Chefingenieur.

»Betreiben sie Raumfahrt?« fragte eine Frau.

»Wie ich schon sagte«, erwiderte Hronsky, »wir wissen gar nichts. Wir könnten auf eine eigenständige Zivilisation gestoßen sein, oder auf den Vorposten eines viel größeren Machtgefüges. Wir können es jetzt einfach noch nicht sagen.«

Aber Picard wußte es. Schließlich hatte er sich schon oft genug in dieser Gegend befunden, um als Experte dafür zu gelten – und es gab nur eine einzige intelligente Rasse in der Nähe, die von den Sensoren entdeckt werden konnte. Nur eine Rasse, die etwas gegen die Anwesenheit der Föderation auf Cestus III hatte.

Die Gorn.

Der Captain staunte über die bizarre Ironie. Die Kolonisten hatten also doch gewußt, daß ihre Angreifer existierten. Dieses Wissen konnte ihnen nicht helfen, aber sie hatten immerhin Kenntnis von den Gorn gehabt.

Und doch war dieser Umstand der Geschichte niemals bekannt geworden. Was heißen sollte, daß Matthew Harold es niemals erwähnt hatte, da er in dieser Angelegenheit die einzige Quelle der Geschichte war. Hatte er einfach vergessen, es zu erwähnen? Oder war sein Schock so stark gewesen, daß er nicht mehr daran gedacht hatte?

»Was halten Sie davon, Dixon?« fragte Julia.

Picard erwiderte ihren Blick. »Das ist … sehr aufregend«, erwiderte er. »Wirklich sehr aufregend.«

»Verdammt, wie haben Sie etwas erfassen können, das so weit entfernt ist?« Der Captain erkannte anhand der Stimme Travers, wenngleich er den Mann wegen der vielen Leute zwischen ihnen nicht sehen konnte.

Der Chefingenieur zuckte mit den Achseln. »Es war nicht so schwer, wie man annehmen könnte. Ich habe einfach das Magnetwandlungsverhältnis in der Energiequelle erhöht. Nicht sehr stark, nur um ein Dutzend Punkte, wie sie es neulich auf diesen Raumschiffen getan haben. Sobald ich erst den zusätzlichen Saft hatte, war es ein Kinderspiel, die Sensorenreichweite zu verlängern.«

Picard dachte noch immer über Hronskys Entdeckung nach, beschäftigte sich so konzentriert mit den Auswirkungen, daß er die Worte des Ingenieurs bewußt gar nicht wahrnahm. Doch er mußte sie auf einer unterbewußten Ebene gehört haben, denn in seinem Kopf ging eine Alarmglocke los.

Hronsky hatte *was* getan? Das Magnetwandlungsverhältnis in der Energiequelle um ein Dutzend Prozentpunkte erhöht? Aber als der Captain neulich einen Blick auf dieses Verhältnis geworfen hatte, hatte es bereits bei zweihundert Punkten gelegen – das empfohlene Maximum für einen Reaktor dieser Art.

Bei einem Anstieg um zwölf Punkte würde der Druck zu stark werden. Der Dilithiumkristall würde zerspringen und eine Kettenreaktion in Gang setzen, die schließlich den Magnetbehälter des Reaktors beschädigen und das ganze Ding zur Explosion bringen – und die Kolonie und einen beträchtlichen Brocken von Cestus III mit sich nehmen würde.

»Nein«, sagte der Captain laut. »Das ist zu viel.«

Julia runzelte fast unmerklich die Stirn. »Wie bitte?«

»Es ist zu viel«, wiederholte er. Und bevor er es richtig mitbekam, bahnte er sich den Weg durch die Menge in Richtung Hronsky – ohne zu wissen, was er sagen würde. Er wußte nur, daß er irgend etwas sagen *mußte*.

Doch bevor er ihn erreichte, spürte er, wie sich eine Hand um seinen Arm schloß. Als er sich umdrehte, sah er, daß der Commodore ihn festhielt.

»Hill«, sagte Travers barsch, als hinterließe schon das Wort einen schlechten Geschmack in seinem Mund. »Was haben Sie hier zu suchen? Hier hat nicht jedermann Zutritt.« Er spähte über die Köpfe der versammelten Kolonisten hinweg und mußte Julia erblickt haben, denn sein nächster Kommentar lautete: »Oh. Ich verstehe.«

»Lassen Sie mich los«, beharrte Picard. »Ich muß mit Commander Hronsky sprechen.«

Der Commodore runzelte die Stirn. »Und warum?« fragte er.

Der Captain kniff die Augen zusammen. »Wenn er nicht aufpaßt, wird er die ganze Kolonie in die Luft jagen.«

Travers betrachtete ihn und wußte anscheinend nicht, ob er wütend werden oder lachen sollte. »Die Kolonie in die Luft jagen«, wiederholte er. »Und ich nehme an, Sie wollen mir ein Grundstück auf Risa verkaufen.«

Picard schüttelte den Griff des Commodores ab und ging auf den Chefingenieur zu – und auf die Kontrollkonsole der Sensorphalanx, vor der der Mann stand. Hronsky hob die Hand.

»Das reicht, Mr. Hill. Oder muß ich Sicherheitswächter rufen?«

Alle Augen waren auf den Captain gerichtet, der nun auf den Energieanzeiger der Konsole deutete. »Zweihundertzwölf ist zu hoch. Ihre Dilithiumkristalle werden diesem Druck nicht standhalten.«

Der Ingenieur verschränkte die Arme vor der Brust und betrachtete ihn befremdet. »Und woher wollen Sie das wissen? So einen Reaktor findet man normalerweise nicht auf Handelsschiffen.«

In der Tat, woher *wollte* er das wissen – wenn er wirklich Dixon Hill war, Captain eines Handelsschiffes namens *Stargazer*, und nicht derjenige, der die *Enterprise* des vierundzwanzigsten Jahrhunderts befehligte?

»Ich kenne zahlreiche Starfleet-Offiziere«, sagte Picard. »Und keiner von ihnen würde das Risiko eingehen, das Magnetwandlungsverhältnis auf über zweihundert zu erhöhen.«

Hronsky räusperte sich. »Dann kennen Sie offensichtlich nicht Captain Lasker von der *Iroquis*. Oder Captain Tranh von der *Peerless*. Sie haben ihr Verhältnis schon seit Wochen auf zweihundertfünfzehn erhöht, ohne daß Probleme aufgetaucht sind.« Er schüttelte verächtlich den Kopf. »Als ob ich Ihnen Rechenschaft schuldig wäre, Mr. Hill.«

Der Captain ließ die Bemerkung an sich abprallen. Für Gefühle war hier kein Platz. Er mußte Hronsky zur Vernunft bringen, bevor die Feier sich in eine Katastrophe verwandelte.

Der Chefingenieur hatte natürlich recht, was die beiden Schiffe betraf. Aber etwa fünfundzwanzig Tage nach Beginn des Experiments hatte auf der *Iroquis* eine Kettenreaktion eingesetzt, die das Schiff in zwei Teile zerriß. Und die *Peerless* hätte das gleiche Schicksal erlitten – das hatte zumindest eine Ermittlung ergeben –, hätte man das Verhältnis nicht zurückgefahren, nachdem das Schwesterschiff zerstört worden war.

»Diese Schiffe haben größere Kernkammern«, wandte Picard völlig richtig ein. »Bei ihnen wird es länger dauern, bis der Druck sich aufbaut. Aber hier ...« Er deutete wieder auf die Energieanzeige. »Die Kammer ist klein. Wir müssen das Verhältnis sofort senken, solange noch Zeit ist.«

Travers baute sich vor dem Captain auf. »Sie klingen ziemlich selbstsicher, Mr. Hill. Aber Starfleet Command ist vom Gegenteil überzeugt, oder sie hätten die Experimente auf der *Peerless* und der *Iroquis* nicht gestattet.«

Picards Lippen wurden zu einer dünnen, schmalen Linie, während er versuchte, seine Frustration im Zaum zu halten. Er konnte Hronskys Fehler nicht korrigieren, ohne zu verraten, wer er war. Und er konnte nicht verraten, wer er war, ohne eine Verstümmelung seiner Zeitlinie zu riskieren.

»Starfleet Command irrt sich«, sagte er zu dem Commodore – eine ziemlich schwache Antwort, wie er wußte. »Die *Iroquis* wird den Versuch keinen Monat lang überstehen. Und die *Peerless* wird das Experiment danach sofort beenden.« Der Captain fluchte insgeheim. »Hören Sie ... tun Sie mir doch einfach den Gefallen.

Nehmen Sie den Druck ein paar Tage lang herunter. Führen Sie noch ein paar Tests durch. Und wenn dann ...«

»Nichts da«, sagte Travers. »Ich kann mich nicht entsinnen, Sie um einen Ratschlag gebeten zu haben, wie ich diese Kolonie leiten soll, Sir. Von allen, die sich hier versammelt haben, sind *Sie* die letzte Person, die ich um Rat bitten würde.«

Er sah Julia an, die hinter Picard getreten war. »Es tut mir leid«, sagte sie zum Commodore. »Ich hatte nicht damit gerechnet, daß es ein Problem geben wird, wenn ich ihn mitbringe.«

Der Captain drehte sich zu ihr um. »Julia ... ich versuche nicht, jemanden zu täuschen. Ich weiß, wovon ich spreche. Wenn nichts unternommen wird, wird diese Kolonie ausgelöscht werden.«

Sie sah ihn an, wollte ihm glauben, wollte nicht denken, daß er verrückt oder – noch schlimmer – irgendein Betrüger war. Aber er hatte keine Beweise erbracht, mit denen er sie oder sonst jemanden überzeugen konnte. Und das würde ihm wahrscheinlich auch nicht gelingen.

Aber spielte es auf lange Sicht noch eine Rolle? Die Gorn würden bald hier sein. So oder so, diese Leute würden sterben. Sie würden auf jeden Fall ...

»Commodore?«

Sie alle drehten sich zum Ersten Offizier Schmitter um, der auf der Schwelle stand. Der Mann sah Picard an – kein gutes Zeichen, dachte der Captain.

Travers erwiderte den Blick seines Sicherheitsoffiziers. »Ja, Hans? Was gibt es?«

Schmitter ließ den Mann nicht aus den Augen, den er als Dixon Hill kannte, und räusperte sich. »Ich habe gerade eine Antwort auf die Anfrage bekommen, die wir an Starfleet Command geschickt haben, Sir. Darin wird uns mitgeteilt, daß niemand namens Dixon Hill zur Zeit Captain eines Handelsschiffs ist – oder es jemals war.«

Der Commodore lächelte grimmig. »Ich verstehe«,

sagte er. »Und das Schiff, das unser Mr. Hill angeblich befehligt hat?«

Schmitter erlaubte sich ein leises Lächeln. Verdammt, Picard hätte das unter umgekehrten Vorzeichen ebenfalls amüsant gefunden.

»Eine *Stargazer* wurde vor fast einem Jahr vernichtet«, erwiderte der Sicherheitswächter. »Auf der anderen Seite des Föderationsraums. Den Unterlagen von Starfleet zufolge ist diese *Stargazer* niemals näher als einhundert Lichtjahre an Cestus Drei herangekommen.«

Picard schluckte. Anscheinend war das Tänzchen vorbei.

Julia Santos schüttelte den Kopf, wollte einfach nicht glauben, daß ihr neu gefundener Freund sie dermaßen belogen hatte. Doch daß sie ihm zugetan war, galt kaum als Geheimnis – und selbst sie konnte keine kalten, harten Fakten von Starfleet wegdiskutieren.

Travers räusperte sich – fast zufrieden, dachte der Captain. »Nun, Mr. Hill – oder wie auch immer Sie heißen. Möchten Sie sich zu dieser alles anderen als überraschenden Enthüllung erklären?«

Picard schwieg. Was hätte er auch sagen können, das sie ihm glauben würden? Zu diesem Zeitpunkt nicht viel.

Der Commodore sah ihn schief an. »Wie ich sehe, haben Sie die Sprache verloren. Das ist wohl auch keine Überraschung. Damit werden wir natürlich mit einem Geheimnis konfrontiert, nämlich ...«

»Augenblick mal«, warf Hronsky ein. Während er Picard musterte und dabei die Stirn runzelte, so daß seine zotteligen, dunklen Brauen sich zusammenzogen, legte er unterbewußt mit einer väterlichen Geste eine Hand auf seine Kontrollkonsole. »Was, wenn dieser Mann ein Spion ist ... und zwar ...« Er nickte zu dem Konsolenmonitor, der noch immer das Sensorbild zeigte. »... für *sie?*«

Das ließ alle anderen auf der Stelle innehalten, einschließlich Travers. Er betrachtete den Fremden in ihrer Mitte mit noch größerem Mißtrauen.

»Das würde erklären, warum er uns unbedingt einen Schraubenschlüssel ins Getriebe werfen wollte«, fuhr Hronsky fort. »Er wollte verhindern, daß wir mitbekommen, daß es da draußen eine fremde Zivilisation gibt.«

Schmitter nickte. »Klingt irgendwie logisch. Natürlich ist er ein Mensch – aber das hat nun wirklich nichts zu bedeuten. Vielleicht hat er sich an eine fremde Rasse verdingt ... und das muß nicht mal die sein, die unsere Sensoren entdeckt haben.«

Travers drehte sich zu seinem Sicherheitschef um. »Sie meinen die Klingonen?«

»Oder die Romulaner«, schlug Schmitter vor. »Vielleicht wollen sie diese Zivilisation ganz für sich allein haben. Und sie mußten jemand bei uns einschleusen, um zu verhindern, daß wir Wind davon bekommen.«

»Das ist doch lächerlich«, wandte Santos ein. Sie sah den Captain an, und ihre Augen zeigten einen Anflug von Argwohn. »Es ist lächerlich, nicht wahr?«

Picard nickte. »Ja. Ich bin kein Spion – weder für die Klingonen, noch für die Romulaner oder sonst jemanden.«

Der Commodore räusperte sich. »Und wer sind Sie dann in Wirklichkeit?«

Der Captain runzelte die Stirn. »Glauben Sie mir«, sagte er. »Sie würden es gar nicht wissen wollen.«

Travers betrachtete einen seiner Offiziere nach dem anderen, bezog sie alle ein. Lediglich Santos ließ durchblicken, daß sie den Fremden nicht von vornherein für ein verräterisches Subjekt hielt – und selbst sie schien sich nicht so sicher zu sein. Schließlich sah der Commodore wieder Picard selbst an.

»Ich weiß nicht, ob ich diese Spionagegeschichte so einfach glauben soll«, erklärte er. »Sie hätten sich problemlos eine glaubwürdigere Identität zurechtlegen können.« Er schüttelte den Kopf. »Aber wer Sie auch sein mögen ... ich vertraue Ihnen nicht. Hans«, fuhr er dann fort, ohne sich zu seinem Sicherheitswächter umzudrehen.

Schmitter stand stramm. »Der Bau, Sir?«

»Der Bau«, bestätigte Travers. »Zumindest so lange, bis ein Raumschiff kommt und ihn in Gewahrsam nimmt. Danach ist er das Problem von Starfleet.«

»Ich habe noch einen«, erklärte Barclay stolz.

Geordi wandte sich von seiner Arbeit unter einer geöffneten Kontrollkonsole ab und schaute zu dem Lieutenant, der auf der anderen Seite des Raums vor einer ähnlichen Konsole stand. Barclays Finger glitten über die Knöpfe und Tasten seiner Schalttafel, während er den Monitor darüber beobachtete.

Data und O'Connor hatten ebenfalls ihre Hälse gereckt. O'Connor schaute hoffnungsvoll drein, während der Androide zumindest äußerlich so gefühllos wie immer wirkte.

»Gut gemacht, Reg«, sagte der Chefingenieur. »Haben Sie eine Ahnung, was es ist?«

LaForge versuchte, die Anspannung aus seiner Stimme herauszuhalten. Schließlich war Barclay sowieso schon leicht erregbar. Der Eindruck erhöhter Dringlichkeit hatte ihm gerade noch gefehlt.

»Nein«, sagte der hagere Mann, während seine Blicke über den Bildschirm glitten. Vor Konzentration preßte er die Lippen zusammen. »Jedenfalls nicht genau. Aber ...« Plötzlich schaute er in Geordis Richtung. »Ich habe mich gefragt, ob das nicht ihr ... Bergungsstrahl sein könnte!«

Der Chefingenieur fluchte leise. Sie hatten wie die Besessenen geschuftet, bislang aber nur ein paar Systeme in Betrieb nehmen können – und noch immer nicht die geringste Ahnung, wie sie funktionierten.

Zuerst war es ihnen bei dem Monitor gelungen, der ihnen zwar Zugriff auf die Sensoren ermöglichte, ohne die angeschlossenen Datenbanken als Suchwerkzeug aber praktisch nutzlos war. Dann hatten sie etwas zum Laufen gekriegt, das einem ringförmigen Beschränkungsstrahl ähnelte. Schließlich hatten sie etwas wiederhergestellt, wobei es sich um die Transportererfassung zu handeln schien. Und vor kurzem hatten sie ein Raum-Zeit-Einstellungsgerät in Betrieb genommen, das die Bewegung von Planeten durch den Weltraum berechnete.

Denn jede beliebige Welt legte in einem Sonnenjahr bis zu hundert Millionen Kilometer zurück. Wenn der Transporter diese Bewegung nicht ausgleichen konnte, würde er Personen und Gegenstände nur zur derzeitigen Position einer Welt schicken und nicht zu der, die sie zu einem bestimmten Zeitpunkt in der Vergangenheit innegehabt hatte. Die Folge? Er würde die zu transportierenden Wesen ins leere Weltall beamen, was ihnen nicht besonders gefallen würde.

Auf jeden Fall konnten sie nun, da all diese Systeme zufrieden vor sich hinschnurrten, einen Gegenstand erfassen – vorausgesetzt, sie wußten, wo er sich befand – und mit Hilfe des Monitors tatsächlich sehen, *was* sie erfaßt hatten. Dann konnten sie mit Hilfe des Raum-Zeit-Einstellungsgeräts und des ringförmigen Beschränkungsstrahls einen Weg durch Raum und Zeit schaffen, den die Atome des Gegenstands dann beschreiten konnten.

Nun war Barclay der Ansicht, er habe das Bergungssystem in Betrieb genommen. Wenn er recht hatte, stand ihnen alles zur Verfügung, was sie benötigten, um den Captain zurückzuholen. Abgesehen von zwei kleinen Problemen natürlich. Das eine war, Captain Picards Atome wieder zusammenzusetzen, nachdem sie auf die Station zurückgeholt worden waren. Das andere bestand darin, mit Koordinaten zu beschreiben, wo er sich aufhielt – und in welcher Epoche.

Doch eins nach dem anderen. Falls sie wirklich über ein funktionierendes Bergungssystem verfügten, konnten sie das ganz leicht beweisen. Und falls nicht, wußten sie zumindest, wo sie standen.

»Reg«, wagte Geordi sich vor, »können Sie Ihr System in Einklang mit dem anderen bringen?«

Barclay runzelte die Stirn, während er versuchte, den Befehl auszuführen. Einen Augenblick später wich er ein paar Zentimeter zurück. Dann sah er seinen Vorgesetzten an und zuckte mit den Achseln.

»Offensichtlich«, erklärte er auf seine typisch abgehackte Weise, »ist das System mir zuvorgekommen. Ich meine, es arbeitet schon im Einklang mit den anderen Abläufen. So wurde es wohl entworfen.«

Geordi war für den kleinen Gefallen dankbar. Zumindest lief *irgend etwas* richtig. »Also schön«, sagte er. »Dann können wir es ja mal ausprobieren.«

Er achtete darauf, sich nicht wie zuvor den Kopf zu stoßen, stand auf und ging durch den Raum. Er blieb direkt hinter Barclay stehen und beobachtete, wie der Mann ein Objekt erfaßte, das auf dem Monitor des Sensorsystems abgebildet war. Sofort froren die Bilder ein, die über den Monitor huschten.

Nun war dort irgendein uraltes Gebäude zu sehen, das schon halbwegs verfallen war. Für Geordi sah es aus wie der Überrest der Achorri-Zivilisation, die er im Alter von zehn Jahren gemeinsam mit seiner Familie besichtigt hatte. Oder war er damals elf gewesen?

Auf jeden Fall war es ein geeignetes Objekt für ihren Test. Der Chefingenieur zeigte an Barclay vorbei auf ein Gebilde mitten in den Ruinen – wobei es sich um die Statue eines in Ehren gehaltenen Ahnen handeln konnte, falls die fragliche Spezies vier Arme und sechs Beine hatte. Andererseits konnten sie es auch mit einem Möbelstück zu tun haben; es war wirklich schwer zu sagen.

»Versuchen wir es mit diesem Ding«, befahl Geordi.

Barclay nickte. Er aktivierte das System und bediente die Kontrollen. Ein Summen erklang, das sie eher fühlen als hören konnten, hielt aber nur ein paar Sekunden lang an. Dann war wieder alles still. Mit rasendem Puls drehte LaForge sich zu Data um, der neben dem Monitor stand, der mit dem internen Sensorennetzwerk verbunden war.

Sie arbeiteten schon so lange zusammen und hatten dermaßen viele komplizierte Aufträge bewältigt, daß der Ingenieur nicht mal eine Frage stellen mußte. Data wußte genau, was er wissen wollte.

»Das fragliche Objekt wurde geborgen«, erwiderte der Androide, dessen Blick noch immer auf den Bildschirm gerichtet war. »Und es befindet sich auf dieser Ebene.« Er schaute auf und deutete auf den Gang vor der Tür. »Nur diesen Korridor entlang, hinter der dritten Tür links.«

Geordi räusperte sich. Damit war *diese* Frage geklärt. Bis jetzt hatten sie nicht gewußt, wo ein Gegenstand, der auf die Station gebeamt wurde, tatsächlich erscheinen würde. Nun hatten sie diese Stelle lokalisiert, zumindest in diesem Knotenpunkt.

»Ich werde es überprüfen«, erklärte der Chefingenieur. Er legte eine Hand auf Barclays Schulter. »Sie kommen mit, Reg. Sie haben diesen Mechanismus zum Laufen gekriegt. Sie haben es verdient, die Früchte Ihrer Arbeit zu sehen.«

Während auf seinem Gesicht ein kurzes, dankbares Lächeln aufflackerte, folgte Barclay ihm aus dem Kontrollraum und den Korridor entlang. Neben der dritten Tür auf der linken Seite befand sich eine Schalttafel, aber Geordi rechnete nicht damit, daß sie noch funktionierte. Er hatte sich bereits damit abgefunden, sie aufschrauben zu müssen, als die Tür bei seiner Annäherung einfach beiseite glitt.

Offensichtlich war ihr Programm noch intakt – im Gegensatz zu denen vieler anderer auf dieser Station, die von der Energiewelle gelöscht worden waren, welche den Captain durch Zeit und Raum geschickt hatte. Sie traten zur Türöffnung, und der Chefingenieur schaute hinein.

Der Raum war dunkel und viel größer, als es von außen den Anschein gehabt hatte. Wo die Wände an die Decke stießen, wies er grazil geschwungene Bögen auf.

Die einzige Helligkeit stammte von einem kreisförmigen, sehr schwachen roten Licht auf Bodenhöhe – und selbst das wurde schnell schwächer. Als Geordi genauer hinschaute, sah er, daß der rötliche Schimmer von einigen Energiespulen stammte, die in den Boden eingelassen waren.

»Sehen Sie«, sagte Barclay. »Da ist etwas.« Er kniete vor dem Kreis aus Energiespulen nieder und richtete den Tricorder auf den von ihnen umschlossenen Bereich.

Der Chefingenieur kniete neben ihnen nieder und setzte ebenfalls seinen Tricorder ein. Allerdings, da war tatsächlich etwas, etwas, das nicht zur Transporteranordnung gehörte. Geordi hätte es schneller erkannt, hätte das Material nicht prinzipiell die gleiche Beschaffenheit und Energieaufnahmefaktoren aufgewiesen wie die Oberfläche darunter.

Aber Barclay hatte recht. Als LaForge die Einstellungen des VISOR veränderte, sah er, daß eine klebrige Flüssigkeit die Mitte der Transporterplattform der Aliens überzog. Und er war bereit, jede Wette darauf einzugehen, daß sie sich zuvor nicht dort befunden hatte.

»Könnte das ...« Die Stimme des hageren Technikers verhallte bedrohlich.

Der Chefingenieur runzelte unter dem VISOR die Stirn. »Ich gehe davon aus, Reg. Was immer wir hierher transportiert haben, es ist in dieser Form eingetroffen.« Er ging in die Hocke und musterte den Flüssigkeitsfilm genau. »So viel zu dem Versuch, einen Gegenstand zu beamen, ohne zu wissen, wie wir ihn wieder zusammenfügen können. Aber zumindest haben wir ihn hierher geschafft. Wir sind einen Schritt weiter als zuvor.«

Barclay nickte und drehte sich zu seinem Vorgesetzten um. »Dann sind Sie der Ansicht, man könnte *das* einen ... Erfolg nennen?« Während er auf eine Antwort wartete, schaute er demonstrativ auf das Zeug innerhalb des Spulenkreises.

»Ich glaube schon«, pflichtete Geordi ihm bei. »Aber

wir haben noch einen weiten Weg vor uns.« Er justierte die Waffe und richtete sie auf die Plattform. Dann aktivierte er sie.

Denn falls sie den Captain jemals finden sollten – nein, wenn sie den Captain fanden –, wollte er ihn nicht auf eine Transporterfläche beamen, die von so einem Zeug verschmutzt wurde.

Das Material verbrannte innerhalb von ein paar Sekunden. Als LaForge fertig war, steckte er den Phaser wieder weg. »Kommen Sie«, sagte er und bedeutete Barclay, ihm zu folgen. »Wir müssen ...«

Plötzlich erhellten sich die Energiespulen. Nur eine Sekunde lang, aber sie bemerkten es trotzdem. Und bevor sie sich dazu äußern konnten, geschah es ein zweites Mal. Draußen auf dem Korridor wurde das Licht schwächer – und wich dann einer Dunkelheit, die nur von den Lampen durchdrungen wurde, die sie mitgebracht hatten.

»Oha«, sagte der Chefingenieur. »Hoffentlich ist es nicht das, wofür ich es halte.« Doch noch während er die Worte von sich gab, wußte er, daß seine Hoffnung vergebens war.

Höchstwahrscheinlich stand ihnen ein bedeutender Energieanstieg bevor. Und in diesem Fall war dieser Raum voller Energiespulen der *letzte* Ort, an dem er sein wollte.

»Kommen Sie«, sagte er zu Barclay und packte ihn am Ärmel. »Wir müssen hier raus.«

Das mußte man dem Techniker nicht zweimal sagen. Als Geordi den Korridor entlangstürmte, war Barclay direkt hinter ihm. Zweifellos wußte er noch ganz genau, was passiert war, als Varley sich zur einen Hälfte innerhalb und zur anderen außerhalb einer Kammer befunden hatte.

Sie hatten gerade die Abzweigung zum Kontrollzentrum geschafft, als sie eine Reihe von Energieentladungen sahen, die durch die Wände und wieder zurück verliefen. Hatte es noch den geringsten Zweifel gegeben, was hier vor sich ging, war er nun ausgeräumt.

Geordi knirschte mit den Zähnen, als er den Korridor entlangstürmte. Nicht jetzt, sagte er sich. Wir sind gerade an dem Punkt angelangt, an dem wir daran denken können, den Captain zurückzuholen. Wir können doch nicht so weit gekommen sein, nur um jetzt ganz kurz vor dem Ziel aufhören zu müssen ...

Der Chefingenieur trieb seinen Begleiter in den Kontrollraum zurück. Zum Glück brannte das Licht dort noch. Er stützte sich mit der Hand an der anderen Seite des Eingangs ab, um seinen Schwung zu bremsen, und zwängte sich hinein. O'Connor sah angestrengt auf ihren Tricorder, während Data wie wild an einer Konsole arbeitete. Der Androide schaute kaum auf, um die Rückkehr seines Freundes zur Kenntnis zu nehmen.

»Wie schlimm ist es?« fragte Geordi.

O'Connor schüttelte den Kopf. »Schwer zu sagen, aber der Anstieg scheint sich zu beschleunigen. Und wenn der Trend sich fortsetzt, könnte es so schlimm wie bei der Energiewelle werden, die Captain Picard transferiert hat.«

Der Chefingenieur biß sich auf die Lippe. Sie würden in den nächsten Minuten auf keinen Fall so viele Fortschritte machen, daß sie den Captain aus der Zeit zurückholen konnten, in die es ihn verschlagen hatte. So sehr er die Vorstellung verabscheute – blieb ihm keine andere Wahl, als den Befehl zur Evakuierung zu geben?

»Commander«, sagte Data so ruhig, als stünde ihm alle Zeit der Welt zur Verfügung, »ich gehe einer Idee nach, die mir gerade gekommen ist. Obwohl es keine Möglichkeit zu geben scheint, den Energieanstieg zu verhindern, kann ich die Station vielleicht dazu kriegen, etwas von der angestauten Energie *freizusetzen.*«

Geordi dachte kurz darüber nach. Die Energie freisetzen? Klar ... aber wie? Er stellte die Frage laut. Nun zögerte der Androide mit der Antwort.

»Ich versuche«, sagte er dann, »die Input-Ebenen des fremden Beschränkungsstrahls zu erhöhen, indem ich Energie durch die Emissionsphalanx leite.«

Der ein Stück neben ihnen stehende Barclay schüttelte den Kopf. »Aber wir transportieren im Augenblick doch nichts an Bord. Warum sollten wir einen Strahl hinausschicken, wenn …«

Und dann verstummte er; zweifellos war ihm klargeworden, was Data im Sinn hatte. Mittlerweile hatte auch Geordi die Strategie des Androiden begriffen. Der Beschränkungsstrahl verbrauchte Energie – und zwar eine beträchtliche Menge davon, wenn man berücksichtigte, daß er sich sowohl durch die Zeit als auch durch den Raum bewegen mußte. Und wenn sie die Energie dazu bringen konnten, fast genauso schnell aus der Station abzufließen, wie sie sich aufbaute, stellte der Beschränkungsstrahl vielleicht ein ganz gutes Sicherheitsventil dar.

Zumindest sah so die *Theorie* aus. Es gab nicht die geringste Garantie, daß es auch in der Praxis so funktionierte. Sie konnte nur der Umstand trösten, daß Data auf diese Methode setzte.

»Reg«, sagte der Chefingenieur, »vergewissern Sie sich, daß all unsere Energiefelder noch funktionieren. Wenn Commander Datas Plan nicht klappt, will ich wissen, daß uns noch ein Fluchtweg bleibt.«

»Aye, Sir«, erwiderte Barclay und lief auf den Gang, um den Befehl auszuführen. Geordi nahm zur Kenntnis, daß die Stimme des Lieutenants nur ganz leicht gezittert hatte. Doch dann richtete er seine Aufmerksamkeit wieder auf den Androiden, dessen Finger nun so schnell über die Konsole flogen, daß kein biologisches Bildverarbeitungssystem mit ihnen mithalten konnte.

»Der Energieanstieg nimmt noch immer an Intensität zu«, meldete O'Connor. »Außerdem folgen die Schübe jetzt im Abstand von höchstens fünfzehn Sekunden aufeinander. Systemzusammenbruch in schätzungsweise viereinhalb Minuten.«

Es dauerte mindestens eine Minute, den Kontrollraum zu verlassen, zur Luftschleuse zurückzukehren und in ihr Shuttle zu steigen. Und etwa weitere dreißig Sekunden, um sich so weit von der Station zu entfernen, daß sie aus der Gefahrenzone waren, falls etwas explodieren sollte.

Also blieben Data in Wirklichkeit noch höchstens drei Minuten. Und das wüßte er offensichtlich auch, denn seine synthetischen Finger schienen noch etwas schneller als zuvor über die Kontrollen zu huschen.

Auf dem Korridor erklang das Scheppern von Schritten, und Barclay stürzte in den Kontrollraum zurück. »Alles klar«, informierte er sie. »Alles funktioniert ... äh ... so, wie es funktionieren soll.« Noch bevor er geendet hatte, starrte auch er den Androiden an.

»Data?« fragte Geordi. »Wie kommen wir voran?«

Sein Freund antwortete, ohne den Blick von seiner Arbeit abzuwenden. »Der Strahl arbeitet mit maximaler Kraft. Ich kann ihn nicht weiter verstärken; ich kann nur dafür sorgen, daß der Energieausstoß nicht geringer wird.«

»Dreieinhalb Minuten«, meldete O'Connor. Was in Wirklichkeit *zwei* bedeutete.

Der Chefingenieur war sich noch nie im Leben so hilflos vorgekommen. Das Leben des Captains stand auf dem Spiel, und er konnte nur zusehen.

»Drei Minuten«, meldete O'Connor. Und dann: »Zweieinhalb.« Noch eine Minute, bis sie die Station aufgeben mußten – und Captain Picard mit ihr.

»Augenblick mal«, sagte O'Connor. Sie runzelte die Stirn und betrachtete den Tricorder. »Der Energieanstieg nimmt nicht mehr zu.«

Geordi stellte fest, daß er die Hände zu Fäusten geballt hatte. Er zwang sich, sie wieder zu öffnen. »Keine Zunahme mehr?« wiederholte er.

»Aye, Sir«, erwiderte O'Connor. »Die Schwankungen treten noch immer auf, werden aber nicht mehr stärker.

Nein«, fuhr sie fort, und in ihren Augen sah man das Erstaunen, »sie werden schwächer.«

Der Chefingenieur seufzte laut. Natürlich waren sie noch nicht über den Berg, aber er hieß jede Entschuldigung für Optimismus willkommen, die er finden konnte.

Und er fand einen weiteren Grund im Gang draußen, in dem die Beleuchtung schwächer wurde und dann ganz erlosch. Die Station befand sich wieder im Normalzustand; zumindest war es wieder so normal, wie es hier sein konnte. Datas Idee schien zu funktionieren. Es hatte nur eine Weile gedauert, mehr nicht.

»Die Energieschwankungen haben sich völlig aufgelöst«, sagte der Androide zu ihnen. Zum erstenmal seit Beginn der Krise schaute er zu Geordi hoch. »Das Energieniveau stabilisiert sich. Ich glaube, wir können unsere Arbeit jetzt fortsetzen.«

LaForge nickte. Doch zuerst mußte er mit Commander Riker Kontakt aufnehmen und ihm mitteilen, daß die Lage sich verschlechterte. Wenn sie den Captain zurückholen wollten, mußte es *bald* geschehen.

7

Der ›Bau‹ der Kolonie wirkte irgendwie ungastlich, als sei er seit Monaten oder Jahren nicht mehr benutzt worden. Oder vielleicht auch noch nie.

Während Picard die engen Grenzen seiner Zelle mit ihren drei festen Wänden und der transparenten Energiebarriere auf der Vorderseite abschritt, kam er zum Schluß, daß die richtige Antwort wahrscheinlich *nie* lautete. Die Plastikbehälter, die unmittelbar vor dem Energieschirm gestapelt waren, verrieten ihm, daß seine Zelle wahrscheinlich bis kurz vor seinem Eintreffen als Lagerraum benutzt worden war.

Der Captain musterte den großen, dunkelhaarigen Sicherheitswächter, der in dem größeren Vorraum Wache hielt. Er bezweifelte, daß der Mann auf einen vorgetäuschten Anfall von Lebensmittelvergiftung oder dergleichen hereinfallen würde. Selbst im dreiundzwanzigsten Jahrhundert hatte die Akademie die Kadetten der Sicherheitsabteilung wohl vor solchen Tricks gewarnt.

Seufzend lehnte Picard sich gegen eine Wand seiner Zelle. Er hätte es nicht für möglich gehalten, daß seine Lage noch komplizierter wurde. Und doch war es so gekommen, als würde sein Schicksal von einer abgrundtief sadistischen Gottheit bestimmt werden.

Wenn die Ereignisse sich so entwickelten, wie die Geschichte es ihn gelehrt hatte, würde Lieutenant Harold das von den Gorn angerichtete Massaker überleben. Das war so ziemlich die einzige Tatsache, an die er sich mit einiger Sicherheit klammern konnte.

Doch bei einer Materie-Antimaterie-Explosion würde es keine Überlebenden geben. Das war eine unwiderlegbare wissenschaftliche Tatsache. Wenn die Entwicklung also den Verlauf einschlug, der ihm bekannt war, würde – *konnte* – es keine Explosion geben.

Und doch hatte er gesehen, daß die Energiequelle instabil war. Das hatte er sich nicht eingebildet. Wenn man nichts daran änderte, würden die Konsequenzen verheerend sein.

Der Captain runzelte die Stirn. Also gab es zwei Möglichkeiten. Entweder würde die Geschichte verändert werden – oder jemand würde die Explosion verhindern. Und falls jemand sie verhinderte – wer sollte es sein?

So sehr er sich auch den Kopf zerbrach, ihm fiel nur eine Antwort ein.

Es war fast eine ausgleichende Gerechtigkeit, nicht wahr? Offensichtlich durch einen Unfall in die Vergangenheit geschleudert zu werden, nur um sich als das Instrument wiederzufinden, durch das die Geschichte ihren Lauf behielt. In der Tat ausgleichende Gerechtigkeit.

Oder – und es gab immer ein *Oder*, wenn man sich mit der Unantastbarkeit des Zeitstroms beschäftigte – war es möglich, daß seine Intervention irgendwie genau die entgegengesetzte Wirkung hatte? Würde er trotz aller guten Absichten die Geschichte auf eine Weise, die er noch nicht in Betracht gezogen hatte, vom Kurs abbringen – und damit die Zeitlinie eliminieren, in der er und die Föderation mit den Gorn Frieden geschlossen hatten?

Er konnte es einfach nicht wissen. Picard blieb nur die Möglichkeit, seinem Instinkt zu vertrauen – und sein Instinkt sagte ihm, er mußte verhindern, daß die Materie-Antimaterie-Energiequelle in die Luft flog. So ironisch es sich anhörte, er mußte den Vorposten und seine Besatzung retten – damit die Gorn ihn kurz darauf zerstören konnten.

Der Captain sah sich um und seufzte erneut. Aber solange du hier im Bau steckst, sagte er sich, kannst du gar nichts tun. Also besteht der erste Schritt darin, hier herauszukommen.

Der Gedanke hatte sich kaum in seinem Hinterkopf gebildet, als die Tür zum größeren Vorraum geöffnet wurde und Julia Santos hereinkam. Sofort schaute sie in Picards Richtung – aber nur ganz kurz. Dann bedachte sie den Sicherheitswächter mit ihrer vollen Aufmerksamkeit.

»Es tut mir leid, Ma'am«, sagte der Mann. »Er darf keinen Besuch bekommen.«

»Ich will ihn nicht einfach besuchen«, erwiderte Julia. »Ich bin Ärztin. Und trotz allem, was geschehen ist, er ist noch immer mein Patient.«

Der Sicherheitswächter runzelte die Stirn. Er warf einen Blick in Picards Richtung und schien kurz abzuschätzen, ob der Gefangene zu Gewalttätigkeiten imstande war. Schließlich nickte er.

»Na schön«, sagte er. »Aber beeilen Sie sich, ja?«

Julia willigte ein und trat zu der Energiebarriere. Als sie den Captain diesmal ansah, wandte sie den Blick nicht ab.

»Wie fühlen Sie sich?« fragte sie.

Picard zuckte mit den Achseln. »Ich mag es nicht, eingesperrt zu sein. Aber davon abgesehen nicht schlecht.«

Die Ärztin drehte sich um und schaute über die Schulter zurück. »Ich muß zu ihm hinein«, sagte sie zu dem Sicherheitswächter.

Der Mann seufzte verzweifelt auf, doch Julia blieb standhaft. Offensichtlich wußte der Mann im roten Hemd, wie stur sie sein konnte und welches Ergebnis eine Auseinandersetzung letzten Endes haben würde; jedenfalls legte er die Entfernung zur Energiebarriere mit vier langen Schritten zurück.

Er nahm den Phaser in die Hand und vergewisserte sich, daß er auf Betäubung eingestellt war. Dann berührte er den druckempfindlichen Schalter an der Wand, mit dem man die Barriere ein- und ausschalten konnte. Einen Augenblick später war sie verschwunden, und die Ärztin konnte über die Schwelle treten.

Doch sie befand sich kaum in der Zelle, als der Sicherheitswächter das Energiefeld wieder aktivierte. Als Julia ihn ansah, zuckte er mit den Achseln. Aber diesmal protestierte sie nicht. Schließlich tat der Mann nur seine Arbeit – genau wie sie.

In die Rückwand der Zelle war eine Bank eingelassen. Der Captain zeigte mit einer Geste darauf, die eher einer angenehmeren Umgebung angemessen gewesen wäre.

Normalerweise hätte die Ärztin sich über diese Deplaziertheit amüsiert gezeigt. Doch ihr Gesichtsausdruck veränderte sich nicht, als sie sein Angebot akzeptierte und sich setzte. Picard nahm neben ihr Platz und beobachtete ihre Augen, während sie ihn mit dem Tricorder untersuchte.

Er mußte leise sprechen. Er wollte nicht, daß der Sicherheitswächter mitbekam, was er zu sagen hatte.

»Julia …«, begann er.

Sie schüttelte den Kopf. »Nein«, verbesserte sie ihn. »Dr. Santos. Julia war diejenige, die Ihnen vertraut hat. Ich bin nur Ihre Ärztin.« Mit gezwungener Konzentration betrachtete sie die Werte auf ihrem Tricorder.

Der Captain nickte. »Na schön. Das habe ich verdient. Aber trotz allem, was ich gesagt und getan habe, brauche ich Ihre Hilfe.«

Die Ärztin kicherte trocken. »Das kann ich mir vorstellen.«

»Ich meine es ernst«, beharrte Picard. »Ich habe nicht gelogen, was den Materie-Antimaterie-Kern betrifft. Er wird eine Kettenreaktion in Gang setzen. Und sobald es dazu kommt, wird er die gesamte Kolonie mit in den Untergang reißen.«

Julias Miene veränderte sich ganz leicht, als spielte sie zumindest mit dem Gedanken, ihm erneut zu glauben. Dann wandte sie sich ab.

»Hören Sie, Mr. Hill, oder wie auch immer Sie in Wirklichkeit heißen. Ich habe keine Zeit mehr für Ihre Tricks, also geben Sie es einfach auf.«

»Das ist kein Trick«, erwiderte er. »Ich kann verhindern, daß der Kern explodiert. Aber dabei brauche ich Ihre Hilfe. Ich muß hier raus.«

Als die Ärztin ihm wieder in die Augen sah, machte er in den ihren unverhohlen, rotumrandeten Schmerz aus. Der Captain zuckte bei diesem Anblick zusammen.

»Ich habe Ihnen vertraut«, sagte sie mit eintöniger, vorwurfsvoller Stimme. »Und jetzt wollen Sie, daß ich Ihnen erneut vertraue? Sogar ... einen Akt der *Meuterei* für Sie begehe?« Sie räusperte sich. »Sie können nicht mehr ganz dicht sein.«

Picard fluchte insgeheim. Das war seine einzige Chance. Er konnte es sich nicht leisten, sie verstreichen zu lassen – selbst wenn er bedeutete, daß er alles auf eine Karte setzen mußte.

Er fuhr mit der Zunge über seine Lippen. »Und wenn ich Ihnen *beweisen* kann, daß ich weiß, wovon ich spreche?«

Das verschaffte ihm ihre Aufmerksamkeit. »Es beweisen?« wiederholte sie vorsichtig.

»Ja. Was dann?«

Julia schaute ihn von der Seite an. »Ich höre Ihnen zu. Aber nur, weil Sie ganz unterhaltsam sind.«

Dem Captain war klar, was für ein Risiko er einging. Aber er wurde von dem unheimlichen Wissen geleitet, daß sie nicht lange genug leben würde, um weiterzuerzählen, was er ihr verriet. Die Frage lautete nur, bei welcher Katastrophe sie zuerst umkommen würde.

»Mein Name«, fuhr er fort, »ist Jean-Luc Picard. Ich bin Captain eines Föderationsraumschiffs namens *Enterprise.*« Er hielt inne, damit einsickern konnte, was er bislang gesagt hatte. Dann präsentierte er ihr die Pointe. »Aber wenn Sie Nachforschungen über den Captain dieses Schiffes einziehen, werden Sie herausfinden, daß er

James T. Kirk heißt. Denn *meine Enterprise* existiert im vierundzwanzigsten Jahrhundert.«

Julia blinzelte – einmal, zweimal. Dann legte sich ein Ausdruck der Enttäuschung auf ihr Gesicht. »Ich hatte gedacht, Ihnen würde etwas Besseres einfallen«, erwiderte sie. »Also wirklich …«

Natürlich hatte Picard gewußt, daß es nicht leicht werden würde. »Denken Sie nach, Julia. Ich habe ein bionisches Herz, das meine Zellstruktur nachahmt. Haben Sie je von einer Spezies gehört, ob sie nun Mitglied der Föderation ist oder nicht, die solch ein Gerät herstellen kann?«

Die Ärztin begriff, daß es sich um eine rhetorische Frage handelte. »Fahren Sie fort«, sagte sie.

»Wie der Commodore schon bemerkt hat, weist nicht das geringste Narbengewebe darauf hin, daß mir ein künstliches Herz eingesetzt wurde. Ach was, ich habe überhaupt kein Narbengewebe. Und ich bin gegen eine ganz normale Erkältung immun. Warum? Weil in meiner Epoche die Medizin bei der Zellreplikation und der Immunologie große Fortschritte gemacht hat.«

Julia seufzte. Er hatte es ihr erschwert, absolut skeptisch zu bleiben, aber er hatte noch einen langen Weg vor sich.

»Jetzt wissen Sie, warum ich meine Identität nicht enthüllen wollte«, fuhr der Captain eindringlich fort. »Weil ich den Zeitfluß nicht mit meiner Anwesenheit hier in Unordnung bringen will – die übrigens völlig zufällig ist, wie ich Ihnen versichern kann. Und jetzt wissen Sie auch, warum ich mir wegen des Defekts in Ihrer Energiequelle völlig sicher bin. In dieser Epoche ist die Materie-Antimaterie-Technologie noch nicht so weit, daß sie solche Probleme entdecken kann. Aber in meiner weiß sogar ein Kadett, wonach er suchen muß.«

Die Ärztin kniff die grünen Augen zusammen. »Eins muß ich Ihnen lassen – es hört sich fast überzeugend an. Aber wenn Sie wirklich um den Erhalt des Zeitflusses besorgt wären, würden Sie mir das alles nicht erzählen, oder? Sie würden die Klappe halten, ganz gleich, was geschieht.«

Picard zuckte mit den Achseln. »Nicht, wenn ich weiß, daß dieser Vorposten *keinen* Materie-Antimaterie-Unfall erleben wird. Nicht, wenn ich davon ausgehen muß, daß meine Anwesenheit hier notwendig ist, um diesen Unfall zu *verhindern.*«

Julia schwankte, aber der Captain wußte, daß er sie noch nicht überzeugt hatte. Er erkannte es daran, daß sie den Unterkiefer starrköpfig vorschob.

»Sie haben doch bestimmt Gerüchte über Zeitreisen gehört«, sagte er. »Oder vielleicht von einem Planeten, auf dem eine Wesenheit namens Wächter der Ewigkeit existiert, die anderen Wesen den Zugang zu allen Epochen des Universums verschaffen kann?«

Als dieser Name fiel, wurde ihr Gesichtsausdruck weicher. »Ja«, erwiderte sie nach einem Augenblick. »Ich habe Gerüchte gehört, daß man durch die Zeit reisen kann. Aber ...« Sie hielt inne. »Bislang habe ich sie nur für Phantasien gehalten.«

Picard bedrängte sie härter. »Dann glauben Sie mir?«

Die Ärztin schluckte. »Legen Sie mir keine Worte in den Mund. Ich habe lediglich gesagt, ich hätte *Gerüchte* gehört.«

Der Captain entschloß sich, es auf andere Weise zu versuchen. »Es ist noch gar nicht so lange her«, erinnerte er sie, »daß Ihr Instinkt als Ärztin Ihnen verraten hat, ich sei ein guter Mensch. Was sagt er Ihnen jetzt, Julia? Daß ich ein ausgezeichneter Lügner bin, der aus egoistischen Gründen versucht, sich Zugang zu Ihrer Energiequelle zu verschaffen? Oder daß ich bin, wer und was zu sein ich behaupte – und daß Sie und all Ihre Kollegen eine Katastrophe erleben werden, wenn wir nicht schnell handeln?«

Julia starrte ihn an – und fluchte leise. »Na schön, Sie haben etwas Seltsames an sich. Das habe ich von Anfang an gesagt. Aber ... ein Mensch aus der Zukunft? Ich weiß nicht. Ich weiß es einfach nicht.«

»Weil zu viel auf dem Spiel steht, falls Sie sich irren?« fragte Picard.

Sie nickte. »Ja. Weil zu viel auf dem Spiel steht.«

Der Captain legte die Hand auf ihren Tricorder – und streifte dabei die Finger der Ärztin. Ihre Haut war weich und warm und erinnerte ihn an ihre Umarmung an dem Abend nach dem Diner des Commodore. Aber er durfte sich jetzt nicht ablenken lassen, ganz gleich, wie sehr er es sich wünschte.

»Sie wollen sich über mich im klaren sein«, sagte er. »Dann programmieren Sie Ihren Tricorder doch so, daß er wie ein Lügendetektor funktioniert. Sie wissen bestimmt, wie das geht – das machen Medizinstudenten doch schon, seit die verdammten Dinger erfunden wurden.«

Julia zögerte. »Sie haben ein bionisches Herz«, erwiderte sie. »Woher soll ich wissen, daß es trotzdem funktioniert?«

Picard lächelte. »Weil mein Herz das einzige an mir ist, das künstlich ist. Und weil Sie letzten Endes auf *irgend etwas* vertrauen müssen, oder wir können der Sache nie auf den Grund gehen.«

Das schien sie zufrieden zu stellen. Sie richtete ihre Aufmerksamkeit auf den Tricorder und stellte das Gerät so ein, daß es seinen Puls und mehrere andere physiologische Indikatoren maß. Dann schaute sie wieder auf.

»Wie heißen Sie?« fragte sie.

»Mein Name«, erwiderte er, »ist Jean-Luc Picard.«

»Und was haben Sie hier zu suchen?« Die Ärztin schaute auf die winzige elektronische Anzeigefläche des Tricorders hinab.

»Es hat mich zufällig hierher verschlagen«, wiederholte der Captain. »Letzten Endes habe ich das Ziel, in meine eigene Zeit zurückzukehren, falls das möglich sein sollte. Aber ob das nun möglich ist oder nicht, ich möchte auf jeden Fall verhindern, daß Ihre Energiequelle explodiert – und die gesamte Kolonie auslöscht.«

Julia runzelte die Stirn. Als sie zu ihm hochschaute, lag ein ganz anderer Blick in ihren Augen. »Hier steht, daß Sie die Wahrheit sagen«, erklärte sie.

»So sollte es auch sein«, versetzte Picard. »Werden Sie mir nun helfen?«

Die Ärztin war offensichtlich hin und her gerissen – zwischen ihrem verletzten Stolz und ihrer Skepsis einerseits und den Beweisen des Tricorders andererseits. Der Captain hatte den Eindruck, daß sie wirklich nicht mehr weiter wußte.

Plötzlich hörte er, daß der Sicherheitswächter näher kam. Seine Absätze schepperten scharf auf dem Hartplastikboden. Er erweckte den Eindruck, keine weiteren Zugeständnisse mehr machen zu wollen. Wie lange dauerte es schließlich, jemanden mit einem Tricorder zu untersuchen?

Die Gelegenheit entschlüpfte ihm. Aber was konnte er tun? Wenn er irgend etwas versuchte, würde die Wache ihn mit dem Phaser in Schach halten.

»Julia«, drängte der Captain, »Wir können nicht mehr länger warten. Wenn ich verhindern soll, daß diese Kolonie ...«

»Halten Sie die Klappe«, sagte sie und funkelte ihn an. »Halten Sie einfach die Klappe, ja?« Abrupt wurde ihr Blick weicher. »Und wenn Sie Ihre Gelegenheit sehen, ergreifen Sie sie.«

Picard hätte fast gelächelt. *Fast.* Aber da ihn das verraten hätte, bewahrte er einen so verdrossenen und niedergeschlagenen Gesichtsausdruck wie möglich. Als der Sicherheitswächter vor die Energiebarriere trat, schien er nicht zu bemerken, daß etwas nicht stimmte.

»Ich weiß«, sagte die Ärztin. »Die Zeit ist abgelaufen.« Sie erhob sich und warf einen letzten, vorhaltungsvollen Blick auf Picard. »Wenn Sie das weiterhin stört, sagen Sie es dem Sicherheitswächter. Behalten Sie es nicht für sich.«

Der Captain nickte. »Wie Sie meinen«, erwiderte er.

Der Wächter zog seine Waffe, bevor er zu dem Schalter trat, mit dem man das Energiefeld deaktivieren konnte. Seine Blicke blieben auf dem Gefangenen kleben, Julia schenkte er nicht die geringste Beachtung. Schließlich war sie eine der vertrauenswürdigsten Personen der Kolonie. Wer käme schon auf den Gedanken, daß sie mit einem fremden Spion unter einer Decke steckte?

Einen Augenblick später knisterte die Barriere und erlosch dann. »Kommen Sie, Doktor«, sagte der dunkelhaarige Sicherheitswächter. »Bevor unser Freund hier auf komische Gedanken kommt.«

Als Antwort streifte Julia mit ihrem Tricorder die Hand, in der sich der Phaser befand. Eine blaue Aura schien sich einen Sekundenbruchteil lang um den Arm des Mannes zu legen – aber dieser winzige Zeitraum genügte, daß er aufschrie und seine Waffe fallen ließ.

Der Captain reagierte sofort, sprang auf und legte sein gesamtes Gewicht in einen Schlag gegen das Kinn des Mannes. Er erwischte ihn so hart, wie er gehofft hatte; ein Geräusch erklang, das an das Brechen eines Zweiges erinnerte, und die Knie des Sicherheitswächters gaben nach.

Bevor der Mann sich erholen konnte, nahm Picard den Phaser an sich. Leider steckte noch etwas Kampflust in dem Wächter, denn er versuchte, die Waffe zurückzuholen. Der Captain ging kein Risiko ein und schoß – und sein Häscher stürzte gegen die Wand hinter ihm.

Erst dann wandte Picard sich seiner Wohltäterin zu. »Toller Trick«, sagte er und zeigte mit dem Phaser auf ihren Tricorder.

Sie kniete neben dem Sicherheitswächter nieder und überzeugte sich, daß er nicht schlimmer verletzt war, als der Captain es beabsichtigt hatte. »Das habe ich auf der Akademie gelernt«, sagte sie. »Aber ich habe nicht gedacht, daß ich einmal darauf zurückgreifen würde.« Eine Pause. »Sieht so aus, als sei unserem George hier bis auf gewaltige Kopfschmerzen nichts passiert.«

Mit der freien Hand ergriff Picard die ihre. »Gehen wir«, drängte er. »Wir müssen einen Materie-Antimaterie-Reaktor runterfahren.«

Julia zögerte – aber nur, um einmal tief durchzuatmen. Dann ließ sie sich vom Captain in die draußen herrschende Helligkeit hinausziehen.

Admiral Kowalskis Wangen sind noch stärker eingefallen als bei seinem letzten Gespräch mit der *Enterprise,* dachte Riker. Offensichtlich hatte die politische Lage auf Gorn sich nicht verbessert.

»Ich nehme an«, sagte Kowalski, »Sie haben Captain Picard noch nicht gefunden?«

Der Erste Offizier spürte überall um sich herum die Leere des Bereitschaftsraums des Captains. »Noch nicht«, wiederholte er. »Wir haben sechsundsiebzig Sonnensysteme abgesucht, ohne die geringste Spur von ihm zu finden.« Er empfand ein fast perverses Vergnügen am Ausmaß seiner Frustration. »Aber das heißt nicht ...«

»Das heißt«, warf der Admiral ein, »daß Ihnen nur noch anderthalb Tage bleiben. Und glauben Sie mir, meine Kollegen halten mich angesichts des Durcheinanders auf Gorn für verrückt, daß ich Ihnen überhaupt so viel Zeit gewähre.« Er beugte sich vor. »Ich weiß, wie viel Sie von Captain Picard halten, Commander. Aber Ihre Befehle sind eindeutig. Ich erwarte, daß Sie in sechsunddreißig Stunden in einen Orbit um die Heimatwelt der Gorn schwenken. Haben Sie das verstanden?«

Riker nickte. »Verstanden, Admiral. Ich werde dort sein.«

Und das würde er tatsächlich. Der Captain hatte schwer gearbeitet, um Beziehungen zu den Gorn herzustellen. Er würde nicht wollen, daß sie nun gefährdet wurden – nicht einmal auf Kosten seines Lebens.

»Gut«, beendete der Admiral das Gespräch. »Ich wollte mich nur vergewissern. Kowalski Ende.«

Seufzend lehnte der Erste Offizier sich im Sessel zurück. Wenn sie nicht ungeheures Glück hatten, würde ein Tag nicht annähernd ausreichen. Und wie es zur Zeit lief, hatte er nicht den Eindruck, daß das Glück ihnen beistand.

Verdammt. Er konnte es nicht so enden lassen. Er konnte es einfach nicht.

Plötzlich hämmerte er mit der Faust auf Captain Picards Schreibtisch und beobachtete, wie die polierte Oberfläche unter der Kraft seines Schlags erzitterte. Es fühlte sich gut an, änderte aber nichts. Sie waren noch immer lichtjahreweit von ihrem Ziel entfernt, und Starfleet und die Umstände hatten ihnen Fußfesseln angelegt, so daß sie kaum noch laufen konnten.

Dann fiel es ihm wieder ein. Es gab eine Chance, wenn er bereit war, sie zu ergreifen. Aber er konnte nicht länger warten. Zum Teufel, vielleicht war es schon zu spät.

»Fähnrich Ro«, sagte er und schaute zum Interkom hoch.

Die Antwort erklang fast sofort. »Aye, Sir?«

»Kommen Sie zu mir in meinen ... in den Bereitschaftsraum des Captains. Ich glaube, wir müssen etwas besprechen.«

Ro machte sich nicht die Mühe, seinen Befehl zu bestätigen. Aber einen Augenblick später hörte er den Türsummer.

»Herein, Fähnrich.«

Die Türen waren kaum aufgeglitten, als die Bajoranerin sich auch schon hindurchzwängte und mit einem Eifer zu seinem Schreibtisch ging, der verriet, daß sie genau wußte, was er wollte. Unter diesen Umständen entschloß Riker sich, sofort zur Sache zu kommen.

»Vor einer Weile«, sagte er, »haben Sie mir die Dienste der Bon Amar angeboten. Wenn das Angebot noch steht, möchte ich, daß Sie darauf eingehen.«

Er suchte ihre Gesichtszüge nach einem Anflug des Triumphs ab, den sie einfach verspüren mußte, konnte jedoch keinen finden. Ro war ein Profi, das mußte er ihr lassen.

»Ich werde sofort Kontakt mit ihnen aufnehmen«, antwortete sie.

Riker nickte. »Danke, Fähnrich. Inzwischen lasse ich Lieutenant Worf die Routen ausarbeiten, die Ihre Freunde absuchen sollen. Und ...«

»Ich bitte um Verzeihung, Sir«, unterbrach Ro ihn, »aber ich glaube, sie ziehen es vor, die Routen selbst auszuarbeiten. So sind sie nun mal.«

Damit konnte er leben. Das sagte er der Bajoranerin auch. Der Fähnrich drehte sich um, wollte zur Tür gehen, blieb dann stehen und schaute zu ihm zurück.

»Wissen Sie«, sagte sie, »Sie haben mich überrascht. Ich dachte, Sie würden bis zum bitteren Ende durchhalten.«

Riker gestattete sich ein Lächeln. »Ich auch«, gestand er ihr ein.

Ro sah ihn geradeheraus an. »Wieso haben Sie es sich anders überlegt?«

Er zuckte mit den Achseln. »Genau kann ich das auch nicht sagen. Die Verzweiflung bringt einen wohl dazu, die Prioritäten zu überdenken.«

Sie erwiderte das Lächeln. »Genau.« Und einen Augenblick später schlossen sich die Türen des Bereitschaftsraums hinter ihr.

Picard blinzelte in die Strahlen der heißen Mittagssonne und hielt den Phaser in der Armbeuge verborgen, während er und Julia über den Platz der Kolonie zur Sensoranlage gingen. Zum Glück waren nur wenige Kolonisten unterwegs, und die schienen kein großes Interesse an ihnen zu haben.

Am Eingang der Anlage blieben sie stehen und warteten, daß das Sicherheitssystem ihre Anwesenheit verkündete. Der Captain schaute sich unbehaglich um und sah dann zur Tür, als sie sich öffnete.

Es mußte ausgerechnet Hronsky persönlich sein, der dort stand. Als ihm klar wurde, wen er da musterte, riß er die Augen auf. Doch bevor er Alarm schlagen konnte, richtete Picard die Waffe auf ihn und drückte auf den Auslöser.

Der Chefingenieur taumelte unter der Wirkung des Strahls, prallte gegen die Wand hinter ihm und glitt zu Boden. Picard schaute sich kurz um, um sich zu vergewissern, daß kein Passant den Vorfall bemerkt hatte, nahm Julia am Arm und führte sie hinein.

»Verdammt«, flüsterte sie und kniete kurz neben dem bewußtlosen Hronsky nieder. »Mußten Sie auch ihn betäuben?«

»Ja«, erwiderte Picard ebenfalls flüsternd. »Wir haben keine Zeit für lange Gespräche.«

Er sah sich im Innern des Gebäudes um und stellte fest, daß sich jetzt kaum jemand darin aufhielt – im Gegensatz zum Vortag, als der Chefingenieur seine Entdeckung bekanntgegeben hatte. Und alle Anwesenden waren zu sehr mit ihren Monitoren beschäftigt, um zu bemerken, was mit ihrem Vorgesetzten geschehen war.

Die Kontrollen der Energiequelle befanden sich in der Mitte des Raums. Im Augenblick achtete niemand auf sie. Vielleicht war das Hronskys Aufgabe gewesen. Oder vielleicht hatte er sich auch entschlossen, niemanden dafür abzustellen, als Zeichen der Verachtung für die Warnung des Gefangenen.

Auf jeden Fall hatten der Captain und Julia schon die Hälfte der Strecke zu den Sensoren zurückgelegt, bevor jemand in ihre Richtung schaute. Doch nachdem ein Techniker sie erst einmal bemerkt hatte, hoben auch alle anderen die Köpfe, fast, als bestünde eine telepathische Verbindung zwischen ihnen.

»Was wollen Sie hier?« platzte einer von ihnen heraus – der rotbärtige Mann, den Picard zuvor schon hier gesehen hatte. Er schaute nicht auf das Gesicht des Captains, sondern auf den Phaser in dessen Hand.

»Ihnen keinen Schaden zufügen«, versicherte der Captain ihm.

»Er will die Energiequelle sabotieren«, vermutete eine Frau mit langem, blondem Haar, das sie zu einem Knoten zusammengebunden hatte.

Picard kam zum Schluß, daß es sinnlos war, ihnen seine Absicht zu erklären. Das hatte er schon einmal versucht, und es war jämmerlich gescheitert. Also tat er stattdessen einfach die paar Schritte, die nötig waren, um zur Kontrollkonsole zu gelangen.

Julia blieb bei ihm. Wie die anderen Kolonisten sie anstarrten, mußte sie sich einfach schrecklich fühlen. Wie eine Verräterin. Aber sie handelte im Interesse der anderen, auch wenn die ihr das niemals glauben würden.

Ein stämmiger Mann, dessen Haar an den Schläfen ergraute, schien ihn angreifen zu wollen. Der Captain hielt ihn mit einem Blick zurück. »Danken Sie nicht mal daran«, sagte er zu ihm.

Der Mann runzelte die Stirn. »Warum tun Sie das?« fragte er. »Wer sind Sie überhaupt?«

Picard ignorierte sie und schaute zu den Monitoren der Energiequelle hinab. Ihm gefiel nicht, was er dort sah. Der Druck in der Abschirmkammer war beträchtlich gestiegen. Er rief ein paar Daten auf und stellte fest, daß die Tendenz sich beschleunigte. In ein paar Stunden wäre es bereits zu spät gewesen, um die Entwicklung noch aufzuhalten.

Aber jetzt war es noch nicht zu spät. Zumindest nicht, wenn die Berechnungen des Captains in Ordnung waren. Es blieb noch genug Zeit, diese Leute am Leben zu halten, wenigstens für eine Weile.

Er wollte gerade das Magnetwandlungsverhältnis auf zweihundert senken, als er hörte, wie die Tür des Raums geöffnet wurde, und den heißen Atem der Luft draußen spürte. Picard wirbelte herum und sah eine Gestalt, die sich als Silhouette gegen das helle Tageslicht abhob.

»Verdammt«, fauchte Travers und lief auf den schlaffen Körper seines Chefingenieurs zu. »In drei Teufels Namen, was ist hier los?«

Dem Captain wurde klar, daß er mit seinem Körper den Blick des Commodore auf den Phaser verdeckte. Das änderte er umgehend.

Als Travers die Waffe erblickte, riß er die Augen weit auf. Dann schaute er langsam hoch und erwiderte Picards Blick. Einen Moment lang stand der Mann einfach da, versuchte, die Situation zu klären – und eine Lösung zu finden.

Wäre er eine Gestalt aus einem Dixon-Hill-Roman, hätte er vielleicht versucht, ›alles auf eine Karte zu setzen‹. Doch der Commodore schien zu wissen, wann er geschlagen war. Natürlich würde er erst hereinkommen, wenn der Captain ihn dazu aufforderte. Es bestand noch eine kleine Chance, daß jemand ihn sah und begriff, daß in dem Kontrollraum etwas nicht stimmte.

»Bitte«, sagte Picard. »Kommen Sie herein.«

Travers gehorchte stirnrunzelnd. Die Tür schloß sich hinter ihm, während er in die Hocke ging, um Hronsky zu untersuchen. Erleichtert darüber, daß der Ingenieur noch lebte, schaute er zu seinem Gegenspieler hoch.

»Ich bin neugierig«, sagte er, »wie Sie damit durchkommen wollen.«

Ganz einfach, dachte der Captain. *Gar nicht. Zumindest nicht, wenn mir nicht ganz schnell eine Möglichkeit einfällt, wie ich mit meinem Ersten Offizier Kontakt aufnehmen kann.*

Aber er sagte: »Das spielt jetzt keine Rolle. Gehen Sie zu Ihren Leuten hinüber.« Er verdeutlichte mit einer Bewegung des Phasers, was er von Travers verlangte.

Der Commodore setzte sich in Bewegung, doch auf halber Strecke schien ihm aufzufallen, daß die Ärztin nicht bei den anderen stand, sondern direkt vor der

Energiekontrollkonsole. Travers zählte zwei und zwei zusammen.

»Nein«, sagte er, und seine Augen wurden immer größer. »Nicht Sie, Julia. Nicht Sie auch noch.«

»Ich glaube ihm«, erklärte sie dem Commodore, ohne den Blick zu senken. »Obwohl ich nicht davon ausgehe, daß sonst noch jemand ihm glaubt.«

»Davon gehe ich ebenfalls aus«, erwiderte Travers, ohne sich die Mühe zu machen, die Verachtung aus seiner Stimme zu halten. »Denn wie ich sehe, ist hier sonst niemand so leichtgläubig.«

Julia sagte nichts mehr. Sie wußte, daß sie vor ein Kriegsgericht kommen würde, weil sie einem geheimnisvollen Fremden geholfen hatte, die Energiequelle der Sensoren zu sabotieren. Und ihre einzige Verteidigung würden die Meßergebnisse ihres Tricorders sein.

Wäre Picard der Richter, der über diesen Fall entscheiden mußte, würde es ihm bestimmt schwer fallen, sie für unschuldig zu befinden. Allen anderen würde es genauso ergehen. Doch offensichtlich hatte die Ärztin diese Aussicht bereits akzeptiert.

»Wenn es ein Trost für Sie ist«, sagte der Captain, »ich habe nicht vor, Ihre Energiequelle zu beschädigen. Ich will nur verhindern, daß Sie am Wandlungsverhältnis herumpfuschen können – zumindest in nächster Zeit.«

Er schaute immer wieder zwischen der Konsole und den Kolonisten hin und her und hielt den Phaser mit der einen Hand auf die letzteren gerichtet, während er mit der anderen an der ersteren arbeitete. Ziemlich schnell hatte er das Unterprogramm gefunden, mit denen man die Magnetwandler steuern konnte. Er stellte sie auf den Normalwert ein und fügte ein kompliziertes Paßwortsystem hinzu, das die Veränderung sicherte. Dann trat er zurück.

Travers funkelte ihn wütend an. »Wir werden uns wiedersehen, Mr. Hill. Darauf können Sie sich verlassen.

Und dann werden Sie Gelegenheit haben, diesen Zwischenfall zu bedauern.«

»Vielleicht«, gestand Picard ein. »*Sie* werden ihn jedenfalls nicht bedauern.«

Dem Captain stellte sich die Frage, wohin er nun gehen sollte. Da er sich fast ausschließlich mit der Bedrohung durch die Energiequelle beschäftigt hatte, war ihm keine Zeit geblieben, längerfristige Pläne zu schmieden. Nun hatte er keine Wahl mehr.

Das Problem war natürlich, daß er noch keine Möglichkeit gefunden hatte, mit Riker Kontakt aufzunehmen. Und bis er die fand, war es einfach unmöglich, einen wirklich tauglichen Plan auszuarbeiten. Andererseits konnte er hier nicht bleiben – oder irgendwo sonst in der Kolonie. Damit sah er nur eine Möglichkeit: die Flucht in die Hügel.

Doch bevor er sich zurückziehen konnte, sah er, daß der Mann mit dem roten Bart um eine Ecke spähte. Picard schaute in die Richtung, in die er sah, und machte ein Interkom an der Wand aus. Ihm wurde klar, daß es vielleicht noch in anderen Gebäuden der Kolonie Techniker gab. Techniker, die zur Rettung ihrer Kollegen herbeieilen würden, wenn die sie um Hilfe baten.

Der Bärtige sah, daß der Captain sein Vorhaben durchschaut hatte, und ergriff die Initiative. Er spurtete auf das Interkom zu und bewegte sich dabei schneller, als es bei einem Mann seiner Größe eigentlich der Fall hätte sein dürfen.

Picard blieb keine andere Wahl, als ihn zu betäuben. Er richtete den Phaser auf den Mann und drückte auf den Abzug. Der phasenverschobene Energiestrahl schoß durch den Raum und traf das Opfer genau in den Rücken.

Wie der Captain es erwartet hatte, riß der Strahl den bärtigen Techniker von den Beinen. Aber er hatte auch erwartet, daß er ihm das Bewußtsein nahm – und das tat er *nicht*. Obwohl der Mann benommen wirkte, war er noch Herr seiner Sinne.

Schlechte Nachrichten, dachte Picard bei sich. *Sehr* schlechte Nachrichten. Offenbar waren die Energiereserven des Phasers fast erschöpft. *Ist doch typisch,* dachte er, *daß man mir ausgerechnet einen Sicherheitswächter zuteilt, der nicht daran gedacht hat, seine Waffe aufzuladen.*

Ihm fiel auf, daß er nicht der einzige war, der die Situation durchschaut hatte. Ein paar Kolonisten, darunter auch Travers, sahen ihn mit zusammengekniffenen Augen an und fragten sich offensichtlich, ob er so angreifbar war, wie es den Anschein hatte.

»Der Phaser hat keine Energie mehr«, knurrte der Commodore. »Das ist unsere Chance. Schnappt ihn euch, bevor er entkommen kann!«

Als die Techniker sich in Bewegung setzten, schleuderte der Captain die Waffe nach ihnen. Dann warf er einen letzten, dankbaren Blick auf Julia, wirbelte herum und lief zum Ausgang.

Als er die Tür erreichte, öffnete sie sich. Picard fühlte schon den heißen Luftzug – und dann, wie sich etwas um seinen Knöchel schloß und ihn zu Fall brachte. Während er sich mit den Händen abfing, schaute er zurück und sah, daß Chefingenieur Hronsky aus seiner durch den Phaser herbeigeführten Siesta erwacht war.

Der Captain verlagerte sein Gewicht auf die Hände und trat mit dem freien Fuß nach Hronsky. Er traf den Mann am Kinn und stieß seinen Kopf zurück. Zum zweitenmal innerhalb weniger Minuten glitt der Ingenieur ins Land der Träume.

Dann war Picard durch die offene Tür hinaus, kniff die Augen gegen das plötzliche Gleißen der Wüstensonne zusammen und versuchte sich zu erinnern, in welcher Richtung der Ort lag, an dem man ihn gefunden hatte. Es brachte zwar keine Vorteile, dorthin zurückzukehren, aber dieses Ziel kam ihm so gut wie jedes andere vor.

Riker saß auf der Brücke der *Enterprise* im Sessel des Captains und betrachtete die blaugrüne Welt auf dem Bildschirm. Den letzten Untersuchungen zufolge lebten darauf nicht weniger als drei halbintelligente Spezies, von denen jede einen anderen Kontinent beherrschte und mehr oder weniger auf der gleichen Evolutionsstufe wie die beiden anderen stand.

In ein paar Millionen Jahren würde es hier recht interessant zugehen. Aber das interessierte den Ersten Offizier im Augenblick nicht. Er wollte nur wissen, ob ein bestimmtes intelligentes Wesen von der Raum-Zeit-Maschine einer fremden Rasse zufällig hierher transportiert worden war.

Während Riker seine Augen rieb, hörte er das schnelle, sichere Klicken, das die Bewegungen von Worfs Fingern auf seinen Kontrollen verursachte. Ohne hinzuschauen, wußte der Mensch, daß sein taktischer Offizier die Monitore betrachtete und versuchte, die Leistung der Schiffssensoren zu beschleunigen, die den planetaren Scan gerade beendeten.

Wenigstens der Klingone hatte seine Ruhepause benutzt, um sich eine legitime Mütze Schlaf zu verschaffen. Der Erste Offizier beneidete ihn darum. Bei ihm hatte der Schlaf sich einfach nicht einstellen wollen. Er war ihm ausgewichen wie ein gewiefter Flüchtling in einem Irrgarten dunkler Korridore – von denen jeder zur Brücke und zur Suche nach Captain Picard führte. Er hatte schließlich aufgegeben, sich gesagt, es sei sinnlos, die Quälerei zu verlängern, und war eine halbe Stunde vor seinem Schichtbeginn auf die Brücke zurückgekehrt.

Schließlich wollte er genau hier sein, wo er sein mußte und sein *würde* – zumindest die nächsten dreiunddreißig Stunden, bis seine Befehle ihn zwangen, die Suche abzubrechen. So schrecklich diese Aussicht auch war, im Moment konnte er sich keinen anderen Abschluß des Unternehmens vorstellen.

Klar, irgendwo hielt sich noch eine schwache Hoffnung, daß sie irgendwie finden würden, wonach sie suchten. Doch seine Erziehung in Alaska hatte Riker mit Gewalt zum Realisten gemacht, und ganz tief in seinem Herzen wußte er, daß sie sich nur etwas vormachten.

»Commander?«

Als der Erste Offizier Worfs Stimme hörte, drehte er sich um. Unwillkürlich suchte er auf dem Gesicht des Klingonen nach etwas, das auf eine gute Nachricht hindeutete. Doch Worfs Ausdruck verriet ihm sofort, daß dem nicht so war.

»Die Sondierung verlief negativ«, sagte er leise. Er wußte, daß der Klingone genauso enttäuscht war wie er selbst.

Worf nickte. »Das ist korrekt.«

Riker richtete seine Aufmerksamkeit wieder auf den Bildschirm, auf dem der Klasse-M-Planet mit seinen drei halbintelligenten Rassen im All hing. Dieses Sonnensystem verfügte über siebzehn weitere Welten, von denen jedoch keine auch nur entfernt imstande war, menschliches Leben zu beherbergen.

Der Erste Offizier seufzte. »Wir fliegen zum nächsten System«, sagte er.

Worf führte eine schnelle Berechnung durch. »Das wäre Beta Artemnoron. Geschätzte Ankunftszeit in zwölf Stunden und sechsunddreißig Minuten.«

Riker spürte, daß seine Stimmung sank. Das war über ein Drittel der Zeit, die ihnen noch blieb. Sollten sie auch dort den Captain nicht finden, blieb ihnen keine andere Wahl, als Geordis Außenteam abzuholen und schnurstracks nach Gorn zu fliegen. Und selbst dann würde es noch knapp werden.

»Beta Artemnoron«, sagte er zum Steuermann. »Höchstgeschwindigkeit.«

»Aye, Sir«, erklang die Antwort, während Fähnrich Rager – deren Schicht gerade angefangen hatte – den Kurs der *Enterprise* bereits neu programmierte. Einen Augenblick später flogen sie mit voller Impulskraft aus dem System hinaus, und Rager wartete auf die Erlaubnis, auf Warpgeschwindigkeit gehen zu dürfen.

Während Riker noch die hinter ihnen zurückbleibende Welt beobachtete, fragte er sich, was geschehen wäre, wenn er Ros Angebot etwas früher akzeptiert hätte. Vielleicht einen Tag früher. Oder zwei. Das hätte möglicherweise alles verändert. Aber seine Starrköpfigkeit hatte verhindert, daß er diese Chance wahrgenommen hatte, und damit mußte er nun bis in alle Ewigkeit leben.

Und da er gerade an Ro dachte … sie hatte einen Dank für ihre Bemühungen verdient, sowohl als amtierender Erster Offizier als auch für den Vorschlag mit den Bon Amar. Der Fähnrich hatte alles getan, was man von ihr erwarten konnte, ja sogar noch einiges mehr. Sobald sie ihren Dienst auf der Brücke wieder antrat, würde er sie in den Bereitschaftsraum des Captains bitten und ihr erklären, was ihre Hilfe für ihn bedeutet hatte.

Doch nun galt es, eine dringlichere Pflicht zu erfüllen. Er mußte mit der gemäßigten Fraktion auf Gorn Kontakt aufnehmen und sie darüber in Kenntnis setzen, daß Jean-Luc Picard für die Verhandlungen nicht zur Verfügung stand. Riker würde den Platz des Captains einnehmen und …

Der Erste Offizier rief sich zur Ordnung. *Niemand* konnte Captain Picards Platz einnehmen – weder bei diesen Verhandlungen noch sonstwo. Er würde ihn lediglich vertreten, so gut es ging.

Natürlich hatte er noch nie einen leibhaftigen Gorn gesehen, geschweige denn sich mit einem gemessen – abgesehen von der Holodeck-Rekonstruktion von Captain Kirks historischer erster Begegnung. Und er hatte das Gefühl, daß dies eine unzureichende Vorbereitung auf das war, was ihn erwartete.

Kurz gesagt – die Aussichten waren nicht sehr gut.

8

Picard schaute über die Schulter zurück. Die fernen Gebäude voller Kolonisten waren hinter einem hellen Felsvorsprung verborgen. Das war nur gut so. Wenn er sie nicht sehen konnte, konnten sie ihn auch nicht sehen.

Natürlich würde das nicht lange so bleiben. Zwar hatte der Captain keine Anzeichen einer Verfolgung bemerkt, als er sich schnellstens den Weg über die Ebene zwischen dem Vorposten und den niedrigen Hügeln bahnte, doch das hieß noch lange nicht, daß sie nicht hinter ihm her waren. Es sah Travers nicht ähnlich, ihn nach allem, was er angestellt hatte, einfach fliehen zu lassen.

Während er über die stumpfen Höhenrücken und Auffaltungen am Fuß der Berge lief, versuchte er, nicht an die Hitze zu denken. Praktisch seine gesamte Kleidung war bereits durchnäßt, und noch immer rann der Schweiß in kleinen Bächen seine Schläfen und Wangen hinab. Er würde ziemlich bald etwas zu trinken brauchen, hatte aber noch nicht die geringste Ahnung, wo er etwas finden konnte.

Er hatte nicht gehofft, die Kolonie ausgerechnet auf diese Weise verlassen zu müssen. Aber das alte Sprichwort schien zuzutreffen: Bettler konnten nicht wählerisch sein. Und er war in den letzten Tagen in jeder Hinsicht ein Bettler gewesen, der von der Freundlichkeit anderer abhängig war.

Jetzt nicht mehr. Jetzt war er auf sich selbst angewiesen – in mehr als nur einer Hinsicht. Er hatte noch immer keine Möglichkeit gefunden, Kontakt mit Will Riker aufzunehmen. Und angesichts des Tempos, das er vorlegen mußte, um dem Commodore nicht in die Hände zu fallen, würde er wohl kaum in den Genuß kommen, in aller Ruhe über das Problem nachzudenken.

Vielleicht hast du das Pferd von hinten aufgezäumt, überlegte er. Bislang hast du das Problem lediglich aus deiner Warte betrachtet. Versetz dich statt dessen in Wills Lage. Wenn du jetzt nach ihm suchtest und nicht umgekehrt – auf was für ein Signal würdest du achten?

Erneut kehrten seine Gedanken zu dem Kommunikator zurück. Er versuchte sie in eine andere Richtung zu lenken, doch sie drifteten immer wieder dorthin zurück. Das ist lächerlich, sagte er sich. Will wird wissen, daß das verdammte Ding sein Signal nicht bis ins nächste Jahrhundert bewahren kann. Er wird nicht in dieser Richtung suchen, sondern …

Nein. Augenblick. Picard unterbrach den Gedankengang. Es *gab* eine Möglichkeit, seinen Offizieren mit dem Kommunikator ein Signal zu übermitteln. Nicht so, wie es normalerweise gemacht wurde, aber trotzdem sehr effektiv.

Die ganze Zeit über hatte er im Zusammenhang mit seinem Insignienkommunikator nur an ein *aktives* Signalgerät gedacht, und das hatte in der Tat keinen Wert für ihn. Aber er konnte auch ein *passives* Signalgerät sein – da Terillium, eines der Metalle, die eine Signalübermittlung über weite Entfernungen hinweg ermöglichten, eine Legierung war, die erst in etwa fünfzig Jahren entwickelt werden würde.

Will würde das wissen. Und selbst, wenn es ihm nicht sofort in den Sinn kam, würde irgend jemand ihn darauf hinweisen. Dann mußte er nur noch mit den Fernsensoren nach Terillium suchen – und wissen, wenn er es gefunden hatte, hatte er auch Picard gefunden, denn auf keinem unterentwickelten Planeten gab es natürliche Vorkommen dieser Legierung.

Das würde ihn nach Cestus III führen. Mit Hilfe der

nukleonischen Datierung konnte er bestimmen, wie alt die Legierung war. Und dann würde er ungefähr wissen, wie weit der Captain in die Vergangenheit zurückgeschleudert worden war. Natürlich würde er kein hundertprozentig genaues Datum festsetzen können, doch Picard hoffte, daß Geordi die Sache dann in die Hand nehmen konnte.

Warum hatte er nicht zuvor daran gedacht? Es war so … so *offensichtlich*. Oder hätte es zumindest sein sollen. Wäre er nicht so verwirrt gewesen, wäre er bestimmt schon vor ein paar Tagen auf diese Lösung gekommen …

Plötzlich wurde der Mund des Captains so trocken wie der Staub unter seinen Füßen. Sein Jubel verwandelte sich in kalte, öde Furcht. Sicher, das Terillium in seinem Kommunikator würde Riker als rote Fahne dienen – aber nur, wenn es inzwischen nicht *zerstört* worden war.

Picard schaute sich um, betrachtete die sanften Hänge, die immer höher wurden, je weiter er sich von der Kolonie entfernte, und sich schließlich zu ausgewachsenen Bergen auftürmten. Das waren die Hügel, die Captain Kirk kurz nach seiner Ankunft bombardieren lassen würde. Und bevor er die letzten Gorn auf ihre Schiffe zurückgejagt hatte, würde das gesamte Gebiet von Explosionskratern überzogen sein.

Felsen würden zu Staub pulverisiert, Staub zu noch feinerem Staub zermahlen werden. Und wie standen die Chancen, daß inmitten dieser völligen und weitreichenden Verwüstung ein einziges Terillium-Element intakt blieb? Oder so viele, daß sie einhundert Jahre später von den Sensoren eines Raumschiffs erfaßt werden konnten?

Überdies mochte der Kommunikator nicht mal bis zu Kirks Ankunft überdauern. Schließlich hatte Kirk seine Phaser überhaupt erst auf dieses Gebiet richten lassen, weil die Gorn sich hier verschanzt hatten. Es erforderte nicht viel Phantasie, sich vorzustellen, wie einer von ihnen über einen runden, leuchtenden Gegenstand stolperte, ihn einsteckte und bei der Flucht mitnahm.

Der Captain knirschte mit den Zähnen. Er mußte seinen Insignienkommunikator finden – so viel war klar. Er mußte ihn finden und an einen anderen Ort bringen. Irgendwohin, wo er sowohl vor den Gorn als auch vor James Kirks Plasmagranaten in Sicherheit war.

Und er mußte ihn schnell finden, bevor Commodore Travers und dessen Sicherheitswächter ihn aufspürten. Alles hing davon ab, ob es ihm gelang. Wenn er Wert auf die Zukunft legte – sowohl auf seine eigene als auch auf die der Föderation –, durfte er nicht versagen.

»Captain?«

Tal Ephis, eines der Gründungsmitglieder des ›Handelskonsortiums‹ Bon Amar, drehte sich zu seinem Ersten Offizier um – der zufällig auch seine Frau war. Sie war die einzige an Bord, die ihn mit diesem Ehrentitel anredete, und sogar sie meinte es als Scherz.

Doch ihm gefiel der Klang der Worte. Wenn er sie hörte, kam er sich zumindest einen Augenblick lang vor, als sei er mehr als nur der Herr über ein drittklassiges Transportschiff, das bei dem Versuch, die Cardassianer von Bajor zu vertreiben, seinen Anteil Beulen abbekommen hatte. Dann kam er sich wie ein *richtiger* Captain vor. Schon mit fünf oder sechs Jahren hatte er davon geträumt, Captain eines Raumschiffs zu werden.

Natürlich hatte die Wirklichkeit ihm kurz darauf einen Strich durch die Rechnung gemacht. Das war gewesen, bevor die Cardassianer seine Eltern verschleppt und langsam in einem Gefangenenlager zu Tode gefoltert hatten. Bevor er begriffen hatte, daß er von Glück sprechen konnte, wenn er einfach nur *überlebte*.

Sein Leben als Pirat war allerdings gar nicht so übel gewesen. Verdammt, wenigstens war er im Weltraum. Er hatte die Sterne zu sehen bekommen. Und mit den besten Männern und Frauen gedient, die es gab. Alles in allem war er der Verwirklichung seines Traums wesentlich näher gekommen als die meisten anderen Bajoraner.

Schade war nur, daß die Bon Amar Piraten geblieben waren, nachdem die Wogen sich geglättet hatten. Vielleicht hatten die meisten Rebellen erreicht, was sie sich vorgenommen hatten, oder glaubten es zumindest – aber die Arbeit des ›Handelskonsortiums‹ war noch nicht beendet. Und sie würde auch erst dann zu Ende sein, wenn die Cardassianer zumindest einen Teil dessen beglichen hatten, was sie den Bajoranern schuldeten.

»Ja, Ilam?« erwiderte er. »Sag mir ja nicht, daß du gefunden hast, wonach wir suchen.«

Er wollte es ihr lediglich mit gleicher Münze heimzahlen. Aber ihr Gesichtsausdruck verriet ihm, daß sie es vielleicht tatsächlich gefunden hatte. Er erhob sich aus seinem Sessel, ging über die enge Brücke des Schiffs und schaute seiner Frau über die Schulter.

Dem Monitor zufolge hatten ihre Sensoren etwas Interessantes entdeckt. Leider besaßen sie keine Starfleet-Sensoren. Bei den ihren trat gelegentlich schon mal eine Panne auf, und man konnte nur beten, daß sich dies nicht zu einem kritischen Zeitpunkt ereignete. Daher war Tal, als er jetzt auf den Computerbildschirm schaute, nicht so zuversichtlich, wie er es gern gewesen wäre.

»Was hältst du davon?« fragte Ilam und schaute zu ihm hoch.

Er zuckte mit den Achseln und rieb sein Kinn. Es war schon ganz stopplig. Er mußte sich mal wieder rasieren. »Ich weiß nicht«, erwiderte er schließlich. »Das *könnte* es sein. Wahrscheinlich ist es nur etwas Ähnliches.« Ja, er mußte sich *unbedingt* rasieren. »Aber es kann nicht schaden, es mal zu überprüfen.«

Seine Frau nickte. »Ich stelle eine Gruppe zusammen. Wahrscheinlich Pakris und Hatil. Das heißt, wenn beide wach sind. Und Mison. Ich kann mich gar nicht mehr entsinnen, wann sie das Schiff zum letzten Mal verlassen hat.«

»Ich habe es auch schon lange nicht mehr verlassen«, murmelte Tal und schaute wieder auf den Bildschirm. »Aber das ist schon in Ordnung. Ich habe andere Privilegien.« Er betrachtete Ilam und lächelte. »Ich darf mit dem schönsten Ersten Offizier der Flotte schlafen.«

»Alter Schmeichler«, sagte seine Frau, lächelte aber ebenfalls. »Ich verspreche, mich zu beeilen.«

Dann ging sie zum Lift im hinteren Teil der Brücke. Tal sah ihr nicht nach. Statt dessen starrte er wieder auf den winzigen roten Punkt auf dem Bildschirm.

Was, wenn es *tatsächlich* das war, was sie suchten? Was dann? Der Starfleet-Offizier, dem sie halfen, hatte nicht die Macht, ihnen die Benutzung der Schiffahrtsrouten zu bewilligen. Wenn diese Sache vorbei war, ganz gleich, wie sie endete, würden sie noch immer Banditen sein.

Aber es reizte ihn wahnsinnig, etwas zu bewerkstelligen, wozu die selbstherrliche Starfleet nicht imstande war. Die Vorstellung, daß sie einem bescheidenen Bon Amar-Piraten und seinem Schrotthaufen von Raumschiff etwas schuldig war, ließ ihn kichern. Das wäre schon zum Schießen.

Natürlich würde es nicht dazu kommen. Aber man konnte doch träumen, oder?

Für eine Welt, die Leben erhalten konnte, gab es auf Cestus III kaum Wind. Picard war dankbar dafür.

In einer rauheren Umgebung wären wahrscheinlich schon alle Spuren des Erdrutsches, in den er geraten war, verweht worden. Das galt auch für den weichen, sandigen Boden, der die Stelle umgab und auf dem man noch die Fußspuren der Kolonisten und den Abdruck erkennen konnte, den sein Körper zurückgelassen hatte.

So hatte er die Stelle ohne Probleme finden können. Julia hatte sie ihm ja ziemlich genau beschrieben. Und mit etwas Glück würde er in der Nähe seinen Kommunikator finden.

Um nicht entdeckt zu werden, blieb der Captain auf

allen vieren und durchsuchte mit den Fingern den Sand und Schutt am unteren Ende des Erdrutsches. Der Kommunikator mußte doch hier irgendwo liegen, oder? Wenn man ihn an seinem Körper gefunden hätte, hätte Travers ihn mit Sicherheit erwähnt. Schließlich hatte er ja alles erwähnt, was ihm an Picard seltsam vorgekommen war.

Wenn er genug Zeit hatte, sagte der Captain sich, würde er das Gerät auf jeden Fall finden. Aber er *hatte* nicht viel Zeit. Travers hatte mittlerweile zweifellos die Suche nach ihm befohlen – eine Suche, die nicht lange dauern würde, sobald die Kolonisten seine Spur mit ihren Tricordern aufgenommen hatten.

Wahrscheinlich war der Kommunikator nicht sehr tief verschüttet worden; er hatte sich bei dem Sturz gelöst und lag nun wohl dicht unter der Oberfläche. Picard versuchte, eine so große Fläche wie möglich abzudecken, und fühlte den Sand durch seine Finger rinnen, während er von einer Stelle zur nächsten hastete.

Abrupt stießen die Knöchel seiner linken Hand gegen etwas Hartes. Höchstwahrscheinlich ein Stein – aber dann mußte es sich um einen ungewöhnlich glatten handeln. Der Captain tastete danach, und seine Finger schlossen sich um eine wunderbar vertraute Form.

Picard grub das Ding aus, und seine inbrünstigste Hoffnung wurde bestätigt. Er hielt das Gerät ins Sonnenlicht hoch und staubte es ab. Es war sein *Kommunikator*, und er sah genauso funktionsfähig aus wie in dem Augenblick, da er ihn auf der fremden Station zum letztenmal benutzt hatte.

Er kam sich vor wie ein Schatzjäger, der eine Truhe voller Golddublonen gehoben hatte. Nein, noch viel besser – denn sein Leben hing von diesem Fund ab. Und noch einiges mehr, wenn man bedachte, wie verantwortungsvoll die Aufgabe war, die man ihm auf der Heimatwelt der Gorn anvertraut hatte.

Plötzlich hörte der Captain Stimmen. Er zog instinktiv

den Kopf ein und schaute sich nach allen Seiten um. Bislang war noch niemand zu sehen – was bedeutete, daß seine Verfolger ihn wahrscheinlich auch nicht sehen konnten. Aber das würde sich jeden Augenblick ändern, wenn sie ihre Tricorder benutzten, um ihn aufzuspüren.

Er mußte fort von hier – und zwar schnell. Aber wohin? Picard versuchte, das hämmernde Geräusch seines Herzschlags zu ignorieren. Er vernahm die Stimmen erneut, etwa genauso laut wie zuvor. Seine Verfolger hatten also mehr oder weniger die gleiche Strecke eingeschlagen wie er, als er sich auf die Suche nach seinem Kommunikator gemacht hatte.

Das war kaum ein Zufall. Die Hügel waren leichter zu besteigen, wenn man sich ihnen auf diesem Weg näherte; dort waren die Hänge länger und sanfter und nicht so felsig. Man kam einfach schneller voran, was zuvor dem Captain einen Vorteil verschafft hatte, nun aber Travers' Suchmannschaft half.

Erneut die Stimmen, jetzt schon beträchtlich näher – und sie folgten eindeutig seiner Spur, ob sie es nun wußten oder nicht. Picard wandte sich in die entgegengesetzte Richtung und suchte das Terrain mit Blicken ab: ein flaches, mäanderndes Tal, das in einer ausgeprägten Felsspalte endete. Soweit er sehen konnte, bot sich ihm dort einigermaßen Halt; es schien an dieser Stelle kaum lockere Erde und Steine zu geben.

Aber es gab dort auch nicht viel Deckung. Wenn er hinter dem Schutt des Erdrutsches hervorsprintete und die Suchmannschaft des Commodore in der Nähe war, konnte sie ihn kaum übersehen. Nein – er würde *auf keinen Fall* unbemerkt bleiben.

Doch es gab keine großartigen Alternativen. Der Captain biß auf die Zähne und lief los, auf die Felsspalte zu. Er wagte es nicht, über die Schulter zurückzuschauen. Einen Sekundenbruchteil lang konnte er fast spüren, wie der Energiestrahl eines Phasers sich ihm näherte, um sich dann mitten in seinen Rücken zu bohren.

Doch diesen Phaserstrahl gab es nur in seiner Vorstellung. Als er zwei Drittel der Strecke zu seinem Ziel zurückgelegt hatte und sein Atem scharf in seiner Kehle kratzte, während er seinem Körper alles abverlangte, glaubte Picard bereits, daß er es geschafft hatte.

Sobald er sich in der Deckung der Hügel befand, konnte er in einem Bogen zur Kolonie zurückkehren und dort einen Ort suchen, an dem er den Kommunikator verstecken konnte – eine Stelle, wo die Gorn nicht darüber stolpern würden. Damit hatte er dann getan, was in seiner Macht stand. Dann hing alles nur davon ab, ob Will Riker mit den Sensoren die richtige Stelle absuchen ließ …

Pummph!

Der Captain warf sich zur Seite, als unmittelbar links vor ihm ein kleiner Geysir Erde und Kieselsteine in die Luft schleuderte. Als er sich wieder aufrappelte, warf er rasch einen Blick über die Schulter zurück und sah, was die Explosion verursacht hatte.

Es war Schmitter, Travers' Sicherheitschef, flankiert von zwei Sicherheitswächtern in roten Uniformhemden. Als Schmitter feststellte, daß er Picard mit dem ersten Schuß verfehlt hatte, hob er erneut den Phaser und feuerte.

Der Captain warf sich nach links und entging mit knapper Not auch diesem Schuß. Der Strahl riß einen beträchtlichen Brocken aus dem Hang vor ihm, ließ Picard selbst aber unversehrt. Da er wußte, daß der Insignienkommunikator eine ungemein große Gefahr für diese Zeitlinie darstellte, rannte er in der Hoffnung, daß Schmitters nächster Schuß auch nicht genauer gezielt sein würde als die bisherigen beiden, so schnell er konnte auf die Felsspalte zu.

Sein Wunsch sollte sich erfüllen. Drei rubinrote Strahlen durchschnitten gleichzeitig die heiße, trockene Luft – und verfehlten ihn jeweils um mehrere Zentimeter. Dann war er durch die Felsspalte hindurch, blinzelte ins grelle

Sonnenlicht und überlegte, wie er seine Flucht fortsetzen sollte.

Leider hatte er Travers unterschätzt. Der Captain hatte das Tal kaum verlassen, als er in der Ferne zwei weitere Rothemden sah – und sie flankierten den Commodore persönlich.

Noch schlimmer war, daß Picard soeben ein noch tieferes Tal zwischen zwei ziemlich steilen und glatten Steigungen betreten hatte. Hier gab es keinen Raum zum Taktieren oder Verstecken und auch keinen Ausweg. Dem Captain blieb nur übrig, einen der Hänge zu erklettern, bevor entweder Schmitters oder Travers' Team ihn mit einem gutgezielten Phaserstrahl erwischte.

Aber das war keine sehr verheißungsvolle Möglichkeit. Angesichts der mangelnden Alternativen nahm er sie jedoch wahr und stürmte den Hang zu seiner Linken hinauf. Vor ihm taten die Sicherheitswächter des Commodore es ihm gleich, um ihm den Weg abzuschneiden. Picard schätzte die Winkel und Entfernungen ein und kam zum Schluß, daß sie ihn erwischen würden, bevor er oben auf dem Hügel angelangt war.

Er hatte versagt, sagte er sich. Die Erkenntnis schmerzte. Er hatte vollständig und restlos versagt. Es war zu spät, um den Kommunikator vor den Verfolgern zu verstecken, was besagte, daß er die Zeitlinie in Gefahr gebracht hatte. Überdies war es nun sehr wahrscheinlich, daß das Gerät beim Kampf zwischen den Kolonisten und den Gorn zerstört werden würde, womit Riker es hundert Jahre später wohl kaum finden könnte.

Die Konsequenz? Keine Rückkehr ins vierundzwanzigste Jahrhundert. Kein Picard bei den Friedensverhandlungen mit den Gorn. Nichts, was einen Krieg mit verheerenden Folgen für beide Seiten des Konflikts verhindern konnte – vorausgesetzt, daß es diese beiden Seiten in der Zukunft, die nun geschaffen werden würde, überhaupt noch gab.

All das ging dem Captain in einem Sekundenbruchteil

durch den Kopf. Es ließ ihn jedoch nicht langsamer werden. Wenn Travers ihn aufhalten wollte, mußte er ihn schon niederschießen. Es sah Picard nicht ähnlich, einfach aufzugeben, solange noch ein Funke Hoffnung bestand.

Dann passierte etwas. Der Captain wußte nicht genau, was, aber der Commodore blieb plötzlich auf halber Höhe des Hangs abrupt stehen. Seine Sicherheitswächter taten es ihm gleich.

Ein schneller Blick über die Schulter verriet Picard, daß auch Schmitter angehalten hatte. Der Captain hatte den Eindruck, daß irgend etwas anderes ihre Aufmerksamkeit erregt hatte, etwas, das wichtiger als ein einzelner Flüchtling war. Sie schauten verängstigt, ja fast entsetzt drein. Was konnte sie dermaßen in Panik versetzt haben? Was …

Verdammt. Als dem Captain klar wurde, was seine Verfolger abgelenkt haben mußte, wurde er kreidebleich.

Die Gorn waren hier.

Picard konnte sich vorstellen, was geschehen sein mußte. Die Sensorphalanx der Kolonie hatte die Annäherung eines unbekannten Schiffes erfaßt, es aber lediglich als fremdes Schiff eingestuft, das die Einrichtungen der Kolonie benutzen wollte.

Zumindest anfangs. Als das Schiff dann näher gekommen war, hatte es seine Waffenbänke aktiviert – und das würde kein Schiff mit friedlichen Absichten tun. Und der Offizier, der für die Sensorphalangen verantwortlich war, hatte umgehend Kontakt mit Commodore Travers aufgenommen und um Instruktionen gebeten.

Schließlich konnte es sich bei den Sensorwerten ja um einen Irrtum handeln; vielleicht lag ein Fehler im System vor. Und selbst wenn die Anzeigen zutrafen, mußte es ja nicht unbedingt zu Kampfhandlungen kommen.

Vor seinem geistigen Auge sah Picard erneut Harolds Gesicht, wie es bleich und mit tiefliegenden Augen in der Logbuchaufzeichnung der *Enterprise* dokumentiert war. Als hätte er das Band erst gestern gesehen, hörte er den entsetzten Bericht des Mannes.

»Aber dann knackten sie unsere Phaserbatterien mit ihrer ersten Salve. Von da an waren wir hilflos. Wir hatten mit keinem Angriff gerechnet; warum sollten wir auch? Es gab bei uns nichts von besonderem Interesse.«

Er konnte das Massaker noch verhindern. Er konnte Travers vor den Gorn warnen, ihn überreden, auf das fremde Schiff zu schießen. Natürlich würde der Commodore wahrscheinlich nicht auf ihn hören.

Und diese Frage war sowieso hinfällig. Der Captain hatte seine Entscheidung getroffen, die in Wirklichkeit gar keine war.

Die Geschichte mußte ihren Verlauf nehmen.

»Zum Teufel mit Ihnen, Hill!« brüllte Travers. Der Commodore warf Picard einen hitzigen, wütenden Blick zu – einen, den man über das gesamte Tal hinweg deuten konnte. Er wollte den geheimnisvollen Mister Hill so dringend schnappen, daß er ihm am liebsten persönlich hinterhergelaufen wäre. Aber er mußte sich um eine dringendere Angelegenheit kümmern.

Unter den erstaunten Blicken des Captains, der sein Glück kaum fassen konnte, kehrten die Sicherheitswächter des Commodore auf demselben Weg zurück, den sie gekommen waren. Als Picard über die Schulter zurückblickte, sah er, daß Schmitter es ihm gleichtat und zu der Felsspalte zurückkehrte, durch die er gekommen war.

Travers hätte dem Offizier an den Sensoren von hier aus Anweisungen geben können. Er hätte allein zur Kolonie zurückkehren und Schmitter die Verfolgung allein fortsetzen lassen können. Aber er ließ Vorsicht walten und tat nichts davon.

Der Commodore würde die Kolonie damit nicht retten können. Doch er hatte dem Captain eine zweite Chance gewährt, die Zeitlinie zu retten.

Fähnrich Ro Laren hatte geglaubt, ihren befehlshabenden Offizier auf dem mittleren Sitzplatz auf der Brücke vorzufinden. Doch als sie aus dem hinteren Turbolift stürmte, sah sie, daß der Sessel des Captains leer war.

Sie wandte sich an Worf. »Wo ist er?« fragte sie. »Wo ist Commander Riker?«

Der Klingone runzelte kaum merklich die Stirn; zweifellos war er über ihr Benehmen ein wenig erstaunt. Ob nun amtierender Erster Offizier oder nicht, er war es nicht gewöhnt, daß Ro ihn so ansprach.

Daher bestand seine Antwort lediglich darin, den gewaltigen Kopf mit den knochigen Stirnplatten in die Richtung des Bereitschaftsraums des Captains zu neigen. Aber das genügte dem Fähnrich schon.

Sie stürmte an den Zugangspaneelen der Schaltkreise und dem Nahrungsreplikator vorbei und trat vor die Tür des Bereitschaftsraums. Einige Pfeiftöne machten Riker bereits auf ihre Anwesenheit aufmerksam. Eine oder zwei Sekunden verstrichen, und sie wartete ungeduldig darauf, daß die Türhälften auseinanderglitten.

Schließlich taten sie genau das – und enthüllten den Ersten Offizier, der hinter dem Schreibtisch des Captains saß und sie mit Augen musterte, die genauso müde und rot umrandet wie die ihren waren. Offensichtlich hatte er während seiner Ruhephase auch nicht viel geschlafen.

»Fähnrich«, sagte Riker. »Ich wollte mit Ihnen sprechen, nachdem ich ...«

Sie war einfach nicht mehr fähig, sich zu beherrschen. »Sie haben ihn gefunden«, platzte sie heraus.

Der Erste Offizier kniff die Augen zusammen. »Wie bitte?« erwiderte er. Offensichtlich hatte sie ihn kalt erwischt.

Sie zwang sich, langsam und ruhig zu sprechen. »Der Captain«, sagte sie. »Die Bon Amar haben ihn gefunden – oder zumindest das Terillium, das sich in seinem Kommunikator befand, als er verschwand.« Sie ballte die

Hände zu Fäusten, und ihr Gesicht rötete sich vor Freude über den Erfolg. »Wir wissen, wo er ist.«

Riker erhob sich und kniff die Augen zusammen, als ihm die Bedeutung ihrer Worte klar wurde. War es wirklich geschehen? Als Geordi vorgeschlagen hatte, wie man den Captain aufspüren konnte, hatte Riker die Idee als brillant gelobt. Doch nachdem sie bislang nur Fehlschläge erlebt hatten, hatte er sich gefragt, ob sie nicht nur einem Phantom nachjagten. Doch nun ...

»Sind Sie sicher?« fragte er.

Ro nickte. »Ich kann Ihnen die Koordinaten geben.«

Langsam legte sich ein Lächeln auf die Züge des Ersten Offiziers. Nicht sein übliches, sorglos-unbekümmertes Lächeln, sondern ein Ausdruck unglaublicher Freude, den der Fähnrich niemals von ihm erwartet hätte.

»Also denn«, sagte Riker, und seine Stimme klang allmählich fester, »wollen wir Commander LaForge die gute Nachricht mitteilen. Haben Sie zufällig auch den *Namen* des Planeten erfahren?«

Ro nickte erneut. »Er wird Cestus Drei genannt.«

Riker riß die Augen auf, bis sie ganz groß und rund waren. »Cestus Drei ...«, murmelte er.

»Sie waren schon mal dort?« fragte der Fähnrich.

Riker schluckte. »Nur gewissermaßen«, erwiderte er geheimnisvoll. Als hätte er das Schiff verlassen, berührte er seinen Kommunikator. »Mr. Worf«, sagte er, »verbinden Sie mich mit Commander LaForge. Fähnrich Rager, setzen Sie einen neuen Kurs. Wir kehren zu der fremden Station zurück.«

»Aye, Commander«, erklang Ragers Antwort. »Kurs eingegeben.«

»Beschleunigen«, befahl der Erste Offizier.

Irgend etwas an der Art und Weise, wie er es sagte, erinnerte Ro an Captain Picard. Wenn die Propheten ihnen beistanden, würde sie vielleicht bald wieder hören, wie dieser Befehl über die Lippen des Captains selbst kam.

»Cestus Drei?« wiederholte Geordi. »*Der* Planet Cestus Drei?«

»Genau«, bestätigte Riker. In seiner Stimme schwang eine Aufregung mit, die der Ingenieur auch durch den Insignienkommunikator spüren konnte. »Die Welt der Akademie-Simulation. Diejenige, auf der es den ersten Kontakt mit den Gorn gab.«

Data saß bereits am Monitor und gab die Information in die Konsole darunter ein. Als er fertig war, berechnete der örtliche Computernexus umgehend die Entfernung zu der fraglichen Welt.

Nach einem Moment erschien am unteren Rand des Bildschirms das Ergebnis. Mit dieser Zahl sowie mit der während des Transports des Captains aufgezeichneten Energiekurve konnte Data das temporale Element der Gleichung berechnen – mit anderen Worten: die Zeitspanne, die Picard in die Vergangenheit gereist war.

Als der Androide fertig war, blieb er zwei oder drei Sekunden lang einfach sitzen und runzelte ganz leicht die Stirn. Dann schaute er zu Geordi hoch.

»Was ist los?« fragte der Chefingenieur, von der Miene seines Freundes verwirrt. »Wie weit hat das Ding ihn zurückgeschickt?«

»Einhundertunddrei Jahre, einen Monat und sechs Tage in die Vergangenheit«, antwortete Data, gab aber keine weiteren Erklärungen dazu ab.

Geordi betrachtete den Androiden. »Hat es mit diesem Datum irgend etwas auf sich?« Manchmal mußte man Data jede Antwort einzeln aus der Nase ziehen.

»In der Tat«, kam die Antwort. »Nur wenige Tage später haben die Gorn diese Welt überfallen und alle Kolonisten bis auf einen getötet.«

»Gott im Himmel«, flüsterte Riker. LaForge hatte fast vergessen, daß der Erste Offizier noch zuhörte. »Wenn der Captain bei der Ankunft der Gorn noch dort ist …«

Er mußte den Satz nicht beenden. Sie alle konnten sich ziemlich gut vorstellen, wie es ausgehen würde – mit

Jean-Luc Picards Tod. Oder noch schlimmer – vielleicht brachte er sogar die Zeitlinie durcheinander, auch wenn er zweifellos alles daransetzen würde, das zu verhindern.

Es kam Geordi wie die reinste Ironie vor. In die Zeit jenes Zwischenfalls zurückversetzt zu werden, der den Weg für Beziehungen zwischen den Gorn und der Föderation öffnete – während sie unterwegs zu einer Gipfelkonferenz waren, die diese Beziehungen bewahren sollte. Wäre die Lage nicht so verzweifelt, hätte der Ingenieur ein Lächeln zustande gebracht.

In diesem Augenblick betraten Barclay und O'Connor den Raum. Sie hatten versucht, die Rückkehr-Kontrollen in Betrieb zu nehmen, wozu einige Arbeiten auf dem Gang erforderlich waren. Beide bemerkten sofort, daß etwas nicht in Ordnung war.

Geordi ersparte ihnen die Mühe, ihre Fragen zu stellen. »Gute und schlechte Nachrichten«, sagte er. »Die gute ist, daß wir den Captain gefunden haben. Die schlechte ist, wo wir ihn gefunden haben.«

Barclay nickte und runzelte die Stirn, während er die Information verdaute. O'Connor, die wesentlich lockerer als ihr Kollege war, nickte nur.

Geordi wandte sich an Data. »Glauben Sie, Sie schaffen es?« fragte er.

Die Lippen des Androiden bildeten eine gerade Linie. »Ich kann es versuchen«, erwiderte er. Dann beugte er sich ohne weiteres Aufhebens über die Konsole und widmete sich seiner Aufgabe.

Picard wußte, daß er diese Gegend so schnell wie möglich verlassen sollte. Aber er konnte es nicht. Etwas hielt ihn zurück.

Ganz bestimmt nicht die Notwendigkeit, den Insignienkommunikator zu verbergen – nicht mehr. Er hatte das Gerät schon vor einer Stunde tief vergraben, hier draußen im Schatten einer fast metallisch aussehenden

Felsspitze, die sich ungleichmäßig hinter dem zum Untergang verurteilten Vorposten erhob.

Wenn Captain Kirk in etwa einem Tag landete, würde er feststellen, daß die Gorn sich auf der anderen Seite der Kolonie verschanzt hatten, hinter der Waffenkammer, dem Verwaltungszentrum und dem nun ausgeschalteten Generator. Kirk würde den Feind mit Plasmagranaten bombardieren und damit in Schach halten, bis er herausgefunden hatte, was hier geschehen war.

Einige Gorn würden bei den Kampfhandlungen umkommen. Einige ihrer Waffen würden beschädigt oder zerstört werden. Aber nicht Picards Kommunikator. Er würde intakt bleiben, so daß Commander Riker ihn in hundert Jahren finden konnte.

Nein, nicht der Kommunikator hielt den Captain hier fest, als hätte er Wurzeln geschlagen. Es war der Anblick der Kolonisten, die, begleitet von grimmig dreinschauenden Sicherheitswächtern, von einem Teil der Einrichtung zur anderen eilten.

Travers mußte mittlerweile befohlen haben, die Schilde zu heben. Picard konnte sie nicht sehen, war aber überzeugt, hätte er einen Stein nach einem der Gebäude geworfen, wäre er kurz vor dem Ziel abgeprallt.

Der Commodore würde versuchen, mit den Fremden zu kommunizieren, um den Grund für ihre offensichtliche Kampfeslust herauszufinden – und festzustellen, ob es eine Möglichkeit gab, sie von dem Angriff abzubringen. Doch die Gorn würden nicht antworten; das belegten ihre eigenen historischen Aufzeichnungen. Sie würden einfach warten, bis sie alle Verteidigungseinrichtungen der Kolonie geortet und ins Visier genommen hatten, und dann zuschlagen.

Während der Captain wie gebannt zusah, trug ein junger Mann ein kleines Mädchen in den Armen, während eine junge Frau versuchte, mit ihm Schritt zu halten. Er schreckte zusammen, als er sie als die Familie erkannte, der er und Julia auf einem Spaziergang begegnet waren.

Selbst aus der Ferne konnte Picard die besorgten Gesichter der Erwachsenen ausmachen – ihre Furcht um ihr Leben und das ihrer Tochter.

Sie hatten allen Grund, besorgt zu sein. Die Schilde der Kolonie waren den Waffensystemen der Gorn nicht gewachsen. Die drei würden das Ende dieses Tages nicht mehr erleben. Der Captain spürte, wie sich bei diesem Gedanken seine Kehle zusammenschnürte.

Insgesamt würden bei diesem Gemetzel über fünfhundert Kolonisten der Invasion der Gorn zum Opfer fallen. Er hatte sie einmal in einer Statistik aufgeführt gesehen; man konnte Mitleid mit ihnen haben, aber sie waren nur eine abstrakte Zahl gewesen. Jetzt sah er in seiner Vorstellung die Blässe auf ihren Gesichtern, und wie sie in ihrer Hast immer wieder in den Himmel schauten – und er spürte ihre Angst, als sei es seine eigene.

Es war unmöglich, nicht mit ihnen zu fühlen. Kein Mensch konnte einfach ignorieren, was hier geschah. Man konnte nicht aus Fleisch und Blut bestehen und nicht innerlich über diese Ungerechtigkeit aufschreien. Diese Leute waren unschuldig, wie Lieutenant Harold später aussagen würde. Sie hatten kein Verbrechen begangen. Sie waren lediglich hierher gekommen, an die Grenze des bekannten Weltraums, um das Wissen der Föderation zu mehren.

Wären sie auch hierher gekommen, wenn sie gewußt hätten, welches Schicksal sie erwartete? Um von einem unbekannten Feind ausgelöscht zu werden? Um ihr Leben zu verlieren, ohne jemals den Grund dafür zu erfahren?

Erneut spielte Picard im Geiste Harolds Aussage ab, sah, wie der Mann den Feind noch um Gnade bat, nachdem es längst zu spät war. »*Wir haben versucht, uns zu ergeben. Wir haben ihnen gesagt, daß wir Frauen und Kinder haben. Aber sie haben uns einfach nicht angehört.*«

Der Captain ließ den Kopf auf seinen Unterarm sinken, der wiederum auf einem harten Felsen lag. Er versuchte, seine Schuld herunterzuschlucken. Aber es gelang ihm nicht. Sie tobte in seinem Bauch, als wäre sie ein Lebewesen, kratzte und scharrte, um herauszukommen.

Deshalb konnte er diesen Ort nicht verlassen, nicht wahr? Weil er hätte verhindern können, was hier geschah. Weil es in seiner Macht gestanden hatte, die Kolonisten rechtzeitig zu warnen, und er sich dagegen entschieden hatte.

Picard zwang sich, wieder aufzuschauen, den Blick auf die Leute zu richten, deren Schicksal er besiegelt hatte. Das war das mindeste, was er tun konnte. Wenn er es nicht beenden konnte, mußte er es wenigstens bezeugen. Das war er den Kolonisten schuldig.

Noch während er diesen Entschluß faßte, regneten die ersten grünen Intervallerstrahlen von dem ansonsten makellos blauen Himmel herab. Diejenigen, die sich noch auf dem Platz befanden, liefen schreiend in den Schutz der nächsten Gebäude.

Viele von ihnen schafften es nicht dorthin. Sie wurden von den schlanken Blitzen aus grünem Feuer aufgespießt und von innen verbrannt. Während der Captain mit vor Entsetzen brennenden Augen und zuckenden Eingeweiden zusah, ging das Gemetzel erst richtig los. Strahlen der Vernichtung zogen über den gesamten Platz, forderten ein Menschenleben nach dem anderen und verwandelten Lebewesen in verkohlte, rauchende Hüllen.

Dann bohrten die Intervallerstrahlen sich auch in die Gebäude, und einer traf eine Phaserbatterie. Als sie von dem Strahl berührt wurde, explodierte sie zu einer Feuersbrunst sich bekämpfender Energien. Einen Augenblick später wurde auch die andere Phaserbatterie zerstört.

Das nächste Ziel war die Sensorkontrolle, nicht weit entfernt von den Phasergeschützen. Ein Strahl senkte sich herab und bohrte sich tief ins Herz des Gebäudes. Einen langen, unheimlichen Augenblick schien es in dem

Bauwerk vor einem Schwarm winziger, grüner Insekten zu wimmeln. Dann war dieser Teil des Halbkreises der Kolonie verschwunden, als hätte er nie existiert, und entblößte der nächsten verheerenden Salve sein weiches, lebendes Inneres.

Nach diesem Muster setzte der Angriff sich nun fort, da der Großteil der Bevölkerung der Kolonie tief in den Eingeweiden der Einrichtung Zuflucht gesucht hatte. Die Geschichtsschreibung hatte alles festgehalten. Die Gorn würden den Vorposten Gebäude um Gebäude auseinandernehmen. In den nächsten paar Minuten würde die Hälfte des Halbkreises zerstört werden – und nachdem die Schilde ausgefallen waren, würde der Rest bald folgen.

Es war eine kalte, methodische Prozedur. Wie eine Gottesanbeterin, die einen Käfer zerlegte, um an das saftige Fleisch unter der Schale zu gelangen. Die Aktion zeugte weniger von Feindseligkeit als von wilder, unerschütterlicher Zweckmäßigkeit. Keine Grausamkeit, nur ein kulturelles Gebot.

Aber auf dem Altar dieses Gebots wurden Leben geopfert. Das zarte Leben von Kindern, von Vätern und Müttern, von Männern und Frauen, die ihre Anmut und Würde in diesen Ort eingebracht hatten.

So sehr konzentrierte er sich auf die Verwüstung des Vorpostens, daß er fast das Funkeln des Sonnenlichts auf rotgoldenen Schuppen übersehen hätte. Der Captain rollte sich gerade noch rechtzeitig zur Seite, um dem grünen Lichtstrahl auszuweichen, der den Felsen zerschmetterte, auf dem er gelegen hatte.

In einem Sekundenbruchteil erkannte er das Ausmaß der Gefahr, in der er schwebte. Drei Gorn standen vor ihm, alle von der kleineren, rot oder braun gestreiften Unterart, jeder mit einem Handintervaller bewaffnet. Soweit er es sagen konnte, waren sie allein.

Aber das würden sie nicht mehr lange sein. Jetzt fiel es ihm wieder ein … Die Invasion trat in die nächste Phase, den Nahkampf, den blutigsten Teil überhaupt.

Nicht, daß irgendeine Strategie ihn notwendig gemacht hätte. Die Gorn hätten die Kolonie auch aus ihrer Position in der Umlaufbahn zerstören können, ohne dabei das Leben eines einzigen aus ihren Reihen aufs Spiel zu setzen. Aber sie waren in erster Linie Krieger und erst in zweiter Linie Strategen – und ihre Tradition verlangte, daß einer ihrer Kommandanten dem Feind persönlich gegenübertrat.

Deshalb beamten sie nun hinab – um den Gnadenstoß persönlich zu verabreichen. Und was diese drei betraf, war Picard lediglich ein weiterer Mensch, der von ihrem Territorium vertrieben werden mußte.

Es bestand keine Aussicht, daß sie ihn am Leben lassen würden. Und sie würden ihn auch nicht entkommen lassen, wenn er sie nicht vorher zumindest entwaffnete. Leider mußte er das bewerkstelligen, ohne selbst bewaffnet zu sein.

Als der vorderste Gorn mit der Waffe zielte, um einen weiteren Schuß abzugeben, tat der Captain genau das, womit sein Widersacher niemals gerechnet hätte: Er duckte sich, um dem drohenden Intervallerstrahl zu entgehen, und griff ihn an. Noch während die Waffe sich entlud, stieß Picard gegen die Knie des Gorn.

Der Aufprall ließ die Zähne des Menschen klappern, erreichte aber seinen Zweck. Der Gorn verlor das Gleichgewicht, versuchte es schwankend zurückzuerlangen – und ließ dabei den Intervaller fallen. Bevor einer der Invasoren reagieren konnte, hatten Picards Finger sich um die Waffe geschlossen.

Einen Moment lang trafen sich die Blicke des Captains und des Gorn, und beide bemühten sich, einer fast hypnotischen Trägheit zu widerstehen. Dann hob Picard den Intervaller und schoß. Einer seiner Widersacher wurde von der Wucht des Energiestoßes zurückgeschleudert, prallte gegen den anderen und verhinderte auf diese Weise, daß der sein Ziel traf.

Während grüne Energien unkontrolliert über die

schlangenähnliche Haut des ersten Gorn flackerten und ihn sowohl von innen wie auch von außen zerrissen, fing sein Gefährte sich wieder. Picard und der Invasor schossen gleichzeitig.

Einer von ihnen verfehlte sein Ziel. Der andere nicht.

Der Captain rappelte sich wieder auf und zuckte zusammen, als er sah, wie der Gorn unter dem Einfluß des Intervallerstrahls zuckte und qualmte. In der Luft hing der scharfe Gestank von brennendem Echsenfleisch.

Nun mußte er sich nur noch mit einem Feind befassen. Als Picard sich ihm zuwandte, bestätigten beide mit einem wechselseitigen Blick, daß der Mensch sich nun entschieden im Vorteil befand, da er als einziger eine Waffe besaß.

Doch bevor der Captain sich entschließen konnte, was er nun tun sollte, veränderte die Lage sich erneut – und zwar radikal. In etwa fünfzig Metern Entfernung materialisierte ein weiterer Trupp Gorn. Picard folgte einem Instinkt, wirbelte herum – und sah, daß ein dritter Trupp hinter ihm Gestalt annahm.

Als der letzte der drei ursprünglichen Widersacher des Menschen sah, daß dieser abgelenkt war, unternahm er einen Fluchtversuch. Picard versuchte nicht, ihn daran zu hindern. Er überlegte hektisch, was er jetzt tun sollte.

Auf keinen Fall konnte er hier bleiben. Nicht, wenn es hier bald vor Gorn nur so wimmeln würde. Klug wäre es, sich tiefer in diese Felsschluchten zurückzuziehen, wo er der Aufmerksamkeit der Invasoren vielleicht entging.

Einen flüchtigen Moment lang dachte er an das Schicksal, das die Kolonisten nun erwartete. Die Gorn würden sie aus ihren Unterkünften zerren und einzeln mit ihren Handintervallern töten. Die Vorstellung ließ ihn vor Zorn und Ekel erröten.

Aber es war zu spät, um daran noch etwas zu ändern. Es gab keine Rettung für diese Menschen, nicht mehr zu diesem späten Zeitpunkt. Er konnte seine Entscheidung, sie sterben zu lassen, nicht mehr revidieren.

In diesem Augenblick brach eine Gruppe von vielleicht fünfzig bewaffneten Kolonisten aus einem Bauwerk im Halbkreis aus und stürmte zum Verwaltungsgebäude. Die Gruppe bestand etwa je zur Hälfte aus Männern und Frauen, und Picard hatte den Eindruck, daß Julia sich darunter befand, war sich aber nicht ganz sicher.

Sie würden versuchen, dort eine Verteidigungslinie zu errichten. Sie hatten keine Aussicht auf Erfolg gegen die Überzahl der Invasoren, gegen ihre überlegene Bewaffnung, aber sie würden es trotzdem versuchen.

Die Gorn materialisierten nun überall. Sollte dem Captain noch die Flucht gelingen, mußte er schnell handeln, bevor die Neuankömmlinge merkten, daß ein Mensch sich unter ihnen befand. Ansonsten wären all seine Versuche, sein Überleben zu sichern, umsonst gewesen.

Sollen die Kolonisten ihren letzten verzweifelten Versuch unternehmen, sich zu verteidigen, sagte er sich. *Der Fluß der Zeit verlangt es von ihnen. Das hat nichts mit dir zu tun.*

Dennoch war er nicht imstande, einfach davonzulaufen. Gegen jede Vernunft zögerte er. Und wandte sich wieder der Kolonie zu. Und fühlte, daß er mit den Zähnen knirschte, während in seinem Innern ein schier unglaublicher Kampf stattfand.

Er konnte sie nicht einfach im Stich lassen, oder? Und nicht nur allein wegen seiner Schuldgefühle, sondern weil er Teil dieser Kolonie geworden war – genau wie alle anderen ein Opfer dieser unerträglichen Tragödie.

Obwohl er während seines gesamten Aufenthalts hier gegen die Geschichte angekämpft hatte, war er von Anfang an ein Bestandteil von ihr gewesen. Das sah er nun mit verblüffender Deutlichkeit ein. Und nachdem er es eingesehen hatte, blieb ihm nur eine Wahl.

So schnell er konnte, lief er in Richtung Verwaltungsgebäude los.

9

Während Barclay zusah, arbeitete Commander Data an den Kontrollen, mit denen man die Position des Captains in Raum und Zeit bestimmen konnte. Die Information, wo man zu suchen hatte, war eine große Hilfe, doch die bevorstehende Aufgabe erforderte äußerste Präzision – und der Androide hatte nicht gerade besonders viel Übung darin. Genauer gesagt, wenn es darum ging, mit diesen fremden Geräten ein Lebewesen zu transportieren, hatte er nicht die *geringste* Übung.

Doch mit seinen übermenschlich schnellen Reflexen und der Fähigkeit, alle nötigen Anpassungen umgehend zu berechnen, war er von ihnen allen am besten dafür geeignet. Solange die einzelnen Systeme funktionsfähig blieben, bestand eine gute Chance, daß sie Captain Picard in einem Stück wiedersehen würden.

Barclay glaubte aufrichtig daran – bis er die Lampen aufflackern sah und das leise Summen hörte, das bereits die beiden letzten Energieschwankungen begleitet hatte. Die drei Menschen in dem Raum wechselten Blicke. Falls Data es bemerkt hatte, ließ er es sich nicht anmerken.

»Verdammt«, sagte LaForge. Er schaute sich um und benutzte offensichtlich sein VISOR, um Dinge zu beobachten, die Barclay niemals sehen würde. »Es fängt wieder an.«

»Ich befinde mich in einer kritischen Phase des Rückholprozesses«, sagte der Androide. Er sah noch immer nicht auf. »Wenn ich versuche, die überschüssige Energie wie zuvor abzuleiten, muß ich noch einmal von vorn anfangen.«

Der Chefingenieur spürte weiterhin Phantomen an den Wänden und der Decke nach. Zumindest kamen sie Barclay wie Phantome vor. Aber daß er sie nicht sehen konnte, bedeutete noch lange nicht, daß sie ihn nicht verletzen konnten. Nein, das auf keinen Fall.

Varley war von ihnen verletzt worden. Sehr schlimm sogar.

Und sie standen so dicht davor, Captain Picard zurückzuholen. Gäbe es doch nur eine Möglichkeit, den Beschränkungsstrahl zu aktivieren, seinen Ausstoß zu verstärken, wie Data es getan hatte, und das Energiebeschleunigungsmuster im Keim zu ersticken – aber ohne die Arbeit des Androiden zu unterbrechen ...

Augenblick. Vielleicht gab es tatsächlich so eine Möglichkeit.

»Warten Sie«, platzte Barclay heraus. »Ich habe ... ich habe eine Idee.«

LaForge wandte sich ihm zu. »Wir könnten dringend eine brauchen. Schießen Sie los, Reg.«

Der hagere Techniker fuhr mit der Zunge über seine Lippen. »Alle Knotenpunkte der Station sind durch große Energieleitungen verbunden, nicht wahr? Lediglich die Kontrollen und die Transportermechanismen scheinen dezentralisiert zu sein.«

Der Chefingenieur sah ihn an. »Und?«

Barclay zuckte mit den Achseln. »Dann müssen wir nicht den Beschränkungsstrahl in diesem Knotenpunkt benutzen, um Energie aus dem System abzuleiten. Wir könnten den eines anderen Knotenpunkts nehmen. Wir müssen lediglich einen anderen Kontrollraum finden und dieses System genauso aktivieren, wie wir das hier in Betrieb genommen haben.«

LaForge runzelte die Stirn, als er darüber nachdachte. »Das ist riskant, Reg. Wir haben diesen Bereich gesichert, indem wir unsere eigenen Schlösser an den Türen angebracht haben. Doch in anderen Abschnitten der Station ...« Er verstummte bedrohlich.

Der hagere Techniker schluckte. »Ich weiß«, sagte er. »Aber ich möchte es trotzdem probieren.«

Die Aufmerksamkeit des Chefingenieurs wurde von einem weiteren Irrlicht elektromagnetischer Energie in Anspruch genommen. »Na schön«, entschied er. »Aber ich werde Sie begleiten.«

Barclay nickte.

Einen Augenblick später lief er neben Commander La-Forge den gebogenen Korridor entlang und hoffte, daß ihnen nichts Schreckliches zustieß, bevor sie ihren Plan in die Tat umgesetzt hatten.

Julia Santos hatte noch nie in ihrem Leben einen Phaser benutzt. Auf der Akademie war die Teilnahme an den Trainingskursen freiwillig gewesen, aber sie hatte sich entschlossen, keinen zu belegen.

Schließlich war sie Ärztin. Ihre Aufgabe war es, Leben zu retten, nicht, ihnen ein Ende zu machen. *Bis jetzt,* dachte sie und hob die Waffe, die Travers ihr in die Hand gedrückt hatte, bevor sie über den offenen Platz gestürmt waren.

Als der letzte Kolonist sich in das noch intakte Verwaltungszentrum zwängte, schaute Julia aus dem Fenster und sah sich um. Jeglicher Mut schien sie zu verlassen.

Sie war auf den Anblick der echsenähnlichen Invasoren vorbereitet, so häßlich sie für das menschliche Schönheitsempfinden auch waren. Verdammt, sie hatten sich lediglich hier verschanzt, weil sie die Mistkerle mit ihren Nahsensoren entdeckt hatten und wußten, daß sie nun zu Fuß anmarschierten.

Aber sie war nicht vorbereitet auf die Anzahl, mit der sie über die Kolonie herfielen, wie eine grüne und goldene, in der Sonne funkelnde Flut. Es mußten sich schon ein paar hundert auf dem Planeten befinden, und unentwegt beamten neue herab.

Es war hoffnungslos. Völlig hoffnungslos. Ihre Phaser hätten auch Steinschleudern sein können, eine derart minimale Wirkung hatten sie.

Und Dixon … oder besser gesagt, Jean-Luc. Hatte er das gewußt? War dies vorherbestimmt, ein Bestandteil seiner zukünftigen Zeitlinie? Oder war der Überfall auch für ihn überraschend gekommen? Aber warum sollte er die Kolonie vor der Vernichtung durch den Reaktor retten, nur damit sie dann von ein paar Echsen …?

»Mein Gott«, fauchte der Commodore und drängte sich vorwärts, um einen besseren Blick durch das Fenster zu haben. »Da ist er!«

Julia schaute in die Richtung, in die Travers' Finger deutete, zum äußersten linken Ende des Halbkreises der Kolonie, wo sich eine der Phaserbatterien befunden hatte, bevor die Invasoren sie vernichtet hatten. Ja, da war etwas, lief auf sie zu. Und es war ganz bestimmt keine Echse.

Ohne Warnung stieß der Commodore die Mündung seines Phasergewehrs vor und schlug ein wie von einem Spinnennetz umgebenes Loch in das Sicherheitsglas des Fensters. Instinktiv riß Julia schützend einen Arm hoch. Aber sie hatte sich schnell wieder in der Gewalt und ergriff Travers' Handgelenk.

»Was soll das?« fragte sie ihn.

Der Commodore funkelte sie wütend an; sein Gesicht hatte sich vor Haß gerötet. »Ich zahle es ihm heim«, schnaubte er. »Daß er sein eigenes Volk verraten hat.« Seine Nasenlöcher blähten sich auf. »Daß er sich mit *denen* zusammengetan hat.«

Die Ärztin schüttelte den Kopf. »Nein. Sehen Sie es nicht? Wenn er sich mit ihnen verbündet hätte, wäre er bei ihnen – und würde nicht vor ihnen fliehen. Er ist genauso wenig ihr Freund, wie wir es sind.«

Aber Travers kaufte es ihr nicht ab. »Soll ich *Ihnen* etwa glauben? Einer Verräterin, genau wie er einer ist?«

Julia sah, daß es ihn schmerzte, diese Worte zu äußern.

Natürlich glaubte er es eigentlich gar nicht, sonst hätte er ihr keinen Phaser gegeben und sie ins Verwaltungszentrum mitgenommen. Die Lippen des Commodore zitterten, aber er konnte nicht mehr zurücknehmen, was er gesagt hatte.

»Sie wissen, daß ich keine Verräterin bin«, erwiderte sie ruhig. Sie riß den Kopf herum und nickte in die Richtung, in der der Mann aus der Zukunft sich befand. »Und *er* ist auch keiner.« Wenigstens, soweit sie es wußte.

Als wollten sie ihre Behauptung bestätigen, glitten ein paar grüne Strahlen über den Platz und bohrten sich in den Staub zu Jean-Lucs Füßen. Er brach in einer Staubwolke zusammen, und Julia wurde noch schwerer ums Herz.

Dann sah sie, daß er sich nur vorwärts geworfen und abgerollt hatte, um den Strahlen auszuweichen. Einen Sekundenbruchteil später war er wieder auf den Beinen und rannte, was er konnte.

»Wir müssen ihm helfen!« rief Julia. »Sie bringen ihn um!«

Ohne nachzudenken, lief sie zu der Tür, die sie hinter sich verriegelt hatten. Vielleicht würde sie niemanden treffen, da sie ja nicht an der Waffe ausgebildet worden war – doch selbst ein paar Fehlschüsse konnten ihrem Freund eventuell die Zeit verschaffen, die er brauchte.

»Verdammt noch mal, was haben Sie vor?« bellte Travers.

Aber sie war schon halb zur Tür hinaus und hielt nach den Echsenwesen Ausschau, die Jean-Lucs Leben ein Ende machen wollten. Sie waren nicht schwer zu finden. Zwei verfolgten ihn, so schnell sie konnten, was allerdings gar nicht *so* schnell war.

Die Ärztin schätzte ihre Geschwindigkeit ab und kam zum Schluß, daß die beiden Gorn den Menschen zwar nicht einholen, aber doch mit ihren Waffen verhindern konnten, daß er das Verwaltungszentrum erreichte –

wenn sie nicht vorher handelte. Sie hob den Phaser auf Augenhöhe, zielte und wollte abdrücken.

Doch sie kam nicht mehr dazu. Ein Phaserstrahl zischte über den Platz und fällte einen der schwerfällig gehenden Invasoren. Julia fuhr noch gerade rechtzeitig herum, um zu sehen, wie der Commodore ein zweites Mal schoß; der Strahl traf die Brust des zweiten Echsenwesens.

Einen Moment lang trafen sich ihre Blicke – und der Ärztin wurde klar, was Travers getan hatte. Er hatte sich auf die einzig ihm mögliche Weise für seinen Ausbruch entschuldigt. Diesmal war an seiner Beredtheit nichts auszusetzen.

Doch Picard hatte es noch nicht geschafft. Mehrere Invasoren näherten sich ihm von der anderen Seite. Er schoß im Laufen und fällte einen von ihnen mit einem smaragdgrünen Energiestrahl, doch die anderen versengten den Boden um ihn herum mit ihrem Feuer.

Julia knirschte mit den Zähnen und schoß. Eher zufällig traf sie das vorderste Echsenwesen, schleuderte es zurück und verlangsamte so das Vorankommen der anderen hinter ihm. Erst jetzt schien ihr geheimnisvoller Mann aus der Zukunft eine echte Chance zu haben.

Jean-Luc gab schnell einen Schuß ab, zog den Kopf ein und drehte sich zur Tür um. Vor und hinter ihm zischte und brodelte der Boden, doch irgendwie gelang es ihm, unverletzt zu bleiben. Und dann warf er sich mit letzter Kraft auf die Ärztin.

Julia hatte nicht damit gerechnet, sein volles Gesicht tragen zu müssen, und taumelte zurück – und entging so der Explosion der grünen Zerstörungskraft, die unmittelbar hinter ihr in die Wand schlug. Als sie die Orientierung wiedergewann, wurde ihr klar, daß Jean-Luc ihr das Leben gerettet hatte.

Er zerrte sie in das Gebäude zurück und stieß die Tür hinter sich zu. »Alle runter!« bellte er.

Es war eine Stimme, die gewohnt war, daß man ihr gehorchte. Daher überraschte es Julia nicht, daß sich alle zu Boden warfen. Und sie sollten es auch nicht bedauern, denn ein Sperrfeuer grüner Energie schnitt sich durch das Gebäude, löste Glas und Metall gleichermaßen auf – ein Sperrfeuer, das zahlreiche Kolonisten getötet hätte, wären sie stehengeblieben.

Jean-Luc ergriff fest, aber zärtlich ihr Gesicht und sah sie an. »Sind Sie in Ordnung?« schnarrte er, noch immer von dem Sprint über den Platz außer Atem.

Die Ärztin nickte. »Mir geht's gut«, sagte sie und brachte ein grimmiges Lächeln zustande. »Jetzt wieder.«

Er erwiderte ihr Lachen kurz und drehte sich dann zu Travers um. Die zerfurchten Gesichtszüge des Commodore waren etwas weicher geworden.

»Ich dachte, ich hätte Sie durchschaut, Hill. Ich habe geglaubt, Sie hätten unsere Fernsensoren sabotiert, um zu verhindern, daß wir diese Echsenwesen entdecken. Und daß Sie dann in die Wüste geflohen sind, um ihre Ankunft abzuwarten.«

»Und jetzt tauche ich hier auf«, sagte Picard, »und werfe Ihre Theorien einfach über den Haufen. Tut mir leid.«

Travers runzelte die Stirn. »Ach? Wollen Sie mir endlich die Wahrheit über sich verraten oder nicht?«

Der Besucher aus der Zukunft schaute bedauernd drein. »Nein«, antwortete er. »Aber ich sage Ihnen eins: Ich bin kein Verräter. Ich wollte Ihnen und Ihrer Kolonie nur helfen.«

Der Commodore seufzte. »Ich hatte so eine Ahnung, daß Sie diesem Thema ausweichen würden.« Er wandte sich an Julia. »Was ist mit Ihnen? Wollen Sie mich über unseren geheimnisvollen Gast aufklären?«

Die Ärztin dachte kurz darüber nach. Schließlich war es möglich, daß sie alle hier sterben würden. Aber was, wenn dem nicht so war? Was, wenn hier jemand überlebte und dann den Zeitstrom durcheinander brachte?

Sie schüttelte den Kopf. »Nein. Aus mir werden Sie auch nichts herausbekommen. Allerdings …«

Bevor sie den Satz beenden konnte, durchschnitt eine weitere Salve die Luft über ihnen und ließ einen Trümmerregen auf ihre Köpfe prasseln. Hustend klopfte Julia sich den Staub ab und stützte sich auf ihren Freund, während Travers zu der Stelle ging, wo sich zuvor ein Fenster befunden hatte. Damit waren die beiden kurz relativ ungestört.

»Jean-Luc«, flüsterte sie. »Werden Sie mir etwas sagen?«

Seine Blicke fanden die ihren. »Wenn ich es kann«, erwiderte er.

Die Ärztin fuhr sich mit der Zunge über die Lippen. »Sie haben sich die Mühe gemacht, die Kolonie vor einem verheerenden Unfall zu bewahren … dabei sogar Ihr Leben aufs Spiel gesetzt. Und nun sind Sie zurückgekommen, um gemeinsam mit uns Widerstand zu leisten … erneut unter großem Risiko.«

Ihr Freund schien zu ahnen, worauf sie hinauswollte. »Warum sollte ich so etwas tun, wenn es der Kolonie sowieso bestimmt ist, ausgelöscht zu werden? Wenn nicht wenigstens ein paar Ihrer Leute überleben werden?«

Er sah sie mit unendlicher Freundlichkeit an, mit unendlichem Leid und Bedauern. Und der Blick seiner haselnußbraunen Augen verriet ihr alles, was sie wissen mußte.

Julia schluckte. Also waren sie tatsächlich *verloren*. Sie würden alle *sterben*; die Geschichte hatte das bereits entschieden. Aber warum …

»Warum sind Sie zurückgekommen?« fragte sie. »Wenn das sowieso nichts ändert … welchen Sinn hat es?«

Jean-Luc zuckte mit den Achseln. »Vielleicht, weil jemand mir mal etwas gesagt hat … daß es so etwas wie bedeutungslose Opfer nicht gibt. Daß jede positive Tat, ganz gleich, wie hoffnungslos oder unbedeutend, sich letztlich lohnt.«

Die Ärztin sah ihn an. »Ich? Ich habe das gesagt?«

Er nickte. »Anscheinend habe ich es mir eingeprägt. Es hat bei mir wohl eine Saite zum Klingen gebracht.« Er schwieg kurz und wandte sich von ihr ab. »Julia«, fuhr er dann fort, »ich habe in den letzten paar Tagen Dinge getan, auf die ich nicht stolz bin. Ich habe Leute belogen, die mir vertraut haben. Ich habe die ganze Zeit über geplant, Sie und die anderen Kolonisten Ihrem Schicksal zu überlassen.

Und warum? Damit ich *überleben* konnte. Oh, es gibt gute Gründe, die mein Überleben erforderlich machen – Gründe, die ich jetzt nicht erklären kann. Aber was ich tun wollte, können andere fast genauso gut erledigen. Ich sehe nun ein, daß ich nicht so wichtig für die Zukunft bin, wie ich es gern glauben würde. Und was bleibt mir noch ohne diese Rechtfertigung?«

Julia bemühte sich, ihn zu verstehen. »Ist es so schlimm, einfach überleben zu wollen?« fragte sie.

Jean-Luc schüttelte den Kopf. »Nein, natürlich nicht. Doch es gibt Dinge, die schlimmer als der Tod sind.« Er fuhr mit dem Handrücken über ihre Wange. »Zum Beispiel Scham. Und dann der Verlust eines nahe stehenden Menschen, wenn man sich nicht genug ins Zeug gelegt hat, um ihn zu behalten – so vergeblich dieser Kampf auch sein mag.«

Die Ärztin spürte, daß ihr Tränen in die Augen traten, und zwang sie durch bloße Willenskraft zurück. Sie war entschlossen, nicht zu weinen. Sie war ihr ganzes Leben lang stark gewesen, und daran sollte sich auch am Ende nichts ändern.

»Sie kommen«, sagte Travers und schaute zu Julia und ihrem Freund zurück. »Das wäre vielleicht genau der richtige Zeitpunkt, um uns zu helfen, Mr. Hill.«

»So heiße ich nicht«, gestand Jean-Luc dem Commodore.

Travers zuckte mit den Achseln. »Unter diesem Namen werde ich mich immer an Sie erinnern«, sagte er und bewahrte unter seinen eisengrauen Brauen einen völlig neutralen Gesichtsausdruck.

Unter anderen Umständen hätte Julia vielleicht über den Galgenhumor gelacht. Doch nun faßte sie lediglich ihren Phaser fester und kroch neben ihrem seltsamen Begleiter vorwärts.

Lediglich ihre Handlampen führten sie durch die Dunkelheit, und es schien eine Ewigkeit zu dauern, bis sie den benachbarten Knotenpunkt erreicht hatten. Wenigstens waren die Energieschwankungen nicht schlimmer geworden. Die Beleuchtung wurde zwei oder drei Sekunden lang schwächer oder flackerte kurz auf und erlosch dann, aber von diesen Blitzen, die wie eine Herde Wildpferde die Wände entlangstürmten, war nichts mehr zu sehen.

Alles in allem, dachte Barclay, hatten sie Glück gehabt. Er fragte sich jedoch, wie lange ihr Glück noch anhalten würde.

»Da«, sagte Commander LaForge und zeigte nach vorn. »Das sieht aus wie der Gang zu einem Kontrollzentrum.«

Barclay schaute in die Richtung, in die sein Vorgesetzter deutete, und sah die Öffnung eines Wartungstunnels, der genau wie der aussah, der zu dem Kontrollraum führte, den sie vor einiger Zeit verlassen hatten. Er nickte. »Dann wollen wir es versuchen, Sir.«

Der Chefingenieur ließ sich auf alle viere hinab und kroch voran. Als Barclay ihm folgte, fiel ihm ein, was Varley zugestoßen war, und er machte unwillkürlich einen Satz durch die kleine Öffnung. Als er sich im Tunnel befand, fühlte er sich schon viel besser – trotz der Schatten, die von ihren Lichtquellen auf die Wände geworfen wurden und wie verrückt um sie herum tanzten.

Noch bevor Barclay das andere Ende erreicht hatte, an

dem Commander LaForge auf ihn wartete, sah er, daß die Einrichtung so ziemlich identisch mit der des Raums war, in dem sie gearbeitet hatten. Das war ein gutes Zeichen – ein sehr gutes.

»Kommen Sie«, sagte der Commander und half Barclay auf die Füße, nachdem er den Tunnel verlassen hatte. Er hielt seine Lampe auf die gegenüberliegende Wand gerichtet. »Wenn ich mich nicht völlig irre, haben wir es auf die Konsole da drüben abgesehen.«

Barclay schaute zu ihr hinüber. »Aye, Sir«, bestätigte er und näherte sich mit kritischem Blick dem betreffenden Kontrollpult. »Ja, die müßte es sein.«

Er berührte eine Schaltfläche, obwohl er erwartete, daß das Ding untätig bleiben würde – so leblos wie sein Gegenstück in dem Kontrollraum, als er es zum erstenmal überprüft hatte. Zu seiner Überraschung wurde es sofort aktiv, und über den Bildschirm rollte schnell eine Folge fremdartiger Schriftzeichen.

Und verschwand.

Und tauchte wieder auf.

»Ein Wackelkontakt«, meinte LaForge. »Aber die Verbindung ist da.«

»Scheint so«, stimmte der hagere Techniker zu und machte sich daran, die Abdeckung der Konsole zu entfernen. Wenn er auf dieser Station eins gelernt hatte, dann, daß man solche Verkleidungen ziemlich leicht abnehmen konnte. Diese stellte keine Ausnahme dar.

Auch das Innere der Konsole sah vertraut aus. Und Barclay entdeckte sofort, wo die lockere Verbindung sich befand. Es würde etwas kompliziert werden, sie zu befestigen, ohne sich einem offenen Schaltkreis auszusetzen, aber keineswegs unmöglich.

»Was für ein Glücksfall«, stellte der Chefingenieur fest, der die Lage offensichtlich genauso einschätzte wie Barclay. Er schaute auf. »Ich muß eingestehen, ich war ein wenig pessimistisch, aber ...«

Plötzlich flammte die Beleuchtung des Raums auf, so

hell, daß der hagere Techniker fast geblendet wurde. Und als er sich dann gerade an die neuen Lichtverhältnisse gewöhnt hatte, fing sie an, unregelmäßig zu flackern. Begleitet wurde das alles von einem Summen, das wesentlich tiefer war als das, das bisher bei diesen Vorfällen aufgetreten war.

»Verdammt«, sagte LaForge. »Ich hätte wissen müssen, daß es zu gut lief, um wahr sein zu können.«

Barclay spürte, daß sein Herz schneller schlug. O nein, sagte er sich. Noch nicht, bitte noch nicht. Wir haben noch einiges zu erledigen.

Doch noch während ihm dieser Gedanke durch den Kopf ging, stellte er seine Lampe auf die geöffnete Konsole, so daß sie die Eingeweide des Geräts erhellte, und machte sich daran, den Wackelkontakt zu beseitigen. Er konnte nichts daran ändern, daß er Angst hatte. Aber er würde sich von seiner Angst nie wieder behindern lassen.

Der Commander kam um die Seite der Konsole herum, damit er sehen konnte, was Barclay machte, sagte aber nichts. Er bot ihm auch keine Hilfe an, denn er wußte genau, daß diese Arbeit nur von einer Person erledigt werden konnte. Er sah nur zu und vergewisserte sich, daß seinem Kollegen kein Fehler unterlief.

Plötzlich erlosch das Licht vollständig – nur, um von einem giftigen Zischen der Energie ersetzt zu werden, die überall um sie herum verlief, vom Boden über die Wände zur Decke und wieder zurück. Das Summen wurde lauter, bis es in ihren Ohren schmerzte.

Barclay spürte, wie sich Eiswassertropfen auf seinem Nacken sammelten. Genauso hatte es neulich angefangen, als der Captain verschwunden war. Und wenn er nicht schnell arbeitete, würde wieder etwas Schlimmes passieren.

»Vorsicht, Reg«, sagte LaForge. »Denken Sie an nichts anderes. Machen Sie sich keine Sorgen. Erledigen Sie nur Ihre Arbeit.«

Barclay erkannte die Klugheit im Ratschlag seines Vorgesetzten und nickte. Aber das Summen ließ sich kaum noch ignorieren. Und die Energieblitze, die sie umgaben, schienen immer schneller zu kreisen.

Schließlich hatte er geschafft, was er sich vorgenommen hatte – der Stromkreis war gesichert. Ohne seine Arbeit zu überprüfen, setzte er die metallene Abdeckung wieder auf die Konsolen und machte sich an den Schaltflächen zu schaffen, mit denen man das Ding in Betrieb nehmen konnte. Einen Herzschlag lang erfolgte keine Reaktion.

Dann erklang ein leises, zögerndes Surren, und Barclay wußte, daß er aufs richtige Pferd gesetzt hatte. Die Kontrollen erwachten zum Leben. Über ihnen verwandelte das Bild auf dem Monitor sich in eine Rißzeichnung, die er schon einmal gesehen hatte.

»Wir haben abgehoben«, sagte er, zitierte damit eine alte Starfleet-Witzelei. Seine Stimme klang jedoch sogar in seinen eigenen Ohren schmerzlich lahm und humorlos.

»Das haben wir«, bestätigte LaForge. »Rutschen Sie rüber, und ich helfe Ihnen.«

Barclay wußte, daß sie nun Hand in Hand arbeiten mußten. Beim letzten Mal hatte Data den fremdartigen Beschränkungsstrahl aktiviert und den Energieüberschuß der Station ins All abgelassen. Doch nun stand ihnen die Schnelligkeit des Androiden nicht zur Verfügung, und sie mußten mit dem auskommen, was sie hatten.

Überdies war O'Connor nicht anwesend, die ihnen hätte sagen können, ob der Energieanstieg sich verstärkt hatte, oder wieviel Zeit ihnen noch blieb. Allerdings hätte sie wohl geschwiegen, bis der Punkt gekommen war, an dem es kein Zurück mehr gab und sie die Station unbedingt hätten verlassen müssen.

Der Commander fluchte leise, während er versuchte, den Ausstoß des Begrenzungsstrahls zu maximieren.

»Das reicht nicht«, sagte er. Dann drehte er sich zu Barclay um. »Data hat die Input-Ebenen des fremden Beschränkungsstrahls erhöht, indem er Energie durch die Emissionsphalanx geleitet hat. Unsere funktioniert nicht, also müssen wir etwas anderes versuchen.«

Das Summen war so schlimm wie nie zuvor, und die Lichter in den Wänden rasten genauso schnell um sie herum. Der hagere Techniker biß sich auf die Lippe, während er sich zum Nachdenken zwang.

»Wie wäre es ... wie wäre es, wenn wir das Backup-Modul aktivieren? Wir können beide gleichzeitig in Betrieb nehmen.«

LaForge schüttelte den Kopf. »Zu riskant. Wir könnten die Absperrvorrichtung auslösen. Dann müßten wir sie umgehen, und dafür haben wir nicht genug Zeit.«

Barclay seufzte. Der Commander hatte recht. Er schalt sich, den Vorschlag auch nur gemacht zu haben.

LaForge nahm kaum die Hand von den Kontrollen, als er seinen Insignienkommunikator berührte. »O'Connor, wie halten wir uns?«

Die Antwort kam so schnell, daß sie mit der Frage gerechnet haben mußte. »Es könnte schlimmer sein, Sir. Sie scheinen eine Art Gleichgewicht hergestellt zu haben. Die Energiewellen beschleunigen sich nicht mehr, befinden sich aber noch auf einem ziemlich hohen Niveau. Wenn irgend etwas schiefgeht, auch nur eine Kleinigkeit ...«

Sie beendete den Satz nicht. Aber das war auch nicht nötig.

»Was ist mit Commander Data?« fragte LaForge, ohne die Kontrollen aus den Augen zu lassen. »Hat er bei der Suche nach dem Captain Fortschritte gemacht?«

»Leider nicht, Sir. Wir haben Schwierigkeiten, ein ...« Der Kommunikator des Chefingenieurs verstummte kurz. Dann, mit unverhohlener Erregung: »Wir haben ihn, Commander. Wir haben Captain Picard erfaßt.«

Barclay hätte sich nichts Schöneres vorstellen können,

als diese Worte zu hören. Offensichtlich empfand LaForge genauso, denn er ballte eine Hand zur Faust – ein Symbol des Triumphs.

»Holen Sie ihn zurück«, befahl der Chefingenieur O'Connor. »Wir treffen uns in der Luftschleuse.«

»Aye, Sir«, erwiderte sie. Und dann verstummte der Kommunikator.

LaForges Hand schloß sich um Barclays Schulter. »Verschwinden wir von hier, Reg.«

Der hagere Techniker sah ihn an. »Aber, Sir ... sollten wir nicht versuchen, den Absaugeffekt zu verstärken?«

»Wir haben getan, was wir können«, erklärte der Chefingenieur. »Mit etwas Glück wird der derzeitige Abfluß die Lage noch ein paar Minuten lang stabil halten. Und dann werden wir verschwunden sein.«

Barclay zögerte. Er kam nicht dagegen an. Er wurde einfach den Eindruck nicht los, sie hätten ihre Arbeit noch nicht abgeschlossen.

LaForge mußte bemerkt haben, daß irgend etwas ihn störte. »Hören Sie zu, Reg, sobald Commander Data den Captain zurückgeholt hat, kann er auch noch etwas Energie ableiten. Wir müssen hier weg, bevor ...«

Ohne jede Warnung explodierte das Kontrollpult vor ihnen in einem Geysir blendendweißer Energie. Der Commander, der es mit einer Hand berührt hatte, schrie vor Schmerz und Schock laut auf und wurde zurückgeworfen. Dann prallte er gegen die Wand, rutschte auf den Boden hinab und blieb reglos liegen.

Barclay stand wie versteinert da, während es in der Konsole noch knisterte und Funken sprühten. Er kniete nieder und betrachtete seinen Vorgesetzten.

LaForge atmete noch, wenn auch nur flach. Und sein Puls war ebenfalls spürbar. Vielleicht war er doch nicht so schlimm verletzt worden. Falls Barclay ihn hier hinausschaffen und zur Luftschleuse bringen konnte, würde er wahrscheinlich überleben.

Aber warum war das Kontrollpult einfach so explodiert? Hatte er den Wackelkontakt doch nicht anständig beseitigt? War es ... war es vielleicht *seine* Schuld, daß der Commander hier bewußtlos lag und in Lebensgefahr schwebte?

Barclay stieß trotzig den Unterkiefer vor, schob die Arme unter LaForges Achseln und zerrte ihn zum Tunneleingang. Leider war der Commander schwerer, als er aussah. Und bei diesem Tempo würde es lange dauern, die Luftschleuse zu erreichen – vielleicht *zu lange*.

Aber er würde tun, was auch immer nötig war. Commander LaForge hatte ihm wider besseres Wissen vertraut, oder etwa nicht? So oder so, Barclay würde ihm beweisen, daß er dieses Vertrauens würdig war.

Da sie wohl kaum unter einem Mangel an Beleuchtung zu leiden hatten, verzichtete der hagere Techniker darauf, ihre Lampen mitzunehmen, und zog den Commander durch den Raum. Am Eingang des Tunnels zögerte Barclay einen Augenblick lang, dann zerrte er LaForge hinein und schleppte seine Last mit sich.

Es ging nur langsam voran. Barclays Rücken- und Schultermuskulatur hatte lange nicht mehr so hart arbeiten müssen – vielleicht sogar noch nie. Aber davon ließ er sich nicht aufhalten. Zentimeter um Zentimeter, Meter um Meter arbeitete er sich in dem Tunnel voran. Schließlich konnte er dessen Ende ausmachen, wenn er über die Schulter zurückschaute. Und kurz darauf hatte er den Ausgang erreicht.

Er wollte gerade die Fersen in den Boden graben und sich aus dem Korridor ziehen, als er glaubte, daß das allgegenwärtige Summen lauter wurde. Und nicht nur lauter – irgendwie auch bedrohlicher. Ein sechster Sinn verriet Barclay, daß er in Gefahr war. In *schrecklicher* Gefahr.

Gerade noch rechtzeitig beugte er sich so weit wie möglich vor – und fühlte, wie die Luke sich hinter ihm schloß, so nah, daß sie über seinen Nacken kratzte. Da es auf keinen weiteren Widerstand traf, prallte das Metallstück mit einem lauten Scheppern auf den Boden.

Auf Barclays Rücken legte sich eine Gänsehaut, die nicht wieder weichen wollte. Sie schien sich über seinen gesamten Körper auszubreiten, sein Blut in Eis zu verwandeln, und ließ ihn unbeherrscht zittern.

Eine Sekunde später, und die Luke hätte sich über *ihm* geschlossen. In seiner Vorstellung sah er noch einmal das entsetzliche Schicksal, das Varley widerfahren war. Er sah, wie sich das kalte, dunkle Metall wie eine Guillotine senkte, hörte das Zersplittern von Knochen und Knorpeln, sah die Blutpfütze, die sich auf dem glatten, glänzenden Boden ausbreitete.

Es fing mit einem Schnattern in seiner Kehle an. Er versuchte, es zu unterdrücken, doch es gelang ihm nicht. Er mußte es hinauslassen, oder er würde daran ersticken. Trotz seiner Scham und Erniedrigung schrie er auf – genau wie damals. Er schrie lang und laut und bemerkte kaum, daß die Luke sich wieder öffnete – als wolle sie ihn ermutigen, erneut den Versuch zu wagen, den Wartungstunnel zu verlassen.

Aber dann, als Barclay schon glaubte, er würde bereits ewig in diesem Tunnel liegen und schreien, konzentrierte sein Blick sich auf die hilflose Gestalt Commander LaForges. Er hatte sich selbst versprochen, den Commander zur Luftschleuse zurückzubringen. Und verdammt noch mal, genau das würde er tun, Luftschleuse und Varley hin oder her.

Er atmete tief ein, dann noch einmal, legte die Arme mit erneuerter Entschlossenheit um LaForges Brust und stieß sich zurück. Die Luke machte keine Anstalten, sich wieder zu senken. Doch draußen im Korridor erinnerten die rasenden Lichter an ein Stroboskop, und das Summen wurde eindeutig immer tiefer.

Barclay schluckte heftig und zwang sich, den Commander hinter sich herzuziehen. Dann glitt er wieder zurück, während er den Schlitz nicht aus den Augen ließ, in den die Luke sich zurückgezogen hatte. Er befand sich jetzt fast direkt über ihm.

Sollte das Ding sich wieder senken, blieb ihm vielleicht noch genug Zeit, um ihm auszuweichen – oder auch nicht. Angesichts dieses Gedankens schloß er die Augen und zerrte LaForge weiter.

Noch ein Ruck, und der größte Teil seines Körpers war unter der Luke hindurch, auf dem gebogenen Gang draußen. Um ganz sicher zu gehen, öffnete Barclay die Augen – und sah die harte, dunkle Kante der Luke direkt über sich. Während sein Herz heftig gegen seine Rippen hämmerte, verspürte er plötzlich den Drang, einfach loszulaufen – den Commander zurückzulassen und sich vor diesem tödlichen, zerschmetternden Gewicht zu retten.

Doch er biß sich tief in die Innenseite seines Munds, widerstand dem Drang – und zog. Und schob sich wieder zurück. Und zog erneut. Und bevor er es richtig mitbekommen hatte, hatte er den anderen fast aus dem Tunnel gezerrt. *Fast.*

Da hörte er, wie das Summen sich erneut veränderte – und wieder diesen fürchterlichen, warnenden Klang annahm, der schon einmal sein Leben gerettet hatte. Er knirschte mit den Zähnen, grub die Fersen in den Boden und zerrte, was er nur konnte.

Sowohl er als auch Commander LaForge rutschten in den Korridor zurück. Die Luke, so dunkel und tödlich wie eh und je, prallte nur ein paar Zentimeter hinter den Füßen des Commanders auf den Boden.

Barclay atmete tief und zitternd ein und wieder aus. Leider blieb ihm keine Zeit, sich zu beglückwünschen. Er mußte LaForge zur Luftschleuse schaffen, bevor die Station sich selbst zerstörte.

10

Zum erstenmal seit langen Minuten herrschte Stille. Sie war auf ihre Weise sogar noch schwerer zu ertragen als die Geräusche der Zerstörung, die die Gorn ausgelöst hatten. Die Ruhepause bereitete Picard Unbehagen. Er hob den Kopf und spähte aus dem zerstörten Gerippe des Verwaltungsgebäudes hinaus.

Die Invasoren waren natürlich noch immer da draußen; ihre Schuppenhäute funkelten in der Sonne. Dank der Treffsicherheit der Kolonisten waren es nicht mehr so viele wie zuvor. Aber sie bildeten trotzdem noch eine beträchtliche Streitkraft.

Der Captain hatte den Eindruck, daß sie sich auf einen weiteren Angriff vorbereiteten. Wie es aussah, auf den *letzten*. Andererseits hatte er jedoch gedacht, ihr *vorheriger* Angriff sei der letzte gewesen, doch den Menschen war es irgendwie gelungen, ihn abzuwehren.

Er warf einen Blick über die Schulter zurück und zählte zwölf Personen. Zwölf von fünfzig oder mehr, die aus ihren Bunkern gekrochen waren, um den Gorn Widerstand zu leisten – und das hatten sie fraglos geschafft. Aber der Preis …

Der Captain hatte einen Kolonisten nach dem anderen sterben gesehen, hatte jeden Todesfall mit genauer Aufmerksamkeit für die Details beobachtet. Er hatte dies nicht aus morbider Faszination getan, sondern, um jeder Tragödie Bedeutung zu geben, zumindest für ihn. Vielleicht würde er es nicht zurück in die Zukunft schaffen, doch er wollte sich die Ereignisse dieses dunklen und grausigen Tages einprägen – bis er selbst in der Hochofenhitze des grünen Feuers verging.

Warum machte er sich die Mühe? Weil es, genau wie die Todesfälle selbst, Bedeutung hatte. Diese Geste war es um ihrer selbst willen wert, vollzogen zu werden, ungeachtet jeglichen Zusammenhangs mit der Geschichte. Letzten Endes, dachte Picard, beschränkte sich das Phänomen, das man ›Leben‹ nannte, vielleicht sogar darauf: eine Reihe von Gesten, alle letztlich vergeblich, keine davon imstande, eine Kerbe in den Panzer des Unvermeidlichen zu schlagen.

Der Captain seufzte. Könnte er in diesem Augenblick alles anhalten, die Zeit gefrieren lassen, so daß er und seine Gefährten auf ewig die Invasoren über einen breiten, schmutzigen Platz anstarrten, er würde es tun. Er würde eine Ewigkeit mit diesen Leuten an seiner Seite verbringen, in deren Herzen die Furcht schlug und in deren Augen der Trotz funkelte.

Er runzelte die Stirn. Ja, *wenn* … Wenn er das hätte verhindern können, als noch Zeit dafür war. Wenn er sich der Ersten Direktive hätte widersetzen und eine Möglichkeit finden können, dieses Massaker zu verhindern … um *sie* zu retten … *Julia* zu retten.

»Ja, Jean-Luc?«

Picard lächelte, als sie sich etwas näher an ihn heranschob. »Nichts«, sagte er. »Ich habe nur nachgedacht. Ich wollte es nicht laut tun.«

Sie kicherte trocken. »Das ist typisch. Ich finde einen Mann, der sogar an mich denkt, wenn er dem Tod in den häßlichen Rachen schaut – und wir beide werden sterben, bevor ich die Lage ausnutzen kann.«

In ihrer Stimme lag nur eine ganz leichte Unsicherheit. Sie war eine tapfere Frau. Eine *sehr* tapfere Frau. Und wie sie wünschte er, sie hätten sich an einem besseren Ort, in einer besseren Zeit begegnen können.

»Hill«, knurrte Travers in einer Nische der Überreste ihrer Zuflucht.

Der Captain schaute zurück und sah, daß der Commodore ein Phasergewehr in seine Richtung schob. Wortlos nahm er es entgegen.

Travers fühlte sich trotzdem zu einer Erklärung verpflichtet. »Es war Schmitters Waffe«, sagte er. »Er braucht sie jetzt nicht mehr.«

Picard schaute in die Richtung, in die der Commodore deutete, und sah die Stelle, an der Schmitter während der letzten Angriffswelle gelegen hatte. Von dem Mann war nur noch ein verkohlter Fleck auf dem Boden übrig geblieben.

Das hatten die Intervaller der Invasoren so an sich – sie ließen keine Verwundeten zurück. Wenn der Intervallereffekt erst einmal lebendes Gewebe erfaßt hatte, ließ er es nicht mehr los, bis der gesamte Organismus aufgelöst worden war.

Der Captain legte seinen fast leergeschossenen Handphaser auf den Boden und das Gewehr in die Armbeuge. Schade, daß er es nicht richtig benutzen konnte, dachte er – er konnte nur Gorn erledigen, die bereits vom Strahl eines anderen getroffen worden waren. Es war schon schlimm genug, daß er gezwungen worden war, einige der Invasoren zu töten und kampfunfähig zu schießen, um sich zu den Kolonisten durchzuschlagen; wenn er so weitermachte, würde er nur den Zeitstrom in ungebührliche Gefahr bringen.

Schließlich waren die Kolonisten zum Tode verdammt; die Geschichte verlangte es. Aber dieselbe Geschichte hatte festgeschrieben, daß die Invasoren nur sehr geringe Verluste erlitten. Und woher wollte Picard wissen, welcher Gorn auf diesem Schlachtfeld zu einem bedeutenden Wohltäter seiner Spezies werden würde? Oder zu einem wichtigen Befürworter für gute Beziehungen mit der Föderation?

Dann blieb ihm keine Zeit zum Nachdenken mehr. Die Invasoren griffen erneut an, trotteten auf ihre langsame, aber unnachgiebige Weise voran. Und überall um ihn herum eröffneten die überlebenden Kolonisten das Feuer auf den echsenhäutigen Feind.

»Jean-Luc?« flüsterte Julia.

Er drehte sich zu ihr um, labte sich an ihrem Anblick, wußte jedoch, daß er nicht mehr lange Gelegenheit dazu haben würde. »Ja?«

»Tu mir einen Gefallen«, sagte sie. »Stirb nicht vor mir, ja? Ich möchte dich nicht sterben sehen müssen.«

Der Captain räusperte sich. »Ich werde mein Bestes geben«, erwiderte er. Dann hob er das Gewehr und schoß wie alle anderen auch.

Zwei Gorn, die den Angriff anführten, wurden von einem Sperrfeuer wütender roter Strahlen niedergemacht. Ein dritter fiel einen Augenblick später und erzeugte leichte Verwirrung in ihren Reihen. Dann marschierten die anderen jedoch unverzagt weiter.

Die ganze Zeit über erwiderten sie das Feuer der Kolonisten, zerstörten mit einer Flutwelle aus grünem Chaos, was von dem Verwaltungsgebäude noch übrig war. Wie ein Fluß, in dessen Bett sich ein großer Felsblock befand, wurde die Mitte der Invasionstruppe langsamer, während die beiden Flanken ausschwärmten, um ihr Angriffsziel einzukreisen.

Natürlich konnten sie das Gebäude nicht vollständig umzingeln, oder sie würden sich mit ihren Fehlschüssen selbst treffen. Doch indem die Gorn einen Halbkreis bildeten, bewirkten sie, daß die Menschen eine größere Fläche als zuvor verteidigen mußten. Diese Taktik hätten sie schon vor ein paar Stunden einsetzen sollen – und sie hätten es zweifellos getan, hätten sie die Beharrlichkeit der Kolonisten nicht völlig unterschätzt.

Travers bellte Befehle, während er wieder zielte. »Hill, Santos, Yamaguchi ... übernehmt die linke Flanke. Persoff, Mittleman, Aiello ... auf die rechte Seite. Die anderen versuchen, das Angriffszentrum zu spalten.«

Mutige Worte, dachte Picard, die von einem Mann

kamen, der geschlagen war und es auch wußte. Aber der Commodore war kein Typ, der einfach so aufgab.

Ein weiterer Gorn fiel, und noch einer. Aber das Verwaltungsgebäude wurde Stück um Stück zerfetzt, und bald würde nichts mehr übrig sein, das ihnen Deckung bieten konnte.

Dieser Gedanke war ihm kaum in den Sinn gekommen, als sich ein Teil der Wand, die ihn bislang geschützt hatte, zischend auflöste, womit er deckungslos dem feindlichen Feuer ausgesetzt war. Durch die noch qualmende Lücke sah er die sich unaufhaltsam vormarschierenden Angreifer, jedes Gorngesicht eine grausame Fratze, deren insektenähnliche Augen den Tod des Captains im Visier hatten.

Eine Kugel aus smaragdgrünem Feuer schien nach ihm zu greifen. Picard drückte sich flach auf den Boden und hörte hinter sich einen Schrei. Als er zurückschaute, sah er, wie der Kolonist namens Yamaguchi im Griff des Intervallereffekts zuckte. Dann, noch bevor die Echos des Schreis ganz erstorben waren, war Yamaguchi nur noch eine Rauchfahne in der heißen, stillen Luft.

Noch ein Schrei, und Aiello war verschwunden. Dann eine Sicherheitswächterin, deren Name er nicht kannte. Zehn von ihnen waren noch übrig. Zwei weitere Schreie des Schmerzes und Entsetzens, und sie waren noch acht.

»Diese Arschlöcher!« brüllte jemand. »Diese stinkenden, mörderischen Arschlöcher!«

Der Captain verfolgte den Fluch zu seiner Quelle zurück: O'Dell, der rotbärtige Ingenieur, der Hronskys Team angehörte und sich um die Fernsensoren gekümmert hatte. Das Gesicht des Mannes war verzerrt, von Furcht und Haß, Ekel und Leid entstellt. Der Techniker hatte den Streß nicht mehr ausgehalten und war unter ihm zusammengebrochen.

»Darby!« rief Julia. »Runter!«

Und bevor Picard sie aufhalten konnte, war sie aufgesprungen, um den Bärtigen zu Boden zu ziehen. Doch sie kam zu spät. Im nächsten Augenblick legte sich eine Zunge aus Intervallerenergie um O'Dell und infizierte ihn mit ihrem Virus der Vernichtung. Während die Ärztin fassungslos und mit weit geöffnetem Mund zusah, verwandelte der Kolonist sich in einen zuckenden Sack aus brennendem Fleisch und Knochen.

Der Captain griff nach Julias Knöchel und zerrte daran, riß sie zurück, aus der Gefahrenzone. Er ließ das Gewehr fallen und griff auch mit der anderen Hand nach ihr, um sie zu sich zu ziehen, sie in ihrem Entsetzen zu trösten.

Dann sah er die grünen Energien, die um ihr Bein wirbelten, und zog instinktiv beide Hände zurück. Julia fiel zu Boden, atemlos in ihrer Agonie, wie gelähmt von dem Wissen, was mit ihr geschah. Während das Intervallerfeld sie umschlang, sie zerpflückte wie einen Schwarm wahnsinniger Vögel, sah sie Picard an.

»Jean-Luc«, flüsterte sie und griff nach ihm. Er trotzte seinen Instinkten, den alptraumhaften Gewalten, die sie verschlangen, und streckte ebenfalls die Hand aus.

Doch wo sich gerade noch ihr Arm befunden hatte, war jetzt nichts mehr. Und als er wieder in ihre Augen sah, wurde sein Blick nur noch von Höllenfeuer erwidert. Dann verblaßte auch das, und Julia war verschwunden.

Der Captain konnte sich nicht bewegen, konnte nicht denken, konnte nicht einmal etwas sehen, weil ihm Tränen in den Augen standen, so sehr schockierte ihn der Anblick. Lediglich sein Gehör funktionierte noch, und das nahm nur das Donnern der Gornhorde wahr.

»Hill!« brüllte neben ihm eine Stimme.

Picard drehte sich um. Er blinzelte seine Tränen weg und sah Commodore Travers. Aus einer häßlichen Wunde in seiner Schläfe quoll Blut. Der Commodore packte ihn an den Schultern und schüttelte ihn.

»Kommen Sie!« knirschte er. »Verdammt, Mann, nur noch wir beide sind übrig!«

Der Captain nickte und griff nach seinem Phasergewehr. Er hob es hoch und zielte auf die nächste Gruppe Gorn. Als er ihre schlangenähnlichen Gesichter sah, die unmenschliche Wildheit, die von ihren Hauern tropfte und ihre Augen erhellte, hätte er fast abgedrückt.

Aber dann tat er es doch nicht. Denn in erster Linie war er Jean-Luc Picard, Captain der *Enterprise*. Und ganz gleich, welche Grausamkeiten er an diesem Tag gesehen hatte, er durfte die Zukunft nicht beeinträchtigen.

Das sollte sich als sein Verderben erweisen. Die Gorn richteten gleichzeitig ihre Waffen auf Picard und feuerten. Das letzte, was er sah, war das weißglühende Wüten ihrer konvergierenden Intervallerstrahlen.

Picard hatte sich auf das grauenhafte Gefühl vorbereitet, von dem Intervallerfeuer der Gorn zerfetzt zu werden. Doch während er dort kniete, stellte er überrascht fest, daß sie ihn irgendwie verfehlt hatten. Und das war nicht alles, was ihn überraschte.

Er befand sich nicht mehr in den Trümmern des Verwaltungsgebäudes der Kolonie auf Cestus III. Er war an einem anderen Ort, der ihm verschwommen bekannt vorkam. Und dann stellte sich eine Vermutung ein, wo er war – und was ihm zugestoßen war.

Dem Aussehen des Raums zufolge, in dem er sich wiederfand, befand er sich wieder auf der fremden Raumstation. Und der Blitz, den er gesehen hatte, das weißglühende Flackern, das er fälschlicherweise für den Ausbruch von Intervallerenergien gehalten hatte, war nichts weiter als die Aura gewesen, die der Transportvorgang der Unbekannten hervorrief.

Er war kaum zu dieser Schlußfolgerung gelangt, als die Tür auf der anderen Seite des Raums aufglitt. Commander Data stand auf dem Gang draußen. Der Androide winkte ihm zu, erwähnte die zerrissene und verschmutzte Kleidung des Captains mit keinem Wort.

»Wir haben keine Zeit für Erklärungen, Sir«, sagte er,

und in seiner Stimme schwang ein Hauch von Dringlichkeit mit. »Wir müssen zum Shuttle.«

Zum Shuttle? fragte Picard sich. Warum nicht direkt zur *Enterprise*? Dann ging ihm ein Licht auf: Die *Enterprise* hatte bestimmt die Suche nach ihm geleitet.

»Ich komme«, sagte der Captain und durchquerte den Raum mit schnellen, weiten Schritten.

Draußen auf dem Gang wurde Picard klar, warum Dringlichkeit geboten war. Als er die Lichtmuster sah, die unkontrolliert die Wände entlang und wieder zurück rasten, begriff er, daß die Station sich mitten in einem neuerlichen, immer stärker werdenden Energiesturm befinden mußte. Und wenn er daran noch die geringsten Zweifel hatte, wurden sie von dem Summen im Boden ausgeräumt.

»Hier entlang«, sagte der Androide und ging voran. Als Picard sich in dem Korridor umsah, hatte er den Eindruck, daß sie sich in dem Bereich zwischen dem Kontrollraum und der Luftschleuse befanden und auf die letztere zuhielten.

Er konnte nur hoffen, daß Data die Probleme beseitigt hatte, mit denen der Captain es zuvor zu tun gehabt hatte. Wenn nicht, konnte – Shuttle hin oder her – jederzeit ein weiterer Transport stattfinden, oder etwas noch Schlimmeres.

In den paar Minuten, die sie benötigten, um die Luftschleuse zu erreichen, hörte Picard mehrmals, wie das verräterische Summen lauter und wieder leiser wurde. Die Lichtflächen blitzten so schnell, daß sie zu verschwimmen schienen. Die Station würde ganz bestimmt nicht mehr lange durchhalten.

Als sie schließlich die Biegung des Korridors hinter sich gebracht hatten, kam O'Connor in Sicht. Sie wartete mit einer Gerätetasche an der Schulter vor der Luftschleuse; eine Hand hatte sie auf deren Kontrollfläche gelegt. Nein – *neben* die Fläche, sah Picard jetzt, wo sie oder jemand anders einen Schalter angebracht hatte. Der

Captain erkannte die dünnen Kabel und den Generator darunter als Standardausrüstung von Starfleet.

Ausgezeichnet, dachte er. Dann kann ja nichts mehr schiefgehen. Wir müssen nur noch in das Shuttle steigen und losfliegen.

Data ergriff das Wort. »Haben Sie etwas von Commander LaForge oder Lieutenant Barclay gehört?« fragte er O'Connor.

Die Frau schien sich nicht über die Nachricht zu freuen, die sie kundtun mußte. »Commander LaForge hat eine Art Schock erlitten, Sir. Er ist bewußtlos. Lieutenant Barclay versucht, ihn allein hierher zu schaffen. Ich wäre ihnen entgegen gegangen, aber ...«

»Aber man hat Ihnen befohlen, hier zu warten«, beendete Data den Satz. »Und Sie haben den Befehl befolgt.« Abrupt wandte er sich an Picard. »Soll ich versuchen, ihr Eintreffen zu beschleunigen, Sir?«

Der Captain nickte. Schließlich hatten Barclay und LaForge ihr Leben riskiert, um ihn zurückzuholen. Er wollte sie auf keinen Fall im Stich lassen. »Unbedingt«, sagte er zu dem Androiden. »Gehen Sie.«

Als Data davoneilte, wandte Picard sich O'Connor zu. »Sie haben getan, was Sie tun mußten«, versicherte er ihr. »Sie sind auf Ihrem Posten geblieben.«

Sie nickte, wenn auch nur halbwegs getröstet. »Aye, Sir.«

»Haben Sie auch berücksichtigt«, fragte er dann, in erster Linie, um die Wartezeit zu verkürzen, »daß das Außenschott ebenfalls versagen könnte?«

»Allerdings, Sir«, versicherte sie ihm. »Dort haben wir einen weiteren Schalter angebracht. Und Energiefeldprojektoren. Das Kraftfeld wird die Atmosphäre intakt halten, falls das Außenschott sich irgendwie öffnen sollte, bevor wir es wollen.«

Picard atmete geräuschvoll aus. »Gute Arbeit.«

Trotz ihrer Angst um ihre Gefährten hätte O'Connor fast gelächelt. »Danke, Sir.«

Durch das Fenster im Luftschleusenschott konnte der Captain das Shuttle sehen. Er schien nur darauf zu warten, daß sie einstiegen.

Plötzlich hörten das Summen und das Blitzen der Lichter im Korridor auf – und setzten dann eine Sekunde später mit fast wahnsinniger Intensität wieder ein. Picard schluckte und reckte den Hals, um ein Stück tiefer den Gang hinab sehen zu können.

Kommt schon, drängte er stumm. *Wir können nicht mehr viel länger warten.*

Und dann, wie als Antwort auf seine geistige Aufforderung, hörte er ein fernes Klopfen auf dem Boden, das lauter wurde, je näher es kam – ein Klopfen wie von Schritten. Schließlich kamen die drei – Data, Geordi und Barclay – um die Biegung. Der Androide hatte den Chefingenieur über seine Schulter geworfen und legte ein wahnwitziges Tempo vor. Barclay bemühte sich keuchend und mit rotem Gesicht, mit ihm Schritt zu halten.

Gleichzeitig hörte der Captain, daß in den Wänden ein bedrohliches Tosen erklang – genau jenes Tosen, das auch der stationsweiten Überlastung und seinem Transport durch Raum und Zeit vorangegangen war. Stirnrunzelnd versuchte er, den Stroboskopeffekt überall um sie herum zu ignorieren.

»Öffnen Sie die Innentür«, befahl er.

Er hatte die Worte kaum ausgestoßen, als O'Connor auch schon auf den grünen Knopf unter ihrer Hand drückte. Sofort glitt die Tür auf und ermöglichte ihnen den Zutritt zur Luftschleuse. Nun trennte lediglich die äußere Barriere und das unsichtbare Energiefeld darin sie vom Vakuum.

Als Data vor ihnen stehenblieb, hatte Picard Gelegenheit, Geordi zu betrachten. Erleichtert stellte er fest, daß der Chefingenieur sich bewegte, wenn auch nur schwach. Mit etwas Glück würden sie seine Verletzung an Bord des Shuttles behandeln können.

O'Connor holte eine Fernbedienung aus der Gerätetasche an ihrer Hüfte, stellte eine Verbindung mit dem Computer des kleinen Schiffes her und bereitete sich darauf vor, das Schott zu öffnen.

Doch bevor sie alle Sicherheitsprotokolle hinter sich gebracht hatte, schien die Station unter ihren Füßen zur Seite zu kippen und schleuderte sie gegen eine Wand. Die Energie pulsierte mittlerweile so schnell, daß sie den Boden unter der Wange des Captains erzittern ließ.

Picard zwang all seine Sinne, sich auf die zu bewältigende Aufgabe zu konzentrieren, rappelte sich wieder hoch – und sah, daß die Fernsteuerung keinen Meter von ihm entfernt auf dem Boden lag. Da er ihr näher war als O'Connor, hob er das Gerät auf und gab die noch fehlenden Instruktionen ein.

Zum Glück war das Ding nicht beschädigt worden, als es zu Boden gefallen war. Zischend öffnete sich die Shuttletür.

»Einsteigen!« rief Picard, konnte seine eigene Stimme aber kaum hören, so laut war das gefährlich klingende Summen mittlerweile geworden. Um zu unterstreichen, daß sie sich beeilen mußten, half er O'Connor auf und führte sie zu dem Shuttle.

Mittlerweile stieg Data schon ein; den bewußtlosen Geordi trug er noch immer über der Schulter. Aber Barclay wollte ihm erst nach dem Captain und seiner Kollegin folgen.

Eine ritterliche Geste, dachte Picard – obwohl Zweckmäßigkeit im Augenblick viel wichtiger war als Ritterlichkeit. Als O'Connor sich in der Sicherheit des Shuttles befand, schob er Barclay hinter ihr her.

Doch als der Captain ihnen folgen wollte, wurden die Luftschleuse und der Gang draußen in ein grelles, weißes Licht getaucht. Davon geblendet, konnte Picard die Shuttletür nicht mehr ausmachen – und verlor dann obendrein das Gleichgewicht.

Gerade, als er sich vorstellte, erneut durch Zeit und

Raum geschleudert zu werden, spürte er, daß ihn etwas am Uniformhemd packte und vorwärts zerrte. Ein Geräusch erklang, als schlüge etwas Schweres zu, und das Tosen der Station war plötzlich verschwunden.

Als der Captain wieder sehen konnte, stellte er fest, daß er sich im Shuttle befand und Reg Barclay über ihm kniete. Der Lieutenant schaute entschuldigend drein.

»Tut mir leid, Sir«, sagte Barclay. »Aber die Zeit war zu knapp, um ... nun ja, etwas sanfter vorzugehen.«

»Schon in Ordnung«, versicherte Picard ihm. Er setzte sich auf und sah, daß Data im Sessel des Piloten saß. Der Androide handhabte die Kontrollen, wie nur ihm es möglich war.

O'Connor, die neben Geordi mittschiffs saß, schaute zum Captain zurück. »Wir verschwinden von hier«, sagte sie.

Picard nickte. Er konnte durch das Bullauge des Shuttles sehen, daß sie beschleunigten und sich von der Station entfernten.

Der Captain stand auf und ging nach vorn, um festzustellen, in welchem Zustand sein Chefingenieur sich befand. Erfreut stellte er fest, daß Geordi den Kopf drehte, als er sich ihm näherte.

Picard beugte sich über ihn und lächelte. »Wie fühlen Sie sich, Mr. LaForge?«

Geordi zuckte mit den Achseln. »Ich habe mich schon mal besser gefühlt, Sir.« Eine Pause. »Aber ich muß gestehen, auch schon mal schlechter.« Er drehte den Kopf erneut, um Barclay anzusehen. »Ihr Großvater hat sich geirrt, Reg.«

Der hagere Techniker runzelte die Stirn. Offensichtlich wußte er nicht, was Geordi meinte. »Geirrt, Sir?«

Der Commander kicherte. »Sie bestehen doch nicht aus Gummi. Wenn man berücksichtigt, was Sie gerade durchgezogen haben, würde ich sagen, Sie bestehen aus dem härtesten Material, das man hier findet.«

Barclay grinste. »Wirklich?«

»Bestimmt«, bestätigte Geordi.

Picard schaute vom einen zum anderen. »Gummi?« wiederholte er.

Der Commander räusperte sich. »Ein Witz, den nur Eingeweihte verstehen, Sir.«

Der Captain nickte. »Aha.« Er gab Geordi einen Klaps auf die Schulter, stand wieder auf und nahm auf dem Sitz neben Data Platz. Der Androide hatte einen seiner Monitore so eingestellt, daß er die Station zeigte, die sie zurückließen.

Sie wurde von einem heftigen Blitz nach dem anderen geschüttelt. Dann löste sich unter Picards Blicken ein Teil der Station. Und noch eins. Und schließlich explodierte das gesamte Gebilde in einer erblühenden Wolke aus blauweißem Licht. Diese Wolke hing noch lange dort, nachdem von der Station nur noch Trümmer übrig waren.

Data wandte sich an den Captain. »Überaus bedauerlich«, stellte er fest. »Wir hätten dort noch sehr viel lernen können.«

Picard runzelte die Stirn, ohne den Blick von dem Schauspiel abzuwenden. »Zweifellos«, erwiderte er aufrichtig. Oder war es so vielleicht doch besser?

Es gab einige Dinge, die am besten unerforscht blieben, überlegte er. Und einige Orte, die man am besten nicht aufsuchte. Er seufzte, lehnte sich in seinem Sessel zurück und schloß die Augen.

Bald würden sie sich mit der *Enterprise* treffen. Bis dahin wollte er nur schlafen.

Lieutenant Harold hatte die letzten Kraftreserven verbraucht, um sich aus dem Bunker zu schleppen, der bis vor ein paar Tagen noch der Hauptwohnkomplex der Kolonie gewesen war. Dort hatten sich die letzten Kolonisten gesammelt, nachdem die Invasoren die tapferen Verteidiger im Verwaltungszentrum getötet hatten.

Harold war der letzte Überlebende des Vorpostens.

Und er hatte nur ganz knapp überlebt. Die Haut auf der einen Seite seines Körpers war dunkel und aufgerissen, eine Folge schwerer Strahlenverbrennungen. Und irgend etwas in ihm war verletzt worden. Alle paar Minuten hustete er Blut und mußte die Zähne gegen den unerträglichen Schmerz zusammenbeißen.

Doch wenigstens lebte er noch. Die anderen – die Leute, mit denen er sich im Bunker verschanzt hatte – waren tot. Einfach so, spurlos verschwunden, abgesehen vom Gestank der Intervallerenergien, der noch in der stehenden, heißen Luft zurückgeblieben war.

Wäre er nicht während einer der schwereren Salven unter einer zusammenbrechenden Trennwand begraben worden, wäre er wahrscheinlich genauso tot wie die anderen – genauso spurlos verschwunden. Doch die ihn verbergenden Trümmer hatten sein Leben gerettet. Sie hatten verhindert, daß die Echsenwesen ihn fanden und wie die anderen brieten.

Harold schauderte, als er an die Invasoren dachte. Er hatte nur einen kurzen Blick auf sie werfen können, doch das hatte ihm gereicht. Sie sahen genauso grausam, kaltblütig und gnadenlos aus wie ihre grünen Energiestrahlen. Wie so viele seiner Gefährten hatte er sie angeschrien, nicht zu schießen. Schließlich waren Frauen und Kinder in dem Bunker gewesen.

Aber das hatte die Echsenwesen überhaupt nicht interessiert. Sie hatten einfach ihre tödlichen Waffen abgefeuert. Und geschossen. Und *geschossen.*

Und wo waren sie jetzt? Hatten sie den Planeten verlassen, nachdem sie ihr scheußliches Werk vollendet hatten? Oder waren sie noch irgendwo in der Nähe? Harold schaute zu dem Platz hinauf, konnte jedoch keine Spur von ihnen ausmachen, nur Wellen flimmernder Wüstenhitze. Aber andererseits fiel es ihm nach allem, was er durchgemacht hatte, schwer, seinen Sinnen zu vertrauen.

Er riß sich zusammen, versuchte, seinen Körper vorwärts zu schleppen, in die Richtung, in der das zerstörte Verwaltungsgebäude lag. Vielleicht war das Kommunikationssystem noch intakt, sagte er sich. Vielleicht konnte er um Hilfe rufen, andere Kolonien vor dem Schrecken warnen, der über sie hereingebrochen war.

Doch während er sich Zentimeter um Zentimeter vorwärts zog, überwältigte ihn eine Schmerzwelle, und er fing an, unkontrolliert zu zittern. Schließlich schaute er erschöpft hoch, in der Hoffnung, dem Verwaltungszentrum näher gekommen zu sein, obwohl er genau wußte, daß dem nicht so war.

Er biß die Zähne zusammen und versuchte es erneut. Diesmal fiel es ihm etwas leichter, sich zu bewegen. Er wußte nicht genau, ob das ein gutes Zeichen war oder nicht, aber er kroch weiter. Und schließlich erreichte er die Trümmer, die vom Verwaltungszentrum übriggeblieben waren.

Er lehnte sich mit dem Rücken gegen eine teilweise zerstörte Wand, atmete tief ein, obwohl die Luft in seinen Lungen brannte. Hier gab es keine Kommunikationsgeräte. Hier gab es gar nichts mehr, abgesehen von ein paar verbogenen Metallklumpen und abgetrennten Kabeln.

Dann sah er etwas. Etwas, das sich über den Platz bewegte. Sein Herz hämmerte heftig in seiner Brust. Die Invasoren?

Nein. Sie nicht, wurde ihm klar. Es war eine Handvoll Männer in Starfleet-Uniformen. Eine Landegruppe – ein paar davon in goldfarbenen Uniformhemden wie dem seinen, einer im Rot der Techniker, drei weitere im Blau von Wissenschaft und Medizin. Und sie kamen in seine Richtung, als hätten sie ihn entdeckt und wollten ihm helfen.

Wenn … sie keine Luftspiegelung waren. Das war natürlich auch möglich. Eine Illusion, die aus Leid und Fieber entstanden war, aus Hilflosigkeit und Bedürfnis, unterstützt und verstärkt von den blendenden Strahlen der Nachmittagssonne.

Nein. Illusionen sprachen nicht. Und er hörte, daß diese Männer sich unterhielten, ihre Worte wurden immer lauter, immer deutlicher, während sie näher kamen. Schließlich befanden sie sich direkt vor ihm, und es gab keinen Zweifel mehr, daß sie wirklich vorhanden waren. Sie waren jetzt ganz nah, und er sah, daß einer von ihnen Vulkanier war.

Zwei der Männer knieten neben ihm nieder – ein Goldhemd mit den Rangabzeichen eines Captains am Ärmel und ein Arzt. Der Mediziner zog eins von Harolds Lidern hoch und aktivierte seinen Tricorder.

»Schock«, erklärte er. »Strahlungsverbrennungen und innere Verletzungen. Er ist in sehr schlechtem Zustand, Captain.«

Der andere runzelte die Stirn. »Am Leben erhalten, Pille. Ich muß wissen, was hier geschehen ist.«

Harold spürte einen Druck an seinem Arm und hörte ein Zischen. Ihm wurde klar, daß der Arzt ihm etwas gegen die Schmerzen gegeben hatte. Plötzlich fühlte er sich ganz benommen.

Dann ergriff der Vulkanier das Wort. »Eine Lebensanzeige im Tricorder, Captain.«

Das Goldhemd richtete sich auf. »Überlebende?«

»Nein, kein Überlebender«, berichtete der wissenschaftliche Offizier. »Nicht warmblütig. Lebende Kreaturen, aber nicht humanoid.«

Das hätte Harold ihnen auch sagen können. Er hatte die Echsenwesen gesehen. Er wußte, daß sie alles andere als menschlich waren.

»Wo?« fragte der Captain.

Der Vulkanier sah auf seinen Tricorder. »Azimuth dreiundneunzig Grad, Entfernung eins-fünf-null-sieben Meter.«

Der Captain nickte und bedeutete dem Sicherheitswächter im roten Uniformhemd, sich in Bewegung zu setzen und umzusehen. Der Mann hieß anscheinend

Hurlihy. Er führte den Befehl aus und schien in der Ferne etwas zu erblicken.

Harold versuchte ihm zu sagen, er solle in Deckung gehen, auf die Intervaller der Echsenwesen achten. Aber er bekam die Worte nicht heraus, nur ein schnarrendes Geräusch, das lediglich die Aufmerksamkeit des Arztes erregte.

»Ganz ruhig, mein Sohn«, sagte der Mediziner. »Schonen Sie Ihre Kräfte.«

»Captain«, sagte Hurlihy, »da ist etwas ...«

Plötzlich wurde er von einer grünlichen Aura umgeben. Der Sicherheitswächter nahm unter dem Leuchten eine blutrote Farbe an, verzerrte das Gesicht und verschwand.

»Mein Gott«, sagte der Arzt leise.

Dann erzitterte der Boden um sie herum unter einem heftigen Bombardement. Der Captain öffnete seinen Kommunikator. »Kirk an *Enterprise.* Ihr müßt uns sofort hochbeamen.«

Harold konnte die Antwort nicht hören, doch es schien ein Problem zu geben. Und dann wurde ihm klar, was es war: das Schiff der Invasoren. Es war irgendwo da oben im Orbit, griff das Schiff der Föderation an und zwang die Person, die jetzt das Kommando hatte, sich zu verteidigen.

»Die Schirme bleiben aktiviert«, befahl der Mann namens Kirk, »und Feuer aus allen Phasern, Sulu.«

Es folgte ein Augenblick der Stille, in dem nicht mal Bomben der Invasoren fielen. Dann ergriff der Captain erneut das Wort, als reagierte er auf eine neue Information.

»Tun Sie alles, was zum Schutz des Schiffs nötig ist«, befahl er. »Wir halten hier durch.«

Harold seufzte schwer. Es war noch immer nicht vorbei, oder? Vielleicht würde es niemals vorbei sein. Vielleicht würde es von jetzt an immer so sein, nun, nachdem die Echsenwesen aufgetaucht waren.

»Die Schirme sind jetzt wichtiger«, rief das Goldhemd. »Kümmert euch um uns, wenn das Schiff in Sicherheit ist. Kirk Ende.«

Abrupt setzte das Bombardement wieder ein, und der Boden erzitterte unter den Donnerschlägen. Geysire aus Feuer und schwarzem Rauch schossen überall um sie herum in die Höhe.

Der Captain schüttelte den Kopf. »Wenn sie die Schirme deaktivieren«, sagte er zu dem Vulkanier, »haben sie bei einem Phaserangriff keinerlei Schutz.«

Der andere Mann nickte. »Wir sind hier so gut wie wehrlos, Captain. Diese Explosionskörper gegen unsere Handphaser ...«

Kirk tat den Pessimismus des Vulkaniers mit einer Handbewegung ab. »Wir sitzen hier fest, Mr. Spock. Wir müssen uns mit dem behelfen, was wir haben.« Er drehte sich um, betrachtete Harold und bedeutete dem Arzt und den beiden anderen, ihn hochzuheben. Gemeinsam schleppten sie ihn dann in den Schutz des noch intakten Wohngebäudes – des Hauses, aus dem der Überlebende gerade gekommen war.

Überall um sie herum zerrissen Bomben die Luft. Trotz des Schmerzmittels fühlte Harold die Hitze ihrer Detonationen auf seiner gequälten Haut. Und daß er auf diese Weise getragen wurde, weckte neue Schmerzen in ihm. Aber die Alternative wäre gewesen, von dem Sperrfeuer der Invasoren zerfetzt zu werden, und so ertrug er, was er durchmachen mußte.

Der Captain wandte sich an seine Offiziere. »Kellowitz, Lang ... an die Raumaußenseiten. Feuern Sie auf die Koordinaten, die Sie von Mr. Spock bekommen.« Und dann, als sie sich trennten: »Auch wenn Sie nichts sehen ... die Köpfe runter.«

Er drehte sich zu dem Vulkanier um. »Hoffnungslos für uns hier unten«, sagte er. »Und die *Enterprise* ...«

Die Antwort war dazu gedacht, ihn zu beruhigen. »Mr. Sulu ist ein erfahrener Kampfoffizier, Captain.«

Aber der Mann namens Kirk schüttelte den Kopf. »Es ist mein Schiff, Mr. Spock. Ich müßte da sein.« Er verfluchte ihr Schicksal. »Wir haben nicht mal Funkverbindung.«

»Die auch nicht«, erwiderte der Wissenschaftsoffizier. »Jedenfalls nicht im Moment. Sie müßten ihre Position verändern. Dieser Hügel ist dazwischen.« Er deutete nach vorn.

Der Captain nickte. »Haben Sie den Grundriß noch im Kopf? Wo war das Arsenal?«

Der Vulkanier zeigte darauf. »Das war ungefähr hundert Meter von hier, in dieser Richtung. Aber nach so einem Angriff wird nichts mehr davon übrig sein.«

Kirk schob den Unterkiefer vor. »Das riskier' ich«, sagte er. Abrupt stürmte er auf den Platz und zog von allen Seiten feindliches Feuer auf sich. Harold konnte nicht sehen, ob er getroffen wurde oder nicht.

»Hat er ... es geschafft?« fragte er den Arzt, der neben ihm kniete. Der Mann schaute zu ihm hinab.

»Es geht ihm gut«, antwortete er. »Noch.« Eine Pause. »Was ist hier passiert, mein Sohn?«

Der Lieutenant dachte darüber nach. Alles kam ihm wie ein unermeßlicher, dunkler Alptraum vor. Er konnte sich nicht daran erinnern, wer was getan hatte, oder wann. Vor seinem geistigen Auge sah er nur noch die grünen Intervallerstrahlen, die lange, tödliche Furchen in die Erde gepflügt hatten, hörte noch die Schreie und nahm den Schmerz wahr. Alles andere war verschwommen.

Undeutlich erinnerte er sich an einen Mann, den er bewachen sollte. Dieser Mann hatte etwas zu bedeuten gehabt, oder? Er war jemandem sehr wichtig gewesen. Aber Harold konnte sich nicht mehr daran erinnern, wieso. Der Mann, und viele andere Einzelheiten des Massakers, zogen sich bereits auf die andere Seite eines dunklen Schleiers zurück – eines Schleiers, den er niemals lüften wollte, ganz gleich, was es ihn kostete.

»Schon gut«, versicherte der Arzt ihm, als er merkte, daß er keine Antwort bekommen würde. Er lächelte freundlich. »Wir sprechen darüber, nachdem wir Sie auf das Schiff gebracht haben.« Er reagierte auf einen Bombeneinschlag in der Nähe und spähte mit zusammengekniffenen Augen auf den Platz hinaus.

Der Lieutenant zuckte zusammen, als Schweißtropfen über die verkohlte Haut seiner Wange hinabrollten. Ja, sagte er sich. Dann konnte er ihnen vielleicht etwas sagen. *Einige Einzelheiten.*

Andere hingegen würde er hinter dem Schleier belassen. Solange sie sich dort befanden, mußte er nicht über sie nachdenken. *Nie wieder.*

Als Picard seinen Bereitschaftsraum betrat, stellte sich das entschiedene Gefühl ein, daß sich etwas verändert hatte. Er schaute sich um und überprüfte alle Einrichtungsstücke, vergewisserte sich, daß alles noch genauso war wie vor ein paar Tagen, vor seinem Zeit-Raum-Unfall.

Nicht, daß es ihn überrascht hätte, wenn Commander Riker während seiner Abwesenheit ein paar kleine Veränderungen vorgenommen hätte. Schließlich war es nicht verwerflich, wenn man einen Raum nach seinen eigenen Bedürfnissen einrichtete – wenn auch nur befristet. Aber nichts war anders als zuvor. Der Raum sah genauso aus, wie der Captain ihn verlassen hatte, bis hin zu dem Löwenfisch, der in seinem kleinen, runden Wasserglas schwamm.

Warum dann das Gefühl einer Veränderung? Noch bevor Picard sich die unausgesprochene Frage gestellt hatte, glaubte er, die Antwort darauf zu kennen.

Er hatte sich verändert. *Er* war ein anderer gewesen, als er das letzte Mal über diesen Boden geschritten war und die Pflichten eines Raumschiff-Captains erfüllt hatte. Eine Woche zuvor war er an der Vergangenheit interessiert, ja sogar von ihr *fasziniert* gewesen. Nun war er darin verwickelt. Er war *Teil* von ihr.

Und obwohl er der Falle entrissen worden war, die um die verlorenen Kolonisten von Cestus III zugeschnappt war, war er ihr nicht völlig entkommen. Er hatte einen Teil von sich zurückgelassen.

Abrupt erklang das Signal seiner Tür und machte ihn darauf aufmerksam, daß auf der anderen Seite jemand wartete. »Herein«, erwiderte er und zog sein Uniformhemd herunter.

Einen Augenblick später stand sein Erster Offizier auf der Schwelle. Der Mann zeigte sein Lächeln, das ihm so leicht zu fallen schien, und kam herein.

»Wie fühlen Sie sich, Sir?« fragte Riker.

Picard zuckte mit den Achseln. »Ich freue mich, zurück auf der *Enterprise* zu sein«, antwortete er aufrichtig und fuhr mit den Fingern über die harte, polierte Schreibtischoberfläche vor ihm. »Sehr sogar. Und ich bin jenen dankbar, die es ermöglicht haben.«

Der Erste Offizier hielt den Kopf leicht schräg. »Es war ein tüchtiges Stück Arbeit«, sagte er. »Wenn jemandem Anerkennung gebührt, dann der Mannschaft. Und natürlich Fähnrich Ro. Hätte sie mich nicht überzeugt, die Hilfe der Bon Amar zu akzeptieren ...«

Der Captain spürte, daß sein Rücken sich versteifte. »Der Bon Amar?« wiederholte er. »Was hatten Sie damit zu tun?«

Riker schluckte. Offensichtlich hatte er sich auf dünnes Eis vorgewagt, ohne vorher darüber nachzudenken. »Äh ... wollen Sie das wirklich wissen, Sir?«

Picard spürte, wie Mißbilligung in ihm emporstieg. Doch sie wurde sofort von der Anerkennung des Ergebnisses gedämpft. »Sie haben die Bon Amar um Hilfe gebeten«, schloß er. »Waren sie es, die mich gefunden haben? Oder besser gesagt, meinen Kommunikator?«

Der Erste Offizier nickte. »Ja«, bestätigte er.

Der Captain runzelte die Stirn. »Sie wissen, daß Sie einen Verstoß gegen die Politik von Starfleet begangen haben?« fragte er.

Riker nickte erneut. »Das weiß ich. Aber es schien die einzige Möglichkeit zu sein, Sie zurückzuholen. Und wie sich herausgestellt hat, *war* es das auch. Ohne die Bon Amar …«

Picard hob eine Hand. »Schon gut, Will. Sie müssen nicht fortfahren.« Er überlegte kurz. »Unter diesen Umständen können wir über diesen Verstoß hinwegsehen …« Ein leises Lächeln umspielte seine Mundwinkel. »Sogar *problemlos* hinwegsehen … und es dabei bewenden lassen.«

Der Erste Offizier wirkte erleichtert. »Ganz meine Meinung, Sir.«

Picard ging um den Schreibtisch und setzte sich. Riker blieb stehen und wartete geduldig, daß der Captain sich wieder eingewöhnte.

»Wir haben Kurs auf Gorn gesetzt?« fragte Picard schließlich. Zögernd lehnte er sich zurück, gewöhnte sich wieder an das Gefühl seines Sessels.

»Mit Höchstgeschwindigkeit«, versicherte sein Stellvertreter ihm. »Mit etwas Glück treffen wir noch rechtzeitig dort ein, um die Lage zu retten.«

»Gut.« Der Captain seufzte. »Ich sollte mich wohl vorbereiten«, sagte er bedeutungsvoll.

»Natürlich«, erwiderte Riker. »Ich überlasse Sie Ihren Pflichten.«

Doch auf halbem Weg zur Tür blieb er stehen und drehte sich noch einmal um. Als Picard merkte, daß sein Erster Offizier zögerte, schaute er zu ihm hoch.

Riker schüttelte den Kopf, als beneidete er seinen Vorgesetzten. »Ich habe mich nur gefragt, wie es war«, sagte er. »Mit eigenen Augen zu sehen, wie die Geschichte ihren Lauf nimmt.«

Der Captain betrachtete seine Hände. Dieselben Hände, die Julia Santos gehalten hatten, als ihr Leben dahinschwand, vor einhundert Jahren.

»Nicht Geschichte, Nummer Eins. So kann ich es nicht betrachten. Nicht mehr.«

Das war keine besonders ergiebige Antwort, aber die einzige, die er geben konnte. Riker drängte ihn auch nicht zu weiteren Ausführungen.

Er sagte lediglich: »Ich verstehe, Sir.« Dann ging er, und die Türen schlossen sich zischend hinter ihm.

Erneut war der Captain allein mit seinen Gedanken. Und ein Gedanke kam an erster Stelle: zur Heimatwelt der Gorn fliegen und einen neuen Vertrag schmieden – einen, der den Toten von Cestus III den schuldigen Tribut zollte. Und *Julia*.

Er würde keine Hindernisse dulden. Er würde einen dauerhaften Frieden zwischen den Gorn und der Föderation schaffen. Er würde nicht zulassen – *auf keinen Fall* –, daß all diese guten und mutigen Menschen umsonst gestorben waren.

EPILOG

Picard fühlte sich unbehaglich, als er dem Transportertechniker den Rücken zuwandte, doch es gab einen guten Grund dafür. Wie er aus Erfahrung wußte, stellten die Gorn sich so für den Transport auf.

Natürlich hätte er Lieutenant Kandel bitten können, ihn um einhundertundachtzig Grad zu drehen, wenn er materialisierte. Das wäre für sie nicht gerade die schwierigste Übung gewesen. Aber es war dem Captain wichtig, nicht nur wie ein Gorn zu materialisieren, sondern auch wie einer zu *denken*.

»Bereit, Sir?« rief Kandel.

Er nickte, obwohl sie nur seinen Hinterkopf sehen konnte. »Energie«, sagte er.

Wie das Protokoll es verlangte, drehte er sich um, um seine Gastgeber anzusehen. Das nächste, was er sah, war ein Reptiliengesicht vor seinem eigenen. Nicht in einer höflichen Entfernung, wie er es erwartet hatte, sondern lediglich ein paar Zentimeter vor dem seinen.

Er hätte auf die sich aufblähenden Nasenflügel vorbereitet sein müssen, auf die grausamen, tödlichen Zahnreihen, die kugelähnlichen Augen. Aber er war es nicht.

Er sah lediglich ein Meer zerschmetterter Kolonisten, die von alptraumhaften Waffen zerfetzt und verbrannt und verstümmelt worden waren – und im Vordergrund Julia, das Gesicht von fürchterlichem Schmerz verzerrt. Er konnte ihr verkohltes Fleisch riechen, ihr mitleiderregendes Stöhnen hören, das Gewicht des Todes spüren, der sich auf sie senkte.

Zorn stieg in ihm empor, ein Geysir des Hasses und Abscheus, der ihn völlig zu verzehren drohte. Und warum auch nicht? War das nicht das Antlitz des Feindes, des unmenschlichen Zerstörers?

Nein, sagte der Captain sich. Das darfst du nicht. Das wird ihren Tod entwerten – und damit hast du ihnen dann etwas Schlimmeres angetan, als die Gorn es je vermochten. Hatte Julia nicht von Opfern gesprochen? Und davon, was es manchmal kostete, die Zukunft zu sichern?

Es war schwierig, *überaus* schwierig, aber er zwang seine Gefühle auf festeren Boden zurück. Riß sich zusammen. Und wandte sich an den Gorn, der vor ihm stand.

»Bringen Sie mich zu Anführer Keeyah«, verlangte er. So hätte auch ein Gorn es ausgedrückt, wenn er erwartete, mit Respekt behandelt zu werden.

Die großen, fast insektenähnlichen Augen schienen ihn einen Moment lang zu mustern. Dann trat die muskulöse, grünschuppige Gestalt beiseite und zeigte mit einer weit ausholenden Handbewegung auf den Anführer. Keeyah stand zwischen einer Reihe weiterer Anführer, wie man an ihrer Statur und dem Schnitt ihrer Kleidung erkennen konnte.

»Sie sind da«, sagte der Gorn. »Und keinen Augenblick zu früh, Captain Picard. Die Opposition steht kurz vor dem Sieg.«

Der Captain grunzte abfällig – auch das im Einklang mit dem Verhalten der Gorn. »Dann müssen wir uns unserer Aufgabe gewachsen zeigen, nicht wahr? Kommen Sie, Anführer Keeyah. Begegnen wir unseren Widersachern wie Krieger. Bringen wir die Dinge wieder in Ordnung.«

Der Gorn nickte mit seinem gewaltigen Kopf. »Ja, Picard. Wir werden die Dinge wieder in Ordnung bringen – ganz gleich, wie viele von ihnen wir niederschlagen müssen.«

Wenn Keeyah jemals einen Scherz gemacht hatte, dann in diesem Augenblick. Er drehte sich um und führte den Menschen zu der metallumrandeten Ratskammer vor ihnen.

STAR TREK™

in der Reihe
HEYNE SCIENCE FICTION & FANTASY

STAR TREK: CLASSIC SERIE

Vonda N. McIntyre, Star Trek II: Der Zorn des Khan · 06/3971
Vonda N. McIntyre, Der Entropie-Effekt · 06/3988
Robert E. Vardeman, Das Klingonen-Gambit · 06/4035
Lee Correy, Hort des Lebens · 06/4083
Vonda N. McIntyre, Star Trek III: Auf der Suche nach Mr. Spock · 06/4181
S. M. Murdock, Das Netz der Romulaner · 06/4209
Sonni Cooper, Schwarzes Feuer · 06/4270
Robert E. Vardeman, Meuterei auf der Enterprise · 06/4285
Howard Weinstein, Die Macht der Krone · 06/4342
Sondra Marshak & Myrna Culbreath, Das Prometheus-Projekt · 06/4379
Sondra Marshak & Myrna Culbreath, Tödliches Dreieck · 06/4411
A. C. Crispin, Sohn der Vergangenheit · 06/4431
Diane Duane, Der verwundete Himmel · 06/4458
David Dvorkin, Die Trellisane-Konfrontation · 06/4474
Vonda N. McIntyre, Star Trek IV: Zurück in die Gegenwart · 06/4486
Greg Bear, Corona · 06/4499
John M. Ford, Der letzte Schachzug · 06/4528
Diane Duane, Der Feind – mein Verbündeter · 06/4535
Melinda Snodgrass, Die Tränen der Sänger · 06/4551
Jean Lorrah, Mord an der Vulkan Akademie · 06/4568
Janet Kagan, Uhuras Lied · 06/4605
Laurence Yep, Herr der Schatten · 06/4627
Barbara Hambly, Ishmael · 06/4662
J. M. Dillard, Star Trek V: Am Rande des Universums · 06/4682
Della van Hise, Zeit zu töten · 06/4698
Margaret Wander Bonanno, Geiseln für den Frieden · 06/4724
Majliss Larson, Das Faustpfand der Klingonen · 06/4741
J. M. Dillard, Bewußtseinsschatten · 06/4762
Brad Ferguson, Krise auf Centaurus · 06/4776
Diane Carey, Das Schlachtschiff · 06/4804
J. M. Dillard, Dämonen · 06/4819
Diane Duane, Spocks Welt · 06/4830
Diane Carey, Der Verräter · 06/4848

STAR TREK™

Gene DeWeese, Zwischen den Fronten · 06/4862
J. M. Dillard, Die verlorenen Jahre · 06/4869
Howard Weinstein, Akkalla · 06/4879
Carmen Carter, McCoys Träume · 06/4898
Diane Duane & Peter Norwood, Die Romulaner · 06/4907
John M. Ford, Was kostet dieser Planet? · 06/4922
J. M. Dillard, Blutdurst · 06/4929
Gene Roddenberry, Star Trek (I): Der Film · 06/4942
J. M. Dillard, Star Trek VI: Das unentdeckte Land · 06/4943
David Dvorkin, Die Zeitfalle · 06/4996
Barbara Paul, Das Drei-Minuten-Universum · 06/5005
Judith & Garfield Reeves-Stevens, Das Zentralgehirn · 06/5015
Gene DeWeese, Nexus · 06/5019
D. C. Fontana, Vulkans Ruhm · 06/5043
Judith & Garfield Reeves-Stevens, Die erste Direktive · 06/5051
Michael Jan Friedman, Das Doppelgänger-Komplott · 06/5067
Judy Klass, Der Boacozwischenfall · 06/5086
Julia Ecklar, Kobayashi Maru · 06/5103
Peter Norwood, Angriff auf Dekkanar · 06/5147
Carolyn Clowes, Das Pandora-Prinzip · 06/5167
Diana Duane, Die Befehle des Doktors · 06/5247
V. E. Mitchell, Der unsichtbare Gegner · 06/5248
Dana Kramer-Rolls, Der Prüfstein ihrer Vergangenheit · 06/5273
Michael Jan Friedman, Schatten auf der Sonne · 06/5179
Barbara Hambly, Der Kampf ums nackte Überleben · 06/5334
Brad Ferguson, Eine Flagge voller Sterne · 06/5349
Gene DeWeese, Die Kolonie der Abtrünnigen · 06/5375
Michael Jan Friedman, Späte Rache · 06/5412
Peter David, Der Riß im Kontinuum · 06/5464
Michael Jan Friedman, Gesichter aus Feuer · 06/5465
Peter David/Michael Jan Friedman/Robert Greenberger, Die Enterbten · 06/5466
L. A. Graf, Die Eisfalle · 06/5467
John Vornholt, Zuflucht · 06/5468
L. A. Graf, Der Saboteur · 06/5469
Melissa Crandall, Die Geisterstation · 06/5470
Mel Gilden, Die Raumschiff-Falle · 06/5471
V. E. Mitchell, Tore auf einer toten Welt · 06/5472
Victor Milan, Aus Okeanos Tiefen · 06/5473
Diane Carey, Das große Raumschiff-Rennen · 06/5474
Diane Carey, Kirks Bestimmung · 06/5476

STAR TREK™

STAR TREK: THE NEXT GENERATION

David Gerrold, Mission Farpoint · 06/4589
Gene DeWeese, Die Friedenswächter · 06/4646
Carmen Carter, Die Kinder von Hamlin · 06/4685
Jean Lorrah, Überlebende · 06/4705
Peter David, Planet der Waffen · 06/4733
Diane Carey, Gespensterschiff · 06/4757
Howard Weinstein, Macht Hunger · 06/4771
John Vornholt, Masken · 06/4787
David & Daniel Dvorkin, Die Ehre des Captain · 06/4793
Michael Jan Friedman, Ein Ruf in die Dunkelheit · 06/4814
Peter David, Eine Hölle namens Paradies · 06/4837
Jean Lorrah, Metamorphose · 06/4856
Keith Sharee, Gullivers Flüchtlinge · 06/4889
Carmen Carter u. a., Planet des Untergangs · 06/4899
A. C. Crispin, Die Augen der Betrachter · 06/4914
Howard Weinstein, Im Exil · 06/4937
Michael Jan Friedman, Das verschwundene Juwel · 06/4958
John Vornholt, Kontamination · 06/4986
Mel Gilden, Baldwins Entdeckungen · 06/5024
Peter David, Vendetta · 06/5057
Peter David, Eine Lektion in Liebe · 06/5077
Howard Weinstein, Die Macht der Former · 06/5096
Michael Jan Friedman, Wieder vereint · 06/5142
T. L. Mancour, Spartacus · 06/5158
Bill McCay/Eloise Flood, Ketten der Gewalt · 06/5242
V. E. Mitchell, Die Jarada · 06/5279
John Vornholt, Kriegstrommeln · 06/5312
Laurell K. Hamilton, Nacht über Oriana · 06/5342
David Bischoff, Die Epidemie · 06/5356
Diane Carey, Abstieg · 06/5416
Michael Jan Friedman, Relikte · 06/5419
Michael Jan Friedman, Die Verurteilung · 06/5444
Simon Hawke, Die Beute der Romulaner · 06/5413
Rebecca Neason, Der Kronprinz · 06/5414
John Peel, Drachenjäger · 06/5415
Diane Duane, Dunkler Spiegel · 06/5417
Susan Wright, Der Mörder des Sli · 06/5438
W. R. Thomson, Planet der Schuldner · 06/5439
Michael Jan Friedman & Kevin Ryan, Requiem · 06/5442
Dafydd ab Hugh, Gleichgewicht der Kräfte · 06/5443

STAR TREK™

STAR TREK: DIE ANFÄNGE
Vonda N. McIntyre, Die erste Mission · 06/4619
Margaret Wander Bonanno, Fremde vom Himmel · 06/4669
Diane Carey, Die letzte Grenze · 06/4714

STAR TREK: DEEP SPACE NINE
J. M. Dillard, Botschafter · 06/5115
Peter David, Die Belagerung · 06/5129
K. W. Jeter, Die Station der Cardassianer · 06/5130
Sandy Schofield, Das große Spiel · 06/5187
Lois Tilton, Verrat · 06/5323
Diane Carey, Die Suche · 06/5432
Esther Friesner, Kriegskind · 06/5430
Melissa Scott, Der Pirat · 06/5434
Nathan Archer, Walhalla · 06/5512
Greg Cox/John Gregory Betancourt, Der Teufel im Himmel · 06/5513
Robert Sheckley, Das Spiel der Laertianer · 06/5514

STAR TREK: STARFLEET KADETTEN
John Vornholt, Generationen · 06/6501
Peter David, Worfs erstes Abenteuer · 06/6502
Peter David, Mission auf Dantar · 06/6503
Peter David, Überleben · 06/6504
Brad Strickland, Das Sternengespenst · 06/6505
Brad Strickland, In den Wüsten von Bajor · 06/6506
John Peel, Freiheitskämpfer · 06/6507
Mel Gilden & Ted Pedersen, Das Schoßtierchen · 06/6508
John Vornholt, Erobert die Flagge! · 06/6509
V. E. Mitchell, Die Atlantis Station · 06/6510
Michael Jan Friedman, Die verschwundene Besatzung · 06/6511
Michael Jan Friedman, Das Echsenvolk · 06/6512
Diane G. Gallagher, Arcade · 06/6513
John Peel, Ein Trip durch das Wurmloch · 06/6514
Brad & Barbara Strickland, Kadett Jean-Luc Picard · 06/6515

STAR TREK: VOYAGER
L. A. Graf, Der Beschützer · 06/5401
Peter David, Die Flucht · 06/5402
Nathan Archer, Ragnarök · 06/5403
Susan Wright, Verletzungen · 06/5404
John Betancourt, Der Arbuk-Zwischenfall · 06/5405

STAR TREK™

Christie Golden, Die ermordete Sonne · 06/5406
Mark A. Garland & Charles G. McGraw, Geisterhafte Visionen · 06/5407
S. N. Lewitt, Cybersong · 06/5408

DAS STAR TREK-UNIVERSUM, 2 Bde.,
überarbeitete und aktualisierte Neuausgabe!
von *Ralph Sander* · 06/5150

DAS STAR TREK-UNIVERSUM, Ergänzungsband
von *Ralph Sander* · 06/5151

William Shatner/Chris Kreski, Star Trek Erinnerungen · 06/5188
William Shatner/Chris Kreski, Star Trek Erinnerungen: Die Filme · 06/5450

Phil Farrand, Cap'n Beckmessers Führer durch STAR TREK – DIE NÄCHSTE GENERATION · 06/5199
Phil Farrand, Cap'n Beckmessers Führer durch STAR TREK – DIE CLASSIC SERIE · 06/5451

Ralph Sander, Star Trek Timer 1997 · 06/1997
Nichelle Nichols, Nicht nur Uhura · 06/5547
Leonard Nimoy, Ich bin Spock · 06/5548
Lawrence M. Krauss, Die Physik von Star Trek · 06/5549
J. M. Dillard, Star Trek: Wo bisher noch niemand gewesen ist · 06/6500
Judith & Garfield Reeves-Stevens, Star Trek – Deep Space Nine: Die Realisierung einer Idee · 06/5550
Judith & Garfield Reeves-Steven, Star Trek Design · 06/5545
Aris Kazidian & Bruce Jacoby, Das Star Trek Kochbuch · 06/5546

Diese Liste ist eine Bibliographie erschienener Titel
KEIN VERZEICHNIS LIEFERBARER BÜCHER!